南方传媒研究

NANFANG MEDIA RESEARCH

南方报业传媒集团新闻研究所　主编

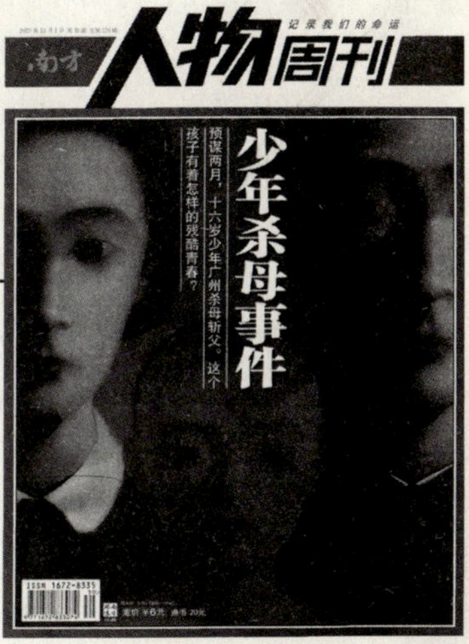

解放思想的新闻乱码

□曹轲

QEYTLNSHR USUBTDN DCG

乱码？不是。按下大写键，再用五笔输入标题时，就变成了这个样子。

这让我想起一个开放年代并不开放的爱情故事：一个女孩喜欢一个男孩，QQ上也说不出口，就用这个办法表达。男孩子百思不解，只看到一行乱码。

乱码背后，隐藏着一个美丽的误会。显然，乱码不全是技术问题。听说在老外眼里，中文就像是一堆乱码。

在天天读报的人眼里，新闻像一堆乱码。

在天天炒股的人眼里，行情像一堆乱码。

在初到广州的人眼里，高楼像一堆乱码。

乱码背后，包含着一个无奈的真实。显然，乱码不全是逻辑错误。码得再乱，也是人们集体努力的结果。

在码字工人眼里，每条消息都是认真码出来的。

在上市企业眼里，每个数据都是认真码出来的。

在建筑工人眼里，每幢房屋都是认真码出来的。

发达的科技让我们的生活越来越便利，为什么还是活得这么累？沟通的渠道越来越多，为什么沟通的成本越来越大？善良的人们宁愿相信，所有的乱码都是因为翻译沟通上出了问题，码不对码。

不要拿着围棋的棋谱，指责五子棋不靠谱，不要拿着牛津词典，嘲笑火星文没文化。五子棋高手不要说我们的围棋高手守着残局捻断残须思想不够解放，火星文人想必也不会把旧版牛津当成过时的乱码。

你码的对，也别说他码的错。用错了钥匙，解错了密码，再真诚的努力也会表错情，会错意。

两面都需要更会表达，两面都需要更会理解。语言通了，语法通了，乱码就是排序，意义就会呈现。

目录 Contents

NO.11

传媒人物 094

主编谈理念 104

记者讲述 107

采写编 143

博士传媒眼 167

A12 特别报道
美的净水机·家用净水专家
荒漠化威胁三江源
中国水危机
水深危险 严禁下河

118

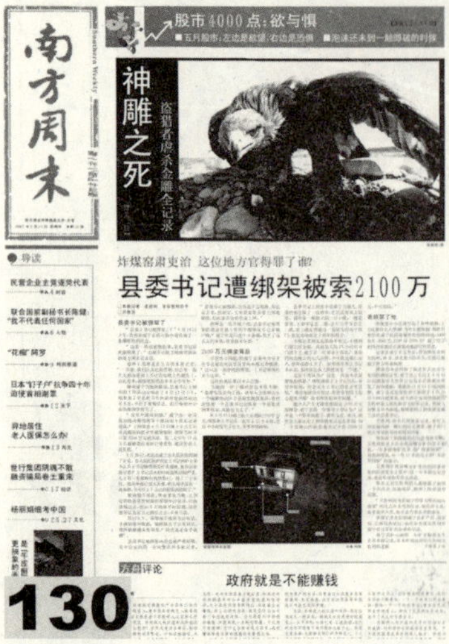
南方周末
股市4000点：欲与惧
神雕之死
县委书记遭绑架被索2100万
政府就是不能赚钱

130

南方都市报

“周老虎”初步确定 只是这张年画

174

地　址 广州市广州大道中289号
电　话 020-87373998-3364
传　真 020-87363753
邮政编码 510601
电子邮箱
nfcmyj@mail.nanfangdaily.com.cn
nfcmyj@vip.163.com

数字化时代南方报业聚合战略构想

□南方报业传媒集团管委会主任、南方日报社社长　杨兴锋

经过改革开放以来 30 年的迅速发展，南方报业正处在数字化时代新一轮大发展的前夜。在这一新的历史起点上，深入、正确地分析自身的优势与不足，对集团今后的发展提出符合媒体市场实际与发展规律的战略构想，是十分必要的。

一、审视我们的发展历程：多品牌发展战略是集团市场实践的结晶

自 20 世纪 90 年代以来，南方报业积极因应形势的发展，实施“龙生龙，凤生凤”的多品牌发展战略，打造了一系列成功的子品牌媒体，并于 1998 年 5 月 18 日成立南方日报报业集团（2005 年 7 月 19 日更名为南方报业传媒集团），目前达到“十一报六刊三个网站一个出版社”的规模，被同行誉为中国报业“定位最清晰、结构最合理，综合运营能力最强，在国内最具影响力”的报业传媒集团。

在此过程中，南方报业通过实施多品牌发展战略，依托《南方日报》

南方报业传媒集团
NANFANG MEDIA GROUP
凤鸣南方 翱翔天下
凤瑜新生，火凤凰的标志象征着南方报业传媒集团不断挑战自我的毅力和决心。从当初的筚路蓝缕起步，58年一路风雨走来，发展壮大，如今的南方报业传媒集团已在全球华人范围内拥有广泛的影响力，成为华文媒体的典范。
品牌是南方报业传媒集团的精髓，是凤凰不灭之魂。集团旗下系列媒体发扬了南方报业锐意进取、不畏艰辛的优秀品质，在各自的市场上都成为同类媒体的佼佼者。报纸、期刊、网络、图书等各种媒体形式鸾凤和鸣，构建起了南方报业传媒集团实现更大飞跃的舞台。
面对全新的竞争环境，南方报业传媒集团主动迎接挑战，从多品牌战略走向品牌聚变战略。通过构建战略协同平台，集团合理配置优势资源，强化子媒体的凝聚力与向心力；同时推动价值再造和内容创新，实现各子媒体之间的核心能力互补与策略呼应，追求集团与各子媒体的协作共赢，进一步增强集团的综合竞争力。火凤凰浴火重生，焕然一新。
新生意味着强大，集团将积极创新品牌运营手段，丰富“南方报业”品牌的内涵，提升品牌线的整体竞争力，实现品牌优势与市场优势的有机融合，不断扩大“南方报业”在海内外华人圈的知名度和影响力。
新生意味着跨越，集团将紧紧抓住新兴媒体飞速发展的机遇，加快实现平面媒体与新兴媒体的有机融合，将平面媒体的竞争优势有效扩展至新兴媒体上，打造平面媒体、网络媒体、移动媒体三位一体的跨媒体业务平台。强化与用户之间的实时互动沟通，通过与电视、广播、户外等其他强势媒体的战略合作，实现跨媒体、立体化整合传播，为广大用户提供多角度、全方位的资讯体验。
火凤凰代表了南方报人积极进取、追求卓越的勇气，传达了坚韧不拔、传承创新的精神。凤鸣南方，翱翔天下，志在寰宇。南方报业这只火凤凰，正放眼天下，振翅高飞。
南方传媒大厦
南方报业传媒集团南海印务基地
南方日报
南方周末
南方都市报
21世纪经济报道
21ST CENTURY BUSINESS HERALD
南方农村报
新京报
南都周刊
风尚周报 TREND
理财周报
南方月刊
南方人物周刊
21世纪商业评论
Southcn.com 南方网
南方报业网
奥一网
南方日报出版社

南方日报

胡锦涛在皖考察自主创新

中印发出携手发展积极信号

物价涨幅务必控制在4%以内

几十年办报过程中积累起来的办刊经验和人才队伍，先后创办了《南方周末》、《南方都市报》等优秀子报；随着《南方周末》的日渐强大，又利用《南方周末》的人才和发行渠道等资源创办了《21 世纪经济报道》、《南方人物周刊》等报刊；《南方都市报》派生出《南都周刊》、《风尚周报》等相关报刊，《21 世纪经济报道》则孵化出《21 世纪商业评论》、《商务旅行》、《理财周报》等系列报刊。这一战略的实施，使南方报业成功打造了在多个细分市场中处于领先地位的品牌媒体：《南方日报》在省级机关报中连续 23 年来在影响力、发行量和广告额都居于第一位；在周报方面，南方周末一纸风行 20 年，一直稳居周报的头把交椅；在都市类报纸方面，南方都市报后来居上，去年和前年被国家新闻出版总署评定为全国晚报都市类报纸综合竞争力排名第一；在财经类报纸方面，21 世纪经济报道稳居首位；在人物周刊类杂志方面，南方人物周刊居于前列；集团的其它报纸和杂志在各自的细分市场上也都有突出的表现。

这一战略的实施，使南方报业拥有抵御市场风险的强大动能。尽管从 2005 年以来传统媒体的发展速度出现了拐点，但南方报业依然保持了两位数的增长。在去年激烈的市场竞争之中，南方报业依然保持了社会效益和经济效益双丰收的良好势头。一是集团的经营工作又上了一个新台阶。集团的总收入、广告收入以及净利润都保持了高速增长态势。二是集团大家族中又添了不少新成员，达到了“十一报六刊三个网站一个出版社”的规模。去年，21 世纪报系创办《理财周报》，与中央人民广播电台经济之声频道进行深度合作，集团和云南出版集团合作主办《云南信息报》，南

方都市报数字报和南方周末网站去年下半年以来陆续开通；同时，南方日报、南方周末和南方都市报均进行了新一轮改版，进一步贴近和占领了市场。三是积极推进文化体制改革。去年 10 月省政府正式下文批复同意集团的转制方案，推动集团的转制工作进入实操阶段；南方网整体并入集团的工作即将完成，集团的五年战略规划工作也在有条不紊地推进。四是集团的基础建设翻开了新的一页。集团南海基地第一期工程基本完工和集团新大楼的开工，以及集团和南方月刊在北京与广州购置办公楼，集团的基础建设得到扎实的推进。五是集团品牌影响力进一步扩大。在 2007 年度“中国 500 最具价值品牌”排行榜上，集团旗下的《南方日报》、《南方都市报》、《南方周末》、《21 世纪经济报道》四家报纸品牌价值，在未计“南方报业”主品牌价值的情况下达 96.99 亿元，比前年增加约 10 亿元；去年，集团继 2002 年度再次获得“全国最受尊敬企业”称号（其间每年都入选“全国最受尊敬企业”50 强）。

回顾以往的发展实践，可以说，集团通过实施多品牌发展战略，走出了一条裂变式的发展道路。这种“龙生龙，凤生凤”的裂变式发展模式，对于南方报业在平面媒体上的多品牌发展起到了至关重要的作用。这种发展模式之所以能够取得成功，是因为那个时期的南方报业主要是在相对单一、熟悉的平面媒体领域进行耕耘与拓展；原有媒体与裂变出的子媒体在产品形态、产品定位以及运营模式等方面的相似性，使得南方报业旗下媒体能够驾轻就熟地将其拥有的核心资源与核心能力进行复制与共享。这种发展模式实际上就是内生发展与差异性发展模式，是集团在激烈市场竞争

南方都市報

省政协十届一次会议今日开幕

气价优惠为何不兑现

省政协委员炮轰煤气公司对交了初装费的用户重复收费

瞬间放倒14疑犯

二奶夺位无望 愤杀大婆幼子

广州去年卖地 超收117亿

中的实践结晶和宝贵财富，今后还要坚持和进一步发扬光大。

但是我们不能不看到，这种模式主要是依靠自身的积累而滚动发展的，对如何利用外部的资源加快自身的发展相对较少，而目前南方报业面临着在数字化时代相对陌生的业务领域进行跨媒体、跨行业、跨地域拓展的艰巨任务，要满足这种复杂任务对资源的要求，南方报业旗下原有单个媒体往往就显得捉襟见肘，需要在整个集团范围内进行资源整合；跨媒体拓展所需要的组织能力和业务经验也需要在整个集团范围内进行有效的交融、复制和共享；在新媒体领域，技术发展与市场变革的规模和速度都远远超过平面媒体，特别是市场化的商业网站的快速发展，对传统媒体形成强大的挑战，南方报业作为一个平面媒体集团在涉足新媒体时，也必将会在更大的范围内面对更多强劲的竞争对手。由此可见，集团原有的裂变式发展模式不能够保证南方报业以比对手更快的速度实现跨越式发展，只有顺应形势转变战略理念，探索新的发展模式，才能产生更加强劲的发展能量。如果把眼光投向国外，差距与挑战更加明显。如美国的甘尼特公司不仅是上市公司，而且在全国拥有101份日报、300多份周报、17家电视台，2002年报纸发行总量755.4万份，2003年营业总收入67.11亿美元，报业总收入56.10亿美元。因此，在新的历史起点上，我们只有树立起强烈的忧患意识和长远的世界眼光，通过向国内外先进的传媒同行们学习，进一步解放思想、与时俱进，在战略和体制机制上不断创新，才能迎来新一轮的大发展。

21世纪经济报道

面粉压港，中国粮食出口转内销

拯救"大兵"花旗：没有国开行

风电特许权招标新政

涉外安全处

二、实施媒体聚合战略：集团和旗下媒体将进一步释放强大发展动能

针对上述问题，为适应数字化时代和形势发展的需要，我们通过长时间认真系统的总结、调研与思考，提出了媒体聚合战略，就是要通过聚变式发展，走出一条与裂变式发展模式相关但不同的新的发展道路，以获得更好更优的发展动能和效益。

媒体聚合战略，简言之，就是通过集团旗下不同媒体形态的聚合、不同媒体品牌的聚合以及不同业务单元的聚合，将南方报业打造成为数字化时代国内实力最强、成长性最好、最具影响力和国际竞争力的跨媒体、跨行业、跨地域的传媒集团，更好地服务于国家的经济社会建设。其中所指的拓展，是在数字化时代的媒体拓展，既包括在原有平面媒体领域的继续拓展，目标是成为在本区域和国内拥有强大竞争力的平面媒体集团；也包括在网络媒体、移动媒体等新兴媒体领域的拓展，目标是成为拥有国内最具活力的新媒体传媒集团；还包括在相关多元化领域的拓展，目标是成为中国最具成长性的传媒集团。

如果说，以往集团实施多媒体发展战略取得了良好成绩，就如同核裂变一样产生了强大的发展动能，那么在数字化时代和当前新的竞争形势与发展环境下，实施聚变式发展，必将为集团带来新的更大的发展活力与发展后劲，为集团整合资源、实现跨越式发展提供新的、更加广阔的舞台。

聚合战略作为一个复杂、艰巨、系统的工程，在实施过程中应处理好

如下关系：一是处理好裂变与聚变的关系。我们必须清醒地认识到，“聚变”不是为了“聚变”而“聚变”，而是为了实现自身的科学发展和可持续发展而聚合。因此，要处理好裂变和聚变的关系。“裂变”是“聚变”的基础，“聚变”是“裂变”更高层次和境界的升华。目前，集团经过几十年的发展，已经完全具备了聚变的基础；同时，聚合战略应基于效率原则进行聚合，发挥好集团与旗下各系列报刊网社的两重积极性。二是处理好集团战略和各子报刊网战略之间的关系。一方面，各子报刊网社的战略必须服从和符合集团的整体战略；集团各业务单元的子战略也要服从于集团的整体战略，集团人力资源战略、资本运营战略等各个职能战略也要服务于集团的整体战略；另一方面，集团的整体战略要考虑到旗下不同媒体的业务特点，必须能够包容各子报刊网社的战略，以实现集团战略和各子报刊网社战略的有机协调。三是集中资源于优势媒体，继续支持优势媒体做强做大做优，充分发挥市场机制的“优胜劣汰”的作用，为集团的可持续发展打下坚实的微观基础。四是注意差异化定位和发展，避免内部同质竞争。

实施聚合战略要重点推进如下工作：一是要加强战略管理，建立起科学的业务沟通与协作机制，资源共享机制和利益协调与补偿机制。去年我们在业务协作、报网互动上作了探索，取得了良好效果。今年要在总结经验的基础上，进一步在上述机制的建设上取得突破，使效益最大化。二是要根据数字化时代多媒介不断融合的发展态势，积极探索多种媒介形式融合的具体路径和形式，逐步进入网络媒体、移动媒体和其它新兴媒体以及广电媒体；发挥我们的核心竞争力和基础优势，进一步深耕平面媒体，扩

mangazine 名牌
精英男性杂志
2008.1
刘烨说：刘烨这家伙是个演员
十大精英，影响中国
全球招募女间谍
冰冰冰冰

人物周刊
一个人的1978
中国人物类媒体领导者
重新打量每个生命
人物周刊

周尚周報TREND 财富
·上海通用
人才本土化激流
*2007年，马云、王石当红有理
*施华洛世奇的黄白双艳
*2008，关乎切身财富的观点交锋

新生活的引领者
城市
CITY PICTORIAL 画报
199
达人
蔡健雅
做诚恳的音乐
做有威力的宅女
本刊记者10天10夜巴黎shopping地图
巴黎猎物
Paris, je t'aime
ISSN 1007-9165

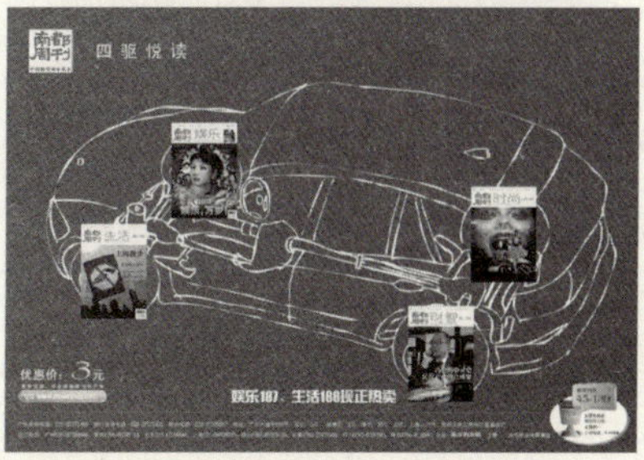
南都周刊
四驱悦读
优惠价：3元
娱乐107，生活108投正热卖

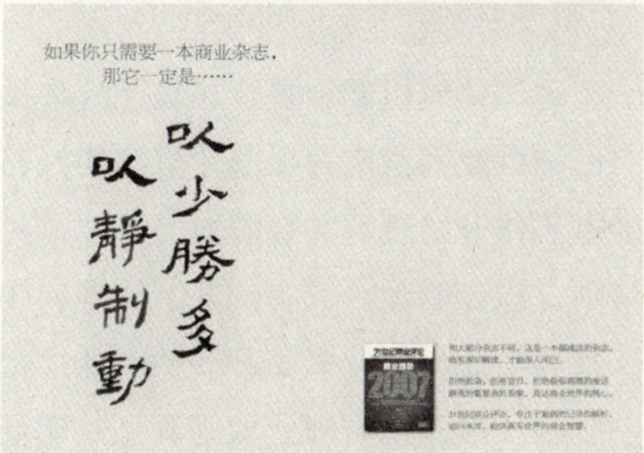
如果你只需要一本商业杂志，
那它一定是……
以少胜多
以静制动

大与占领市场，通过全国市场和广东省市场两个维度上的跨地域发展，形成领先国内、并在区域市场压倒性的平面媒体群；要抓住南方网整体并入集团的契机，坚持统分结合的原则，通过整合集团旗下的南方网、奥一网和南方报业网等现有网络媒体资源，建立统一的技术实现平台；并将网络媒体与传统平面媒体有机融合，将在传统平面媒体上积累的核心能力迅速转移到网络媒体领域，做强做大旗下网络媒体，形成具有强大影响力的网络媒体集群；在集团核心竞争力的能力范围内适度进行相关多元化发展，在图书出版、商务印刷、信息服务等业务领域形成对集团新闻主业有效补充的相关产业集群；要进一步整合资源，构成富有张力和活力的完整的产业链和价值链，推动自身从平面媒体产品生产商向媒体内容提供商与信息服务商的转变，从报业集团向覆盖全媒体的传媒集团转变；释放集团和旗下媒体的强大生产力，推动集团实现又一轮大发展。三是要充分利用引进战略投资者和上市等多种融资手段以及建立战略协作伙伴等形式，逐步打通集团的资本通道，通过借力资本市场和外部资源，提升集团的核心竞争力。

三、理顺体制机制：聚合战略的实施和下一步新的大发展将获得良好的制度基础

理顺体制机制，是实施集团媒体聚合战略的关键性要素。目前，省政府已经批复同意南方报业传媒集团经营性单位转制方案，这标志着集团的转制工作开始进行实操阶段。可以预见，通过改制等方式，建立起“产权清晰，权责明确、政企分开、管理科学”的现代企业制度和适应传媒业发展趋势与现代企业集团客观要求的“控之有序、分之有度”的母子公司体制，对于推动南方报业成为真正的市场主体，充分利用市场资源，提高管

理效率，实施媒体聚合战略，更好地参与市场竞争和实现集团在数字化时代的发展壮大，具有重大意义。

改革开放以来，尤其是近10年来，南方报业传媒集团一直保持着高速健康发展态势。但是在发展过程中，政企不分、权责不明、管理不科学、重采编轻经营管理等体制性问题日渐突出，如不进行改革，将导致集团运转不畅、效益低下、市场化程度低与发展粗放、发展后劲不足等问题。可以说，目前采取的“事业单位企业化运作”方式已经不能很好地适应市场环境变化和自身发展的需要，这不仅在很大程度上制约着集团进一步做大做强做优，甚至会影响到集团的生存。因此，通过转制建立现代企业制度就成为我们的当务之急。

十六大以来，我国文化体制改革全面推开，相关政策不断出台，取得了显著成效。十七大报告中进一步提出了“要深化文化体制改革，完善扶持公益性文化事业、发展文化产业、鼓励文化创新的政策，营造有利于出精品、出人才、出效益的环境。”这不仅为我们的转制工作指明了方向，而且为我们的改革和转制提供了强有力的政策支持。我国20多年来的国有企业改革实践证明，企业只有建立起规范的现代企业制度才能实现可持续发展，这也从实践上为我们的改革指明了出路。国有企业在建立现代企业制度、加强管理以及实现集约化发展等改革方面业已取得的巨大成就与丰富的实践经验，也为我们的转制工作提供了很好的经验借鉴。

由于传媒业自身的特殊性以及传媒业改革的系统性、复杂性和艰巨性，集团转制必须坚持积极稳妥的渐进式改革的原则，既要体现改革的力度和魄力，也要考虑到传媒业改革的特殊性；既要坚持解放思想、实事求是、因地制宜的原则，

南方周末
INFZM.COM
2008.1.16 星期三
首页
新闻
经济
文化
评论
专栏
图片
专题
生活
网友眼中的
2007年度好稿评选
血癌——上海市脐血库事件调查
最后的代课教师：弦断音绝
致敬2007
在"这里"读懂中国

21世纪网
breaking news
快捷
首页
今日焦点
拯救"大兵"花旗
证券行情
特别报道
大声

nddaily南都网
[社论]改革开放是世界进步之源
省政协十届一次会议开幕

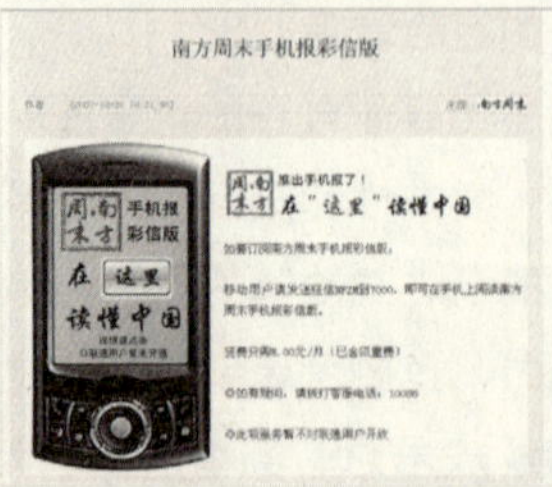
南方周末手机报彩信版
手机报彩信版
在"这里"读懂中国

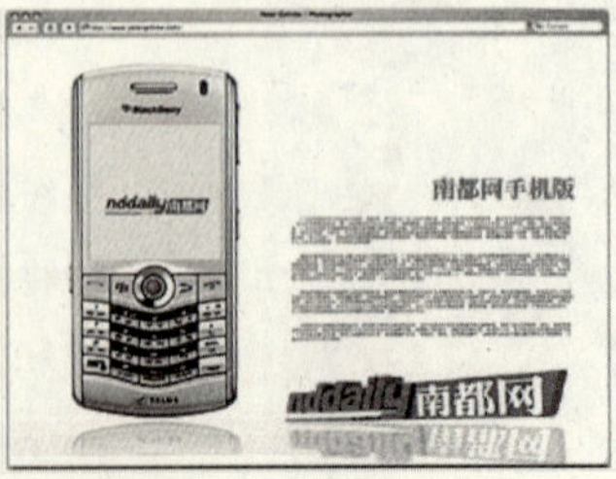
南都网手机版
nddaily南都网

也要坚持合法性原则，转制方案严格按照各项法律法规的规定程序执行，建立起规范与健全的现代企业制度。在改制的过程中，要特别注意坚持党管舆论导向、党管媒体和党管干部的原则，牢牢掌握本集团重大事项的决策权、资产处置的控制权、宣传内容的终审权、主要领导干部的任免权等；坚持把社会效益放在首位、努力实现社会效益与经济效益的有机统一；坚持处理好改革、发展和稳定的关系，要以改革促发展，以稳定保障改革和发展，并以改革和发展的成果来巩固和强化稳定。这就要求转制方案既具有前瞻性，符合传媒业的发展趋势，有利于提高集团的效率和核心竞争力，同时又能很好地保护集体与员工的各项合法权益，保证集团各项工作的稳定和可持续发展。转制的总体思路要按照建立现代企业制度、采编经营两分开以及采取"一媒体一公司"的运营模式的指导原则来设计。通过转制，必将进一步释放制度的活力和生产力，并为南方报业的可持续发展和下一步的跨越式大发展打下坚实的制度基础。

解放思想是正确行动的先导。只要有利于集团的科学发展，有利于更好地坚持正确的舆论导向，有利于扩大与巩固党的新闻舆论阵地，我们都要深入探索。在南方报业处于数字化时代新一轮大发展前夜这个关键时期，我们尤其要坚持继续解放思想，不断学习，加强自主创新能力和意识，以科学发展的态度和方式，认真实施集团媒体聚合战略，在新一轮大发展中争当全国媒体领域科学发展的排头兵。

浮世传媒春犹卷

——捕捉奔向奥运中国年的 12 个瞬间

□支庭荣

春去春回。2007 年，在国内传媒事业的编年表上，许多论者写下了无事可记，乏善可陈的判词。不过，寻寻常常、真真假假并不全然是什么坏事儿。因为 2007 注定是一个桥段，何况其间传媒发出的浅唱低吟，仍然多少带些俗世的味道。

据说，在《时代》和《新闻周刊》的复眼之下，2008 赫然是奥运年，也是中国年。即使一个铁杆的保守主义者，也会承认这是一个充满诱惑满腹躁动的年轮，也是一个左顾右盼怀揣期待的关口。为此我们捕捉来自 2007 的 12 个瞬间，作为传媒奔向 2008 的见证。

资本涌动

12 月 21 日，作为出版第一股的辽宁出版传媒股份有限公司实现了编辑和经营“打包”上市，标志着中国出版业真正融入了证券市场。

11 月 19 日，光线传媒与华友世纪正式宣布双方合并，成立“光线华友”。作为民营电视内容供应商的光线借助在纳斯达克上市的华友，成为公众公司，并奉跨国传媒为新的标杆。

11 月 16 日，广州日报报业集团控股的九洲阳光传媒股份有限公司在深交所上市，蓄 7 年之力的广州日报社夙愿得偿。

自 1994 年东方明珠上市开始，传媒在资本市场上翩跹起舞，脚步杂沓，却始终不是那只白天鹅。2000 年，在第一次互联网浪潮消退之后，资本再次鼓起追逐传媒的热情，资本与传媒的联姻在碎步中前进。2004 年，北青传媒构筑起适合宣传和经营两分开体制的“防火墙”后，在香港联交所上市。然而北青却因内幕交易的困扰使身上的光环黯然失色，并拖累了报业企业的后续步伐。与 2006 年借壳上市的新华传媒相比，辽宁出版传媒规模有所不足，内容控制力更强，有利于打造一体化的产业链。尽管出版游移于传媒业的边缘地带，对于被称为“特殊行业”的全国出版业和新闻业而言，突破性意义自不待言。

与此同时，众多传媒努力参与重组资本市场的消息屡见报端，这是自新闻出版总署署长柳斌杰履新之后的又一次资本涌动潮。传媒板块对股民的吸引力也日见增长。

总体来看，资本界面上新擦出的传媒火花，是在十七大之后的集中绽放。传媒成长之于政策的敏感性，再次得到验证。在政策利好的背景下，传媒的表现即使庸常也是胜利。据《南方周末》在《年末特刊》上公布的传媒领袖调查，56 位媒体总编辑中的 2/3 认为 2007 年的媒体报道质量不比上一年差，与网络上“知道分子”们的骂声一片相去甚远，相信老总们的宽恕之心并非来自《论语》心得而是来自乐观的愿景。

上市奏出的也是“创富”的弦歌，与《钱经》、《理财周刊》、《商务旅行》等媒体的走俏以及再次发飙的中国股市此呼彼应。

不过，传媒的资本旅途远不是坦荡无边的。拿出版业来说，这个多次登上“十大暴利行业”榜单的产业门类依靠准入、书号和教材等高度垄断资源，在国内是坐拥金山的关东豪客，可以在电视上一掷千金大做广告；在国际贸易市场上却犹如娇弱无力的江南美眷，一招一式不过粉拳秀腿。撇开投机不说，资本要改造的不止是治理结构，而且是治理本身。传媒业融资之后，其实还面临比融资更为棘手的出路和回报问题。

舆情高企

9 月 20 日，继连续停播一些低俗广播电视节目之后，国家广电总局出台了一系列有关选秀节目的管理措施和细则，历时 4 年无比喧闹的选秀活动大体宣告终结。

7 月 4 日，风头一度盖过徐静蕾的网易“带头大哥 777”博客因始作俑者被拘而烟消云散。

6 月 1 日，厦门市民的手机里收到了来自政府的短信，被告知沸沸扬扬的海沧“PX”项目已缓建。

在范以锦先生的博文《2007 年十大传媒事件》中，还列举了以下一些同样值得一提的事件：野生华南虎照片之辩、黑砖窑网上联名求救信、“最毒后妈”、“史上最牛钉子户”等。

这些事件的背后，是互联网舆情的极化。互联网取代了 2003 年的电话和口耳相传，2005 年的电视屏幕和手机短信，成为 2006、2007 年舆情传播的主要平台。互联网以超强的舆论场聚纳人气，以超快的速度病毒式地传播情绪和情感，尤其是对于X0后而言。无论网络对传统媒体广告份额的冲击是如何地常常被忽略，网络对民意的影响已是如弓之于箭。

舆情呈现的是一波未平，一波又起。网上喊打喊杀的情形，殊为国际同行所不解。其实这种缺失也与主流媒体有关。《国际先驱导报》一石激起千层浪的《中国人误读的世界》，部分出自偏激失衡的民族心态，部分出自媒体以偏概全的狂轰滥炸。将愿望当成真实的，并非只有互联网。

观察中美互联网差异的人士认为，美国互联网上的新闻网站没这么热烈，美国的主导性网站是商业网站，而中国互联网的门户性、新闻性、表达性非常明显，仿佛互联网是一种虚拟的政治表达替代品，这大约就是所谓的“互联网民主”。它让民众至少有一个可以宣泄的窗口。

对照来看，选秀节目，或者近几年热议的娱乐民主，看来也是形形式式国外狂欢节的替代品。如果这种狂欢不是以含蓄内敛的美学形态表露出来，必然难以与温良恭顺的道学传统相容。无怪乎芙蓉姐姐一登大雅之堂，立马失去控制，变得乌烟瘴气起来。可有谁郑而重之地把芙蓉姐姐当作“姐姐”呢?

忽悠扰市的“带头大哥777”，将功利社会的群体焦虑和高科技传播手段结合起来，背后看得见推手的影子。媒体不是天生的仲裁者，依然会为利益所左右甚或蒙蔽。否则，长期以舆论监督为己任的巨型传媒，何以纷纷设法规避《劳动合同法》的实施？对于大众而言，媒体若不能自我举证其道德水准，则必然像《色·戒》、《投名状》所流露出的潜意识一样，都是靠不住的。这正是平衡报道最根本的理由之所在。

幸运的是过去的一年，所有那些不法的或不合理的不正当的诉求，都因政府公共行政能力的增强而被弭平。高企的舆情也因而波澜不惊。

文改续脉

12月5日，央视《新闻联播》出现了新面孔。这是一年半以来的第二次，也是20多年来的第二次。

9月19日，云南出版集团与南方报业传媒集团联合推出全新的《云南信息报》，《南方都市报》如同自主创新的都市报业引擎一样，继北上之后挥师西进，睥睨全国，百折不挠地抒写着激情与梦想。

9月6日，贵州卫视与甘肃卫视就开展以电视广告经营为核心的合作事宜达成意向并举行签字仪式，两头山羊摇身变成了四角羚。

2002年鼓勇而行的文化体制改革，走过的道路弯弯，积起的硕果累累。这当中蕴含着中国改革开放何以成功的奥秘。渴望一觉醒来，换了乾坤的人，其实还是一副末世心态，缺乏真正脚踏实地的勇气。

世事如棋，怪就怪在“珍珑”棋局难以打破。中国常盛不衰的电视节目，大概也只有《新闻联播》了，其对王牌播音员的倚重，能够与NBC的《60分钟》相提并论。一个中央级的大台，其节目形态构成、员工身份构成、行为识别构成，折射了中国转型社会的林林总总，既有先进先觉和开放恣肆的一面，又有老成持重和步履蹒跚的一面。孙玉胜先生在《十年》一书中，令人印象深刻的莫过于反复念叨着袭自广东报业的“太阳每天都是新的”这句话。一万年太久，中国的3个十年足足等于美国的30个十年！

王纛之下，那些威重一方的传媒，尚不能公开上市的，积极寻求成为区域文化产业的战略投资者，如解放日报报业集团之介入出版、剧场演出。与此同时，跨区域的经营也在新闻、出版、广播电视领域如火如荼地展开，不过如同股份的抛接和新鲜血液的轮替一样，仍不足以撼动诸侯各自割据的格局。在无处不飞花的怀春之城，渠道的考量继续扼守着传媒制高点。《东方早报》以地铁阅读为号召，一举转型为小报；《北京娱乐信报》干脆直接转型为地铁报，一头扎进了朝九晚五的洪流中。媒体盲求理想罔顾现实的时代似乎正成为过去。

现实的竞争压力也在挤兑着一缺机遇二缺人才的地方媒体。曾经以“西部黄金卫视”为旗帜的贵州卫视，在错过了中国电视节目的模仿创新期之后，探索起联合经营保境安民的道路。弱弱联手，依然只是中国电视的一小步，难能可贵的则是“天行健，君子以自强不息”的奋斗精神。

奥运开声

12月28日，中央电视台对外宣布，从2008年1月1日至9月30日，其体育频道将更名为奥运频道，成为体育媒体备战奥运的一个节点。

3月26日，《华西都市报》等15家都市报纸联合北京奥运会赞助商、北京奥运会官方网站承建者搜狐网，签约成立全国奥运媒体联盟。

1月5日，中国唯一的全国性英文日报《中国日报》面向全球推出了专门报道北京奥运会的英文报纸——《奥运周刊》。

奥运经济是一场家门口的战争。据谷歌提供的趋势搜索，人们关注奥运会的上一个搜索量波峰还停留在2004年的雅典，而新闻引用量的最近的波峰就在2007年。身未动，心已远，媒体逐渐换入了接战的姿态。如果说，2005年开设奥运专栏、专刊、专版的媒体还相当少，显得比较冷清，2006年除了北京广播电台开设了新的栏目，其余的媒体也是雷声大雨点小的话，从奥运倒计时500天起，媒体分明散发出了浓烈的硝烟。

据测算，奥运经济的媒体蛋糕在600亿美元左右，这是一个巨大的商机。由于奥运品牌的经营受到严格的知识产权保护，国内媒体不太清楚奥运知识产权的相关规则，有老虎吞天，无从下口之感。由于搜狐是北京奥组委唯一指定的互联网内容服务赞助商，新浪、腾讯和网易试图联手结成“奥运报道联盟”，三英战吕布，以分羹奥运广告市场。百度启动奥运战略，进军奥运搜索。新华网开通东道主通讯社官方网站，央视国际宣布成为官方互联网/手机转播机构。奥运之争事实上已揭开了序幕。

奥运盛宴无疑是一顿饕餮大餐，北京的媒体尽享天时地利之便。人民日报社100期《北京奥运特刊》和新华社28期《奥运2008特刊》获新闻出版总署特批独立刊号，首创奥运礼品化报刊。对于北京以及京外赛区之外的媒体而言，最大的挑战还是内容本身。需要掂量的是如何发扬奥林匹克精神，以及应当向国人，向世界传递什么样的声音？如果认为在奥运市场开发上无利可图，而忽视了奥运报道的份量，恐怕只能莫怨东风当自嗟了。

迎接扑面而来的奥运中国年，传媒也许还没有展现出绝世的风华，但是伴随着一个个不眠之夜，传媒的妆扮里有熠熠神采。即便在钱潮涌动的大背景下，传媒的媚俗也不算悲哀，而是在约束和自律下向生活常态的回归。至于那些在山涛海啸般的选秀节目中大显身手的娱乐新贵们，不妨在奥运的炉火中百炼成钢，并为“后奥运时代”的媒体格局未雨绸缪。

（作者系北京大学信息管理系博士后）

从“监督者”，到“报道者”

——南方周末在2007年的一些尝试

□李红平

在2007年那些全国性热点事件当中，面对全国众多媒体的一场混战，南方周末不仅没有失语，反而在其中提供了最深入、最独家的相关报道。因此，在面对“南方周末的影响力在衰退”的尖锐提问时，我觉得，自己还是有了比较充足的底气为南方周末辩护

2007年末，网易新闻邀请全国几十家媒体，在云南丽江召开了一次会议。会议的一个主题是“互联网时代的全媒体竞争”。主办方很坦诚地说，确定这个主题，是因为在2007年里，互联网在重庆钉子户、山西黑砖窑、厦门PX和陕西华南虎等多起重大热点事件中，都起到了非常重要的推动作用。尤其是在陕西华南虎事件中，网友自发展开寻找真相、质疑当权者的多途径尝试，而网易新闻更是突破了门户网站没有采访权这一网媒的根本掣肘，派出采访组，独家拿到40张华南虎照大图，并邀请六方鉴定机构进行鉴定，得出了“六方鉴定机构一致认定为假”的轰动性结论，从而把华南虎照事件推向高潮。这也是主办方今年引以为傲的一个范例。面对全新的媒体竞争格局，各媒体如何应对?

与会者基本上都是各地都市类报纸的代表。他们在面对这个话题时，大多坦言感受到了明显的竞争压力，有人甚至得出了互联网媒体势必成为主流、纸媒将只能各自寻找其相对狭窄的读者群的结论。当然，不少代表也表示了信心，这信心来自网媒从总体上来讲依然没有采访权、基本上仍依赖纸媒供稿的管制格局。认为网易新闻在华南虎照事件中的尝试虽然影响巨大，但只能作为个例存在，不具备普遍意义。

作为在场惟一一家周报周刊的代表，主持人在问我问题时，比问其他代表的又多加了一个限定词：“作为一份周报，南方周末有没有感受到互联网及都市类日报的挑战？面对这些挑战，南方周末是如何应对的？”

的确，今天的南方周末不仅要面对作为纸媒普遍面临的互联网的竞争，还要面对作为一张周报特有的、各地近年来风起云涌的都市类报纸的竞争。拼时效，在大多数新闻的发布速度上，南周显然无法跟日报、跟互联网相比；拼深度，近两年很多都市类报纸都纷纷开设深度版面，个别报纸（比如南方都市报）在一些深度新闻的开掘上，已经并不比南方周末逊色很多，他们还拥有随时发表的刊期优势。那么，在目前激烈的新闻竞争中，南方周末的优势和竞争力何在？

对此，我的回答是：自 2006 年第二次回南方周末工作后，确实明显感受到了压力和焦虑。与 2000 年前后我第一次来周末工作时相比，南方周末所处的媒体环境、竞争格局已经发生了翻天覆地的变化。2000 年前后，南方周末拥有新闻空间上的优势（地方媒体做不了的新闻，肯定会想到南方周末）、专业技术上的优势（各地媒体的市场化尚未推向纵深、南方周末在新闻专业水准上先走一步、明显领先同行）、媒体形态上的优势（地方媒体基本未开掘深度新闻、互联网媒体尚未兴起），还拥有吸引人才的巨大优势（员工薪酬极具竞争力、报纸平台极具号召力）等等。时隔多年后，这些相对优势大多已不复存在。要说不感到压力，那只能证明你迟钝。

但是，经过 2007 年一年的尝试，我觉得还是找到了信心，最典型的例证

南方周末
为什么是习近平
重庆"钉子户"事件内幕调查
最牛"钉子户"事件如何收场 僵局持续
导读
方舟评论
重庆"钉子户"事件给法律一个机会

南方周末
中纪委"5·30"通知：
对腐败官员的"最后通牒"
方舟评论 肃贪"三十天大限"没有回头路
少年血泪铺就黑工之路
豫晋警方酝酿联手解救
导读
民主社会主义在瑞典

就是，在今年那些全国性热点事件当中，面对全国一、二百家媒体的一场混战，南方周末不仅没有失语，反而在其中提供了最深入、最独家的相关报道。可以说，在重庆钉子户、杨丽娟、山西黑砖窑和厦门 PX 等今年最重大的新闻事件中，南方周末都为全国新闻界提供了“完美的收官之作”。这充分表明，在新的媒体竞争格局中，南周依然大有可为。

“完美的收官之作”的说法，或许因其自我嘉许意味过浓而引争议，但这确实代表了南周内部的自我评价。回望刚刚过去的 2007 年，正因为有了这些报道，在面对主持人“南方周末的影响力在衰退”的尖锐提问时，我觉得，自己还是有了比较充足的底气为南方周末辩护。

> 在即时新闻时代，对于重大热点事件，南方周末不应该也不能回避，不能缺席，反而应该积极主动介入，能先发则先发，如若不能先发，则应变后发劣势为后发优势

我们可以对南方周末新闻部分在 2007 年全国性重大事件中的那些“完美的收官之作”作一番简单的回顾。

南方周末 2007.6.14　　责任编辑 林楚方　实习生 成希　时政 A3

对“新形式腐败”官员的“最后通牒”

□本报记者 马昌博 发自北京

“最后通牒”

直指隐蔽性腐败难题

“最后通牒”将在多大程度上震慑腐败官员？也许要从上访的民众心里寻找答案　CFP/图

> 隐性腐败官员必须选择“说”还是“不说”；什么样的违纪行为将被“从宽”；司法机关有可能出台司法解释；是否会有很多违纪者接受“坦白从宽”

规定细化超出以往

什么人将被“从宽”

2007年初的重庆钉子户事件中，南方周末较早介入其中，但在做第一次报道时，并无明显优势。记者在前方获得的一些独家信息，几天后就会被其他日报类媒体和网络陆续刊出，作为周报的刊期劣势尽显。然而，在钉子户事件突然和解收场，但全国没有一家媒体知道，双方为何突然达成和解，其中究竟发生了什么的时候，南方周末记者张悦独家采访了重庆钉子户事件的三个最核心信息源：重庆九龙坡区区委书记郑洪、九龙坡区法院院长张立，以及和解后突然消失的钉子户吴萍（其中郑洪和张立之前从未在任何媒体上出现），在头版推出《那十五天发生了什么——一场举国瞩目的公共治理危机化解内幕》。充分还原了从钉子户事件爆发，到引发全世界关注，到突然以和解收场这短短15天时间里，三方谈判与博弈的全过程，不仅使读者首次获知了表面热闹非凡的事件背后的真实逻辑与演变过程，同时亦充分展现了在面对这场前所未有的公共危机时，一个地方政府的运作机制与思维方式，为观察中国现实政治体制，提供了一个切入的样本。

年中的山西黑砖窑事件中，南方周末记者朱红军从河南地方网站上看到相关信息后，于河南省外媒体中第一个到达郑州介入此事，并在全国抢先推出首篇深度报道《少年血泪铺就黑工之路，豫晋警方酝酿联手解救》。巧合的是，就在报道推出的当天，四位政治局常委对此事做出批示，把此事迅速引爆。第二周，朱红军推出《洪洞黑砖窑身世调查》，充分披露了洪洞黑砖窑的相关信息。与此同时，依靠之前与山西省省长于幼军建立的信任，南方周末记者寿蓓蓓全国独家专访于幼军，报道这位山西省长对此事的心态和看法。在于的支持和直接压力下，南方周末记者马昌博遍访置身此一全国性风暴中、与事件相关的山西省各级官员，推出《风暴眼中的山西官员》，为观察公共危机下的政府应对与官场生态，提供了又一个鲜活样本。三位记者从不同角度的努力，充分保证了在此事件中南方周末的纵深度。

2007年中至年末的厦门PX事件，南方周末记者朱红军第一时间内介入，在厦门市民已经决定6月1日上街散步、参与此事的专家与政协委员大多受政府压力而三缄其口的情况下，于5月31日推出《百亿化工项目引发剧毒传闻，厦门果断叫停应对公共危机》的纵深报道。年末，在厦门市公布环评报告和召开市民座谈会，厦门PX项目上与不上面临抉择的关键时刻，记者朱红军和苏永通在全国媒体中独家推出一组纵深式报道《民意与智慧改变厦门》、《厦门官方首度回应PX事件》和《厦门公众座谈会全

南方周末

寻找股市「带头大哥」

股市暴跌，谁接「下一棒」？

导读

百亿化工项目引发剧毒传闻
厦门果断叫停应对公共危机

党委减副职，政府怎么办？

厦门PX事件给人民以信心

南方周末

中国法院欲结束“垂帘断案”

圆明园·意如何

两份“秘密协议”引发悬疑
碧桂园被指“零地价拿地”

纪录》。不仅是继香港文汇报之后，于大陆媒体中首度权威披露厦门 PX 项目即将迁赴漳州的重大信息，并独家采访了厦门市主持公众座谈会的市政府副秘书长，由其代表厦门市政府首度对此事作出回应，还披露了其他媒体未曾注意到的厦门公众座谈会的一些非常有意思的细节。因其重大、独家而深入，当天，新浪、搜狐、网易、腾讯四大门户网站的超粗黑头条，均采用了南方周末的这组稿件。

除了这些得以见报的“收官之作”外，今年南周还有多起热点事件的报道，因为禁令的原因而未能发表。比如凤凰塌桥事件、湖南湘西州长涉嫌强奸事件和南京彭宇案，在这三起重大热点事件的新闻竞争中，只有内部人才知道，凭借南方周末记者相对其他媒体的深入程度与突破力，如果这些文章能够发表，完全当得上“收官之作”的美誉。尤其是州长强奸案一事，因其新闻元素之丰富、情节之戏剧性，完全赶得上好莱坞大片。记者仅采访笔记都有 50000 多字，此稿没能发表出来，甚为遗憾。

在即时新闻时代，作为一份周报，如何面对这些全国性的热点事件，曾经是困扰南方周末的一大问题。在报社内部也曾有一种观点，即南方周末不应该、也没有能力去抢这些热点，而应该依据南方周末的价值观，更多地去发现一些其他媒体不曾注意的独家新闻。然而，南方周末在 2007 年的实践表明，对于这些重大热点事件，南方周末不应该也不能回避，不能缺席，反而应该积极主动介入，能先发则先发，如若不能先发，则应变后发劣势为后发优势。当然，这对南方周末记者编辑的个人突破能力、新闻观念与判断力以及采编资源积累，均提出了更严酷的挑战。但南周如果想在新的媒体竞争格局中避免边缘化、维持往昔的尊严，必须直面这一挑战。而事实证明，南方周末的编辑记者，也有能力面对这一挑战，从而重构南方周末在新时期的核心竞争力。

除了对重大热点事件进行深入报道、力争变后发劣势为后发优势之外，对于一些非事件性的热点，新闻部仍然积极介入，并力图探索出南方周末特有的报道方式

除了对重大热点事件进行深入报道、力争变后发劣势为后发优势之外，对于一些非事件性的热点，比如2007年影响全民生活的房市与股市，这些按传统划分明显属于经济新闻范畴，但因其影响波及全民，南方周末新闻部仍然积极介入，并力图探索出一条经济新闻与社会新闻相结合的报道方式。

比如在万众瞩目的房价上，南方周末新闻部在2007年有三波重要报道。

第一波是在2007年中，当深圳作为全国房价新一轮上涨的领头羊，半年时间房价即上涨50%之后，南方周末新闻部记者张悦和经济部记者余力合作，共同推出了《2007：深圳房价暴涨背后的秘密》，创造了把经济新闻记者的财经视野与社会新闻记者的细节把握相结合的新方式，既全景呈现了深圳房价暴涨的疯狂对这个城市和人们心态的微妙影响，又提示出其背后的经济逻辑、国际背景与可能的风险。

第二波是在2007年9月份，针对二手楼市的相关问题，南方周末派记者孟登科在一家中介“卧底”一个月，推出的报道《地产中介灰幕》，以亲身经历的方式，全面提示了房地产中介的运行潜规则，及其在房价上涨浪潮中所起的推波助澜的作用。

第三波是在2007年11月份，当地产商碧桂园集团在香港上市、杨惠妍成为中国新首富之后，关于地产商通过囤地、圈地、推动股价上涨等资本动作方式谋取暴利的质疑声日高时，南方周末派记者苏岭了解碧桂园集团的拿地模式，本想做一个碧桂园如何积累土地、成为全国“地主”的

南方周末
Southern Weekly
世界“新七大奇迹”评选
一场商业秀玩转全球一亿人
深圳2007 房价暴涨背后的秘密

南方周末
Southern Weekly
用爱，架起希望的桥
“荒漠余生”记
广州2007：谁推高了二手房价?
地产中介灰幕

全景式报道，但记者在湖南张家界了解的过程中，却意外地发现了这一个案的标本式价值：地方政府为了招商引资，不惜零地价出让土地，并采取事先签定秘密协议的方式，让中央政府确定的土地招挂拍、禁建别墅和禁止囤地等一系列规定沦为形式。由此推出的头条报道《两份秘密协议引发悬疑，碧桂园被指零地价拿地》，一举撕开了媒体与地产商因在广告方面的巨大利益而构建的潜规则，在全国地产界产生强烈震撼，并引发相关主管部门的调查。

对非事件性热点报道的另一个范例，是南方周末在2007年末推出的《系统》一文。2007年下半年，史玉柱的网游公司在美国成功上市，续写了这位商界人物的新传奇。然而，民间关于史玉柱网游却有巨大争议，尤其是对其利用人性的弱点，在游戏设计中引入现实世界的潜规则、把游戏变成一部谋利机器、公然践踏道德底线的非议不断。南方周末记者曹筠武历时一个多月，以一个资深玩家的经历为个案，描述了其如何沉迷、如何付出钱财、如何被游戏控制、最后毅然退出的全过程。《系统》一文以其在文本上面的精彩呈现，以及对现实世界的巨大隐喻，在稿件因故没有上网的情况下，却在网络上被网友自发进行大量的转载与转贴，成为2007年末网络的一大热门话题。

除此之外，南方周末2007年在时政、法治及调查、民生等传统新闻拳头产品的操作上，亦自有其表现。像时政在邓小平逝世十周年、全国两会、香港回归十年、十七大、习近平任上海市委书记、以及陈良宇之后的上海一周年等重大题材的报道，像法治在聂树斌案最新进展、死刑复核一周年及肖扬任内总结等方面的报道，调查观察民生在神雕之死、巴拿马毒粮浆事件、寻找血肉钢板下落、县委书记被勒索2000万等方面的报道，均可圈可点，为南方周末参与新闻竞争贡献了新亮点。

从监督者向报道者、从批判者到观察者转变。这决定了南方周末在做新闻的时候，不再是一开始即抱着一个监督和批判者的姿态，而是希望更多地去呈现，事实本身是怎样的，其背后相关各方是一种什么样的行为逻辑，从而提示出事件本身的“丰富与复杂性”

回到主题中来，之所以说在当下全新的媒体竞争格局中，南方周末在新闻方面依然大有可为，是基于这样一个判断：虽然这些年以来，随着市场化程度的不断提高，各家媒体的操作水准有了明显提升，但是与英美等国相比，中国媒体在新闻技术上的征途，依然是长路漫漫。每次阅读普利策奖的相关作品及《纽约时报》等其他媒体的报道时，我都深切地感触到这一点。

正如前文所述，与2000年之前相比，今天的南方周末在新闻空间、媒体形态、人才吸引、以及价值观等方面都不再有明显优势，在新闻技术上，与其他媒体的相对差距也在明显缩小，我想，这是很多业内人士之所以感觉南方周末的江湖地位在下降的一个重要原因。而在这些变量中，在其他几个要素一时间尚难有根本变化的情况下，最现实、或者说我们这些一线采编人员能够有所作为的一个变量，即在于新闻技术。今天的南方周末，能否在依托其二十多年积累起来的巨大品牌优势的基础上，在新闻技术上更进一步，从而能重新接近、甚至于超过2000年前后的南方周末与同时期其他媒体在新闻技术上的相对差距值，或许是其能否在新的历史时期重塑荣光的一个至关重要的点。

说起技术，我个人感觉，在鼎盛时期，南周新闻给读者最大的印象在于其新闻背后的价值观，在于其所传达的为公正、民主鼓与呼、在于其反腐败促改革关怀弱势群体的鲜明的精神气质。当然，其价值观也是采用了相对同时期其他媒体而言，明显超越同行的新闻技术与文本来呈现，二者相结合，成就了南周当年的辉煌。时过境迁，南周当年所倡导的价值观，虽然作为血脉传承了下来，并成为这张报纸的宝贵财富，但也因此而历经曲折与无奈。此番经历，非内部人难以感知与体会。与此同时，时代背景和读者需求也在发生重大变化。在此背景下，南方周末为了相对平稳地生存和发展，也被迫隐藏其往昔过于张扬、过于锋芒毕露的价值观，而逐渐强化其新闻报道者与信息提供者这一媒体的本原功能。也就是说，开始从监督者向报道者、从批判者到观察者转变，也就是所谓从“斗士向智者转变”。这，或许是南周新闻在价值观上面的一个重大变化。

从监督者向报道者转变，这决定了南方周末在做新闻的时候，不再是一开始即抱着一个监督和批判者的姿态，而是希望更多地去呈现，事实本身是怎样的，其背后相关各方是一种什么样的行为逻辑，从而提示出事件本身的“丰富与复杂性”。我们认为，新闻的本质在于更充分而全面地提供事实与信息，评论和发言更多地应交给读者与评论版来完成。因为，事实和真相本身，或许比简单的批判与揭露更有力量。

正因为如此，我们在做报道的时候，非常强调的一点是尽可能接近

南方周末
Southern Weekly
2007年4月12日 星期四
新闻 II
NEWS
B9

一片走向萧条的土地 一个走向封闭的家庭

你不会懂得我伤悲——杨丽娟事件观察

3月26日，杨丽娟的父亲因女儿没能单独见上明星刘德华，跳海自尽。
当日，刘德华在日记中写道：你不会懂得我伤悲。
同样，人们似乎也难以懂得杨家的伤悲。
如果一件事情无法解释，那么一定有你所不知道的事实存在。
父亲、母亲、女儿，这一家三口，各自经历了怎样的心理轨迹，彼此又在怎样地影响纠缠？
这是本报记者的观察：
一个掩藏着脆弱、敏感、绝望和固执的故事。

□本报记者 袁蕾

死在香港，活在香港

阿干镇，寂静岭

新闻的“核心消息源”，强调提供最本质、最核心的信息。这一点，南周2007年在钉子户、黑砖窑和厦门PX等多起重大热点事件的报道中，均进行了成功的尝试。

当然，这一转变，或许会引起一些南周铁杆读者与业内人士的非议。比如，2008年初，一位南周的老同事曾尖锐地对我说：“你们去年的报道最典型的特征，是对政府捧着、哄着、骗着。”这位同事是1990年代末南周精神的极端捍卫者，从骨子里便充满了对官员的敌意与不信任，认为媒体的惟一功能就是监督与批判。对于他的观点，我当然斥其“新闻观过于狭隘”，而且毫不体谅具体操作者的处境，比如厦门PX的第一次报道，就发表在厦门市民上街散步日的前一天，发表压力可想而知，标题中加上“厦门果断叫停应对公共危机”实属无奈。再如黑砖窑的第一次报道，标题如不加上“豫晋警方酝酿联手解救”，如此黑暗的事实，如何能规避上面三令五申不准跨地域进行舆论监督的禁令？

但是，这部分人的感受也在警醒我们，这类创新型的报道在措辞与表达上，如何尽可能更谨慎、更平衡和更客观？如何掌握好不同报道类型之间的比例？如何在转型过程中找准南方周末的新的精神气质？这些，仍有赖于在前进中不断摸索和解决。

还是在网易的那次讨论会上，当我向大家列举了南方周末在2007年这些重大事件中的表现，以证明面对纸媒和互联网的挑战，南周并非无可作为之后，主持人说：“我明白了，南周在今日的竞争力，主要依赖于有一批突破与报道能力超强的编辑记者了？”我想了想说，是的。至少我认为，除了品牌优势外，南方周末在新时期的核心竞争力，已经严重依赖于其编辑记者在新闻观念、方法、技术与个人的突破能力，以及在采编资源上面的积累了。南方周末在2007年值得称赞的这些报道，无不与拥有这样一批令人自豪的新闻特种队员紧密相关。至于在媒体形态与体制制度上，如何与时俱进以打造其核心竞争力，从而在日益激烈的媒体竞争中保持不败并能更进一步，则有赖报社决策者的思考了。

（作者系南方周末新闻部总监）

专题研讨

专题研讨「少年杀母事件」

每一个生命都有自己的独特性

□蒋志高

南方人物周刊编辑　蒋志高

关于选题

2007 年 6 月 13 日，广州各大媒体都报道了一起河南少年斩杀父母案，当时我们就判断，这是一个封面报道。

“死一个人是悲剧，死 100 万人只是个统计数字。”似乎是斯大林说过这话。但是我的理解是“死 100 万人只是个统计数字，死一个人却是悲剧”。

而我们日常所见的新闻操作的惯常路数是把悲剧当作统计数据。

以 6 月 13 日的报道来看，这个小孩就是被当成了一个统计数据，被打上了这些标签：网瘾少年、河南人、留守儿童等，然后是专家分析，或者是制度探讨。

如果说这些做法是把个体抽象化的话，那么《南方人物周刊》要做的无疑是把抽象个体化，或者说，如果日报的新闻审美在于新浪化的话，那么《南方人物周刊》的新闻审美在于豆瓣化——每一个生命都有自己的独特性。需要说明的是，这两者没有高低优劣之分，基本相当于川菜与粤菜的区别，口味不同而已。

为什么值得做封面？

新闻题材是有山头的，我相信每一个做记者的都有一种最原始的职业冲动，在某个领域树立一个自己的山头。

这个故事让我有了树立一个山头的冲动——残酷青春。

这个主题在电影、先锋艺术领域已经有良好的表达，但是，在平面媒体中，以我有限的视力范围，没有发现。

事实上，我们整个操作团队都为此激动不已。

关于采访

6月19日，《南方人物周刊》记者傅小永和实习生陈博雷跟进，采访了杀母少年的父亲张柱良、少年的大伯、父亲同学以及几位社会学家和犯罪心理学专家。

大约2个月后，小永对我说，这个稿子他做不下去，因为他始终无法理解这个孩子到底想什么——我很理解小永的这种不理解——做这种稿子，对任何记者来说，心理上都是巨大的挑战。

虽然小永的采访没有持续下去，但是，他和张柱良建立了良好的互信关系，如果没有这种互信关系，接下来所有事情都将是不可能的。

张后来给我们讲述了几个友媒采访的情况，推进手术室的时候，一群记者追在旁边问：你妻子当时还能站起来么？你儿子砍了你几刀，怎么砍的？你什么感受？

手术后，某著名杂志的记者来采访，张说："这个问题可以看广州日报，那个问题可以见南都。"该记者把笔记本一合，说，这都说过了，那都说过了，那还有什么新闻价值呢？张说："哦，原来你要的是新闻价值啊。"

这样的问题，这样的媒体是何等的简单粗暴?

此后，我叫实习生林珊珊接手，继续调查下去。

插播一下为什么叫林珊珊接手，她是个80后，青春同样残酷，这与70后的小永相比可能更能理解这个孩子。在这之前，她和我合作过两个选题，对她的职业素养、特长已经有了基本的判断。更重要的是，她是个女生。这个稿子的采访，不仅仅是用口，更多的是要调动五官中的其他部位:眼睛、鼻子、耳朵。而我相信，女性的感觉器官是比男性更发达的。事后的采访与写作证明了这点。

此时，我搜索到了少年的博客，上面有他的QQ号，我拿到了这个号码上的好友号码，一共72个，我叫林珊珊和另一个实习生田原挨个加上，挨个聊。

这个工作异常艰苦，感谢这两位实习生，最终我们通过这个找到了两个张明明的好友，拿到了他父亲都不知道的很多细节——比如他的梦想，比如他和成龙的通信，比如他的QQ号上有几个性工作者等。

大约10月底11月初，父亲从河南料理完后事，回到广州，并且答应和珊珊见面。

第一次见面，林珊珊和张聊了7个多小时，其中前面大约3小时是聊家常。出乎我们意料，或许是出于孤独，张在后面的4个小时中聊到了很多当年在广州混地下帮派的事情。

第二天，我决定和林珊珊再去见张，没有对这个父亲的直观印象，我编这个稿子会心虚。

这次采访并不成功——最私隐的话题，只适合两个人聊，尤其是和异性聊，当我这个第三者出现时，张的目光总是漂移，无法集中精神。

更糟糕的是，我们3个小时的聊天只录到了17分钟，不过我记住了三个问题:

你在广州最大的收获是什么?

赚钱。

涛涛（我一直小心翼翼，不称呼这个少年的全名）的基因中，哪点和你最相似?

记仇。

你对广州最大的印象是什么?

冷漠。

如果前面他给我们讲述的是一些碎片，那么，这6个字让我对这位父亲有了判断。

随后，我们决定去找张明明曾经就读的学校。

这里说说我们的采访思路，这无疑是一起骇人听闻的悲剧，而悲剧的起因连父亲至今都没弄明白。我们决定从两个方面入手——环境与性格。

环境——这个小孩的家庭环境、学习环境、生存环境、工作环境等。

性格——这个小孩的个性与人格。

先讲环境，学校无疑是一个，可惜，那里已经找不到任何关于这个少年的痕迹。

我们决定再折回去，找张明明的居住地——著名的三元里城中村——这个逼仄的环境后来成了我们文章的一个重要意象。黄昏时刻，在这些小巷中，时时刻刻可以感受到张明明的气息——像老鼠一样卑微的生活。没有对这些环境的感同身受，或许我们永远无法走入这个孩子的内心。

当晚9点左右，我们决定去找寻他们卖烧烤的地点，在围绕桂花岗转了整整一圈，问了无数人之后，我们最后找到了这个点，更幸运的是，我们还遇到了一位陪了他们两年多的保安。

此后，我们走到站前路，沿大街反反复复扫荡，找和张明明一起进过货，同是卖烧烤的伙伴周周。直到晚上12点，仍然没有找到，后来知道是因为创卫。

为了更深刻地体验张明明的环境，

蒋志高在三元里城中村采访

过几天林珊珊又找她男朋友陪她夜晚去了一趟城中村，重走张明明无数次走过的路。

此后，林珊珊又多次找张聊，如果说以前聊的更多的是他在广州的生涯，后期的重点则放在了父子关系、父母关系上。必须承认，张是个坦诚的人，没有隐藏什么，包括他对儿子细节的一些片断回忆。

通过这段接触，张已经完全信任了我们，给了林珊珊一些以前他不愿意提供的电话号码，找到了他亲人中和小孩关系最好的堂哥等。

期间，林珊珊和田原多次联系警方，他们最终没有答应让我们见张明明。

这也是这个稿子拖了这么长时间的原因之一，很多时候，我们是在等待：等待父亲心情的平复、等待警方的答复，等待张明明网友的上线。

11 月 21 日，摄影记者大食、林珊珊和我再去城中村一趟，拍了一组那里的照片。当晚，林珊珊再探站前路，在张的帮助下，终于找到了周周，除了了解了张明明的一些细节，这个人还为我们展示了生活的另一种可能——同样的环境，性格可能决定了命运。

次日，我决定采访结束，开始写作——我相信，除了这个小孩本人，我们是这个世界上最了解他的人了。

杀母少年家门口

关于写作

我决定要做个非虚构小说的样本。

我憎恨现场采写、嫌犯对话、亲属痛诉、专家评析再加上老生常谈的时评的模块式操作。

这种解决方案在描述这个惨烈的悲剧时，对我而言无疑是另一种残暴。

最大的悲剧是，身处悲剧中的人并不觉得这是悲剧——这一家三口都在其中。把这种最大的悲剧用细节展示出来，就够了。

不煽情。不滥情。不无情。

不合成。不臆断。不猜测。

任何一句话都要有出处。

需要说明的是，我们的文章没有根据传统的、新闻专业主义的操作，每个都注明消息来源。

以第一段为例，简单说明如下：

张明明决定杀掉他的父母。

这个想法在他脑中盘旋了差不多两个月。（依据：在给警方的自白书中，张明明写到：从5月份开始，我就计划着怎样杀了我的父母，杀了他们之后我又该怎么过。）

“我想，只有杀了我的父母，才能让我多年积累的仇恨得到释放，让我真正地过着无拘无束的生活。”（直接引用自白书）

1991年11月25日，陈菊生下了他；2007年6月12日，他将陈菊打晕、掐死，然后割喉。（调查所得）

其间，陈菊打开大门惨叫一声，但门很快又被关上。（调查所得）那就像荒林里一声绝望的鸦叫，一切又恢复了寂静。（小说叙事手段）

这幽暗的小巷的深处，有一个拐角，几栋四层高的楼房围成一个天井，张明明的家在这儿。抬起头，天空依旧是一条狭长的线，被错综复杂的电线切割得支离破碎。一米多宽的小巷两边房门紧闭，垂吊的女人内衣透着湿气，牛仔裤则似乎长年挂在一边，一动也不动。还有一个个小口子，连接更小的巷子，有时候，一个安静的小孩跟着一个女人拐进去，或者，一个谢顶的中年矮男人藏在巷里，睁着眼睛瞪着过往行人。声音从远处隐约传来，光亮在100米外的巷口。（我们去现场观看所得）

那天下午，父亲张柱良就从这个巷口逃了出来。

如果每处都指明消息来源，会对叙事形成极大的干扰。为了避免读者的误解，我在文末把采访对象列了个清单。可能是因为这种写法，导致了不少人认为这篇文章有虚构成分，但我们的前提是非虚构。在职业操守上，我们很自信。

2007 年 11 月 22 日上午，林珊珊开始写作。

当晚在办公室通宵，直到次日下午 5 点。回宿舍休息一会后，继续通宵写。11 月 24 日上午，她把初稿给了我，全文 17000 字。

她在博客上说，写这样的稿，至少还要再读一年书，可还是写了。

我删除了其中一些臆断成分，以及一些太过残暴的地方——比如，儿子计划将父母杀死后用绞肉机绞碎。

我们屏蔽了关于这个家庭的真实姓名、详细地址等信息。

最初的标题叫《凶杀》，向卡波特致敬。

整个采访我们用了 5 个月、3 个笔记本、至少 40 小时的录音，而卡波特写那本书用了 6 年，材料有 3 卡车。

本话题图片摄影：大食

我让一个人重温了一遍悲剧

□林珊珊

南方人物周刊实习记者 林珊珊

2007年11月初，我接过这个选题，之前，傅小永老师做了一些采访。

选题深深吸引着我，故事本身充满了人性的冲突，他为什么要杀害母亲？他的人生轨迹是怎样的？这个家庭有着怎样的故事？尽管此前关于这个事件的报道很多，但这也只是千百万宗少年暴力事件中的一则，最后九江大桥撞了，所有眼睛又盯到那儿去。这个少年，这个悲惨的一家，曾经被媒体写成一个干巴巴的符号，然后不留痕迹地消失在大众的视野中。想起那被遗忘的无数生命，我感到害怕。我们想做的事，就是详尽地记录一个家庭的命运，它经历了怎样的辛酸，又如何走向毁灭。我没学过新闻，但我记住这样一句话："新闻之所以重要，主要有一个原因，那就是：人。它写人，影响人。"新闻记录的人，该是有情感的人，丰满的人，而不是机器人。

我开始和编辑商量选题的操作：少年杀人的确切动机，我们也许永远都无法得知，但任何悲剧的产生总是离不开两个因素，环境及人物性格。主要操作模式是通过讲故事的方式，展现悲剧产生的环境，悲剧人物的性格，以及这两者发生的反应。接下来，我开始联系采访源，少年的父亲、亲戚、朋友、网友、老师、邻居……

采访

几经辗转，我们找到了张明明的72个网友。和受访者建立信任关系并不容易，特别是在网络上。可能的结局是对方一下子紧张戒备起来，让你处于十分被动的劣势位置。于是必须把握分寸，不能过早暴露身份，我的目标是，获取信任，把网络人群拖回现实，进行采访。

接下来两个星期里，我早晨起床便打开电脑，蹲在椅子上，等候网友的出现，就像在等待猎物的蟒蛇，然后缠上去，迎合不同的语言系统与想像逻辑，以不同的网络形象逐一和他们聊天，常常聊至深夜。不得不说，进行这些工作，我觉得自己很猥琐。当然，我也遭到网友的追问、指责和戏弄。

文章中提到网友小白，是一个湖南女孩。接触她之前，我看了她的QQ空间和签名，推测此女生单纯，可能还爱看安妮宝贝之类。我于是装扮清纯，带着淡淡的忧伤，写几个华丽的句子，很快她注意我了，并在一两个小时后"很喜欢"我，认为我"一定很漂亮安静"。我开始聊起张明明，并故意问：他是不是喜欢你呀？她急于解释了。

几个问题后，我获得了一些初步印象，但由于当时距她和张明明网聊已经很久了，没有刻意回忆，根本想

现在，他的世界里只有父母。

他像是生活在时钟上的秒针，被其他两根牵动，日复一日地干着同样的活：凌晨四点帮忙收档回到家，然后踩40分钟的单车去和平西路的冻品市场进货，四十斤鸡腿、二十斤羊肉和火腿。

他第一次在凌晨单独进货的时候，妈妈很紧张，骂张柱良怎么可以让他一个小孩去，出事了怎么办。父亲也挺担心，睡不着觉，就一直站在路口等。结果等到早上7点多他才回来。"问他怎么那么晚，他就说车坏了，要修理。心里还是生气，但看他满身大汗，就没生气了。以后就让他一个人去。"

半年时间，他就像一只老鼠，在深夜独自穿梭在城中村。

他上网越来越频繁了。

网吧藏匿在邻巷一家小卖部后面，张柱良在儿子和老乡的一次对话中得知网吧地址。他走进去，逼仄的空间摆放几台电脑，坐满了人。张明明弓着背双手交叉快速敲打键盘。他推推他，儿子扭过头，两人相互看了一眼，面无表情。张柱良没说话，转身便走了，过一会，儿子端桌子和烧烤炉来到了卖场。

十三

平常，父子俩一天说不到五句话。凡手连架都没吵过。他们的对话只有三种可能：一是父亲自上而下的命令，二是儿子自下而上的汇报，三是上网前借口与反借口的对峙。

下午五点半是家庭的晚饭时间。张柱良坐在床上，老婆和儿子则坐着小矮凳，他俯视着他们。他喜欢这种感觉。

张柱良吃饭很快，两大碗一下就吃完了，然后坐在床边看电视，这时他们都还端着饭碗。张明明注意着父亲的一举一动，父亲一走开，上个厕所或洗个手，他趁机就溜了出去。有时父亲躺着，哪也没去。时针慢慢摆到六点，他等不及了，网友在等着他呢。

在网上，他可以和好友聊天，在他的QQ上，有72个好友。和他们聊天让他可以找到在孤独之前的那种快乐。这种孤独在他来广州后已经像爬山虎一样死死缠住了他，无法摆脱。他还可以在游戏中做另一个自己，他不再是一个卖烧烤的，而是一个除暴安良的警察或者是一个拉风的卡丁车车手。这两种快乐让他在这种厌烦的生活里有一点放松。

"我去打个电话给朋友"、"我去买东西"……他低着头等张柱良回话。张柱良没吱声，只半闭着眼看着他。他慢慢抬起头瞅瞅父亲，又低下头。

有时父亲就直接说"不行"，他就咬着嘴，扯着衣角，站在门口不时扭动身子，犹如毒瘾发作。父亲五指轻轻一扬，他立刻弹了出去。

父亲知道他去上网，他也知道父亲知道。

十四

有时候，张柱良怒了，吃过晚饭，突然把饭碗往桌上用力一摔，指着张明明，一字一顿地说："从今天开始，不许你再去上网。"张明明不敢吭声，放下饭碗往房里跑，嘭的一声把门关上。母亲敲敲门，"什么事？"他没好气大声说。"拿东西！""明天再拿！"张柱良亲自出马，咚咚咚敲着门，"什么事？""拿东西。"张明明连忙开了门，又躺到床上去了。

第二天，他又在屋里团团转，不时观察父亲的动向，如果无机可趁，他又支支吾吾开始找借口了。

借口找多了，他就赤着上身穿着短裤跑出去。张柱良想，他总不会赤着身去上网吧？便没叫住他。可他还是8点半才回到家。卖烧烤时，张柱良对他说："上网也总得穿上衣服吧。"他不回答，走开了。

借口仍然需要找。一次，张明明吃过晚饭，对父亲说"我要去买鞋垫。"父亲说"行，五分钟后回来。要是想上网，就别找借口。"他靠在门上，歪垂着头，一动

25

不起曾经的聊天内容。女孩开始警惕我的追问，并感觉到张明明出事了，反过来一个劲地追问。我不想说谎，表明了身份与来意。她的反应十分强烈，突然感到“这个世界很可怕”，并对我极为排斥，觉得记者“专门躲在阴暗的角落，偷窥他人的内心”。确实，一个人本来不为人所知，藏匿于大众模糊的脸庞之下，现在，他的一举一动，显露的隐秘的，光明的幽暗的，将被我从各方面收集，然后赤裸裸地展示，这真让人不安。

我只能继续说服她，同时也在说服自己——虽然深入他人内心触犯其隐私，但了解他也是想帮助他和他的父亲，这于社会有益，希望悲剧不再重复。她总算有点平复心情并理解我了。

然而，她失恋了，没有心情接受采访。在我的经验中，失恋的女生总会觉得自己是世界上最痛苦的人，所以接下来的日子里，我每天上线倾听她的苦闷心情，并极力安慰她，和她交流诸多女生成长话题，两个星期之后，她说，她把我当朋友了，愿意重新回忆告诉我所知的一切。

在另外一些时候，我扮成小混混，谈性谈寂寞。那些少年张牙舞爪，总问着，姐姐，要不要裸聊，要不要做我情人……被你拆穿后，他们便露出青春的迷茫与孤独。一个河南少年的签名充满仇恨，满是杀杀杀，一开始，我说，你是七杀凶神，我是八杀……聊到后来，我感到他的苦闷，你孤独吗？他说，是啊。我于是说，有那么多孤独的人，不知是谁的错？我进入他的语言系统了。

我已经知道他和张明明来自同一个城市，年纪相仿，有可能是朋友。如何开启这个话题？提出这事必须是严肃的，不能八卦轻浮，如使用“听说你们那边有个小孩杀了母亲”之类的句子。我表达了这样的意思：在你的河南老家，有一个少年，杀了自己的母亲，我想，他一定很孤独。他说，可惜了，我失去了一个好朋友。重要的线索就在眼前了。聊了几天后，我把电话号码给他，他的也给了我。第一次通电话，聊到最后，泣不成声：“你再也别说他了，我什么都记不得。”我没再问下去，跟着一块难过。接下来，我给他打了几次电话，关心他的冷暖。后来他主动说起了他，一切“历历在目”。

再后来，张柱良对我完全信任之后，帮我联系了张明明最要好的堂哥阿强。阿强说，叔叔跟我说过你，有什么尽管问。他用河南话跟我聊张明明。这些少年，其实充满真情，比许多人都要真，听他们讲话，我总想起张明明，幻想强大，其实幼稚。孤独的少年钻进“梦想”、“自由”这些宏大的概念筑成的迷宫，怎么也兜转不出来。

采访少年的过程大概如此，花了很大力气，很多时候还是浪费表情，聊了大半天，原来那人对他没有半点印象。甚至还被戏耍，被莫名其妙的电话不住骚扰。但总体上，我是快乐，有所得的。现在，我偶尔会上线，给这些少年留留言。我不愿相信，人与人之间的关系是如此轻浮；也不愿放纵自己，为了达到目的，虚伪地付出某种真诚的感情。

采访张明明的父亲，比想象中顺利。给他打电话之前，想了很久，该怎样开口？毕竟经过几个月，他该是过上较为平静的生活，现在，让他重新回忆，就是再经历一遍悲剧，这极为残忍。我在电话中问道，还记得傅小永吗？他说记得，人不错。这样，我很快被同意前去“看望”。那时我想，记者的人格魅力真重要。

采访父亲，我没做笔记，也没拿出采访提纲。装假是在聊天，让他处于放松状态，制造情境，营造氛围，引导他讲述故事、描述场景，并耐心倾听。

第一次采访，我们谈了 7 个多小时。前 3 个小时，聊家常及人情冷暖。然后，我讲起对广州的感受，这引起他回忆在这城市的经历。我不敢主动提起那个惨剧，当然，一有机会，我便靠近。记得后来提到广州的出租屋，我便问，家里的布局是怎样的，顺手递了纸和笔过去。他画了出来，指到走廊，“那天，张明明从这里冲出来”……终于讲到这事了，直到那时，父亲还是不理解儿子。我聊起了自己的经历，谈一个孩子对于家长的表现是如何敏感，讲述自己 16 岁的感受，我成长在一个压迫女性的村庄，始终生活在父亲阴沉的脸色下，还试图离家出走。

这样，我和张柱良拉进了距离，他开始讲述自己是怎样当父亲的。每讲一件事情，我便在脑中构建画面。我会问，当时你站在哪里，说了什么话，张明明是不是扭头就走……场面多是我先想像一番，然后提出封闭式问题，勾起他的记忆来重新表述。细节就是这样问出来的。

我想，张柱良事发后该很少和他人这样聊天。他是寂寞的，或许，他还觉得我挺理解他。总之，我们很投入，放得很开。那一次忘记了吃饭，一看时间，7 个多小时过去了。

张柱良矛盾、忏悔。他给了我一个故事的轮廓，关于他的几十年，他的家庭关系、生存环境。晚上 8 点多，我坐在回校的公车上，这微妙的父子关系吸引着我。父亲高大强壮，总有挥不去的卑微感，却在一个底层之家寻求威严，儿子对父亲既厌恶又崇拜也恐惧。听父亲讲少年，我竟想起卡夫卡，想起生活的荒诞，想着每个人都被自己所逼迫又逼迫着他人，永远盯着未来那微弱的希望，忘却了当下，忘却了活着本身。

往后，我采访了父亲 4 次，穷尽一切细节，比方说几点起床，吃什么东西，卖烧烤怎么走，看到什么，想到什么，骑什么车，车上放什么东西……当然，我也会描述我所看到东西，引发他说话的欲望。和他的关系越来越密切，而他是不是忘记我在采访了。有一次，我说，你甚至可写成小说了，他很惊讶地说，你要写我吗，有什么好写呢，我太普通了，一点成就也没有……

根据父亲提供的线索，我们多次去广州瑶台采访体验，在相同的时间重走烧烤之路。瑶台曲曲折折的阴森小巷，我走过好几次。

我渐渐体会到一个 16 岁少年的心境。一个晚上，在小巷的更深处，我看见路灯布满灰尘，老猫蹲在墙角的暗处，便想起达利那荒废的时间，这个小家庭是他全部的现实世界，他是那根秒针，生活在冰冷的时钟，无可奈何地机械行走。他盯着分针和时针，似乎只有毁了它们，才能冲破钟面找回自由。

卖烧烤的一带，夜晚也是寂廖的，几个流浪的人，披着被子，蹲在大厦下边打牌赌博。张爱玲那一袭华丽长袍真是经典。

没采访到少年很遗憾，我想知道，在这敏感的孩子的生命里，命运哪些神秘的偶然在牵引着他？悲剧对他做过怎样召唤和暗示？在他封闭的空间里，时间是如何流过的？

我只能通过外围采访感受到，生活经历、家庭与社会的环境和孩子那似乎是与生俱来某种性格倾向发生了共振，最终紧紧交融在一块。这正是我想表达的——大环境下独一无二的个体生命。这不能通过贴标签得来，命运一定有着它的另一种可能性，我们于是寻访张明明从前的另一个烧烤伙伴，我先后和蒋老师、朋友、张柱良在火车站一带走了 3 个晚上。11 月 20 日晚上 10 点钟，我在一条小巷找到了他，和他聊了 2 个小时。同样的大环境下，周周早熟世故，极力融入主流社会，讨好前来吃烧烤的有钱人。那晚，风很大，张柱良和我们围在小炉边，他很沉默，这个烧烤之家却有说有笑。

我望着他远去，那是我最难过的时候。其实，张柱良在我面前总是很坚强，关于那天如何砍人，如何逃跑，我们只提过一次。很难相信张明明是有预谋的，他说其实有迹象，提及了两个让人不忍耳闻的细节，其中一个关于绞肉机。说这些的时候，他的眼睛盯着桌面，双手来回地搓。说完，我们沉默了很久。说起幸福的片断，他的脸颊浮现丝丝微笑。其实人有一种状态，对着另一个人说了很多心里话时，会忍不住说下去，而且暂时没有痛感，相反还会产生快感依赖感。但那个晚上，他一个人低着头缓缓离开，他也知道，我的采访结束了。在这之前，我每次前去采访，总看见他在门口徘徊，远远见了我，又走进了商场。以后，他依然独自在一个陌生的地方，没有人知道他的过去和未来。他的故事在一个月内被我掏空了。我感到残忍，好像是利用完了人，又将他抛弃。无论把媒体工作说得多有意义，无论采访过程多小心翼翼，多注意言语，还是逃脱不了这样的事实：我让一个人细细重温了一遍悲剧，伤害人了，严重地伤害。这不可原谅。以不人道的手段企图达到人道的目的，真是一个悖论。我答应过他，下次回老家，给他带一瓶家乡的梅酒，希望那时，一切都会好。

写作

关于文章写作，编辑蒋老师希望的语言是像余华的冷峻风格，不煽情，不无情。大一的时候，刚从高考中解放出来，我曾着迷过先锋文学，着迷于余华笔下那些暴力的场景。透过所谓的零度叙述，我却感受到充满情绪的余华，早期是强烈的迷惑与愤怒，好像被这世界严重欺骗了一般。在文章的写作中，那些暴力的场景，或许还带有当时阅读的感觉在里面。

写作思路有点类似新新闻主义的开山之作《凶杀》，以一天的生活写一生，由环境描写转入故事叙述，串起时间模糊的细节，并展现广阔的社会背景。

写作之前，我大概是有过这样的构思：

开头是画面组合：杀人片断——阴森小巷——人物出场（张柱良逃了出来）。

紧接着应拉出时空距离，人物逃出很长一段时间，在另一个地点讲述自己的故事。这也暗示着张柱良是文章中的第三只眼睛，文章的讲述大部分是以他的视角进行的。

再接着进入文章主线索，故事顺着从瑶台的出租屋到烧烤档这一条路延伸出去，小巷——向阳街——人民大街北的小巷——立交桥——三元里大道——中港皮具城（烧烤档），一天的生活挟带着人物的一生作为时间线索与空间线索交融在一块，时间推移与空间转移同时进行，故事也应由慢节奏进入快节奏，气氛由较为宽松转向紧张压抑。

小巷：这是重点描写的对象，在逼仄的空间中，一家三口出场了，这勾勒出一个大框架：他们从家里出来，各自行走，怪异而冷漠，然而每个人的内心都有各自的故事与长长的痛苦。

从向阳街到人民大街北：写作重点在于环境铺垫。以张柱良为视角写一家人生活的大环境：暴力、色情、混乱、无生气。

三元里大道：由此故事进入一个繁华城市的空间，然后对张柱良的心里活动进行描写。他是卑微的，挣扎的，他不愿过这种生活，却还要逼迫自己。接下来转入张明明，他也不愿过这种生活，却被父亲所逼迫。这对父子，其实都很可怜，却有着极大的隔阂。

酒店：7 到 14 节，由瑶池酒店联想至另一家见证着张明明梦想的酒店，由此转入他的梦想，然后是梦想破灭，朋友离去，他生活中其他人都朝更好生活奔去，只有他陀螺一般原地转。这有环境的原因也有性格的原因，文章进一步展示。最后，他空前孤独，与父母关系日益紧张，这都昭示着悲剧的来临。当然，写作后，发现这 7 节的处理也存在明显缺点：细节过于铺陈，缺乏叙述的灵巧。

中港皮具城：15 节，文章回到主线索。三口人在皮具城后的烧烤档集合了，这一家人又捏合在一起。在此展现他们的生存环境，同时从他们的表现中，深化上一部分表现的父子关系：出奇地相似，又出奇地相背。

接下来，就是砍人部分了。与前面的慢节奏相比，这几节的节奏快了起来。没有穿插细节，语言短促，压

他低声骂道："妈的，敢不给钱就捅你。"

张明明把刀往桌上一扔，对父亲说，"你喊打，我就打！"

陈菊责骂他们："你们不要再说了，别让人家给听到。"

客人最终给了钱。

凌晨三点多，天空下起了小雨。周围一片寂静，只有快速驶过的汽车发出沉闷的呜呜声。父子俩骑着单车先走了。陈菊本该坐在张柱良自行车的横杠上，但这会，她一个人在后面走着。保安老卢递上一把伞，她没有要。她说："我没时间还你。"

她是真的没有时间还了。这将是她在人世间的最后一晚。

十九

这个孩子在成长过程中没有和父母共同经历，只有这种经历才能形成比较稳定的情感基础。
——中国人民公安大学犯罪心理专家李玫瑾

二十

二十一

6月12日下午，将近4点，张柱良提着鱼从市场回家。

27

抑的气氛终于爆发了，生活撕开了它温和的面具。

22 与 23 节，讲述父子俩逃跑的情节，一个往下，一个往上。处理张明明往楼上逃时穿插温暖镜头，同时表现他性格中美好而又偏执的一面，舒缓节奏，平衡残暴，也企图获取一种强化悲剧的效果。

最后几节讲述父亲事发后的状态以及卖烤烧的另一少年周周，这是命运的另一种可能性，然后是父子再相见。结尾处理成时间倒流，故事回到“小时候”。如果一切重来，这个家庭会怎样?

这样的构思之后，另一个难题是，如此繁多琐碎的细节如何处理拼接。最终处理是，隐藏叙述视角，并不断变换。文章的叙述看似全知全能，但实际上不断变换的镜头隐藏在受访者背后，每一个细节，每一个心理活动都由采访调查获得。当然，张柱良是主要的叙述视角。

以第 11 节为例：

每次上网，他就问小白，有我的邮件吗?

没有。（小白视角）

一天的烧烤忙完了，一家人围在桌子边休息。

“作家，成龙给你打电话了吗?”小状逗着明明。

“不久他就会给我打电话了。”

父亲心里暗暗发笑，于是故意问道：“他怎么给你打电话?”

张明明指了指父亲别在腰间的手机：“就打咱们叫烧烤这个电话。”

“那你叫成龙晚上 9 点后才打过来，白天我们可接不到电话。”父亲哈哈笑着。在城中村，他们花 360 元租的房子里，手机是没有信号的。

张明明不吭声了。

这些关于小说的往事被 2006 年的尾巴甩开，张柱良再没听过，也没向儿子打听过。

张柱良恢复了晚饭后的睡觉，张明明又恢复了上网。(张柱良视角)

2006 年底，他和父母回老家过年，这是他来广州两年后第一次回家乡。当晚，他叫上最好的朋友佳林、李闯直奔网吧，玩一个叫“半条命”的游戏。凌晨，他不想回家，和佳林跑到庙里头，折了一小捆树枝生火取暖，火苗一下蹿了一米多高，他俩赶紧把火熄灭，撒腿就逃。(佳林视角)

这年春节是这几年中最好的时光了(张柱良视角)。18 岁的堂哥阿强也结婚了，他有了自己的家庭，不再上网玩，他要更努力地赚钱。

20 多天的假期转眼过去，来广州前，张明明对阿强说：“哥，我不想去广州了，我想在家里打工。”哥哥帮他向陈菊说情。但母亲说，再说吧，再做一两年。

再说，再说到什么时候呢。(阿强视角)

当然，这样的处理容易让人产生虚幻感。之前也想过这样的写法：把“我”也写进去，我去了哪些地方，看见了什么，遇到了哪些人，他们和我说起怎样的故事，以“我”作为故事的线索。这样，镜头就可以在故事的现实与阅读的现实中不断切换。

那个版本的开头类似这样：

“许多人住过广州石牌、棠下、客村或新市，离开后，都带着一点怀念与感激。但对于瑶台可就不是，那给人更暂时的感觉，就像旅客总是想尽快离开车站一样，除非迫不得已，没人愿意呆在那里。这种印象存在于瑶台每一条大街小巷之中。那里很少年轻人，行行走走的都是中年人或妇女，落寞而又嘈杂，让人看不到一点希望。

……

这过于平淡舒缓，主观色彩浓烈。最终还是决定用另一种写法，即见刊的版本。把“我”及其他全部视角都隐藏起来，这样故事更有连贯性，也更有冲击力。

另外，这里面有一个问题，你又如何保证受访者的描述就是事实，比方说张明明他爸吃饭时俯视其他两个人，这是真的吗？我也无法查明。但按照客观主义的写法，是不是应表达为，据张明明父亲介绍，他吃饭时，总是俯视其他两个人。客观主义的新闻观是十分必要，也是安全的，但过于恪守显得僵化。每种形式都有它最适合表达的内容，每种内容也该用最适合的形式来表达。

事实上，“纯客观”本身就有其悖论，客观主义并不能保证客观，摒弃主观，记者的观点往往隐藏在材料的选择与组织中。而新新闻主义手法也并非脱离事实，只是记者的主体介入更为显露。这种主体介入并不是说主观臆想情节或人物心理，而是感性介入环境，独立表达自我情感。如文章出现许多比喻句，“荒林里一声绝望的鸦叫”“像暴发户在大声说话”“像生活时钟里的秒针”“老鼠一般穿梭”，这用“虚构”来责难或许是牵强的，我们并没有捏造事实，只是以自身体验营造一个记者感知到环境，这同样是真实的。甚至我认为，总体上，这样的写法更能反映真实，因为它充分保留对话，进行更为细微的细节描写，能更准确地表现人物性格特点，内心情感，社会生活与环境。

有些人会说，这些不是新闻语言，那么新闻语言该是怎样的？又该由谁来界定？

另外，文章涉及了一些看似与主题无关的情节。比方说有两个诡异细节：一是据烧烤档的保安回忆，那位母亲遇害前一晚说，我没时间了；二是蒋老师为核实受访者描述的天气情况查询了《南方都市报》的气象新闻，竟发现了“雨来得不是时候”，打成“遇害来得不是时候”。写这些是对悲剧的渲染，并对命运的神秘怀有某种敬畏。

写这个文章其实很折磨人，一方面是自己写作功底不深，加上两天时间较为仓促，没有细细琢磨句式、语言与材料组织方式，导致文章粗糙缺乏张力；另一方面是心理承受能力不强。11 月 22 日晚上，蒋老师在办公室陪伴我至深夜 12 点，他走之前，我把结尾先写好了，并开玩笑地说有点像鬼片。他说，就是怕你一个人写这种东西会害怕。说这句话时我就真的害怕了。深夜，听着汽车驰过时低沉的呜呜声，写到保安老卢说，凌晨将近 4 点，她说，我没有时间了，一看表，真的是将近 4 点。那些割喉绞肉，破门砍人的场面突然都涌了上来……

这一个月，我体验了悲怆荒诞的人生，恶梦频频，紧张焦虑，还遭受着道德的谴责，我想，这是每一个记者都曾遇到或正在遇到的难题。但熬过这一关，我变得成熟开朗起来，并心怀感激。

这是谁的“少年杀母事件”？

□宋志标

《南方人物周刊》再次收获一次有价值的争论。少年杀母事件的报道文本，重新激起我们对人物写作范式的讨论兴致。长久以来，这种讨论偃旗息鼓，从某种程度上导致了人物写作的懈怠和程式化，连带其他可能性也受到损伤，似乎消失无踪影了。这次，借助一位敏感的实习生的作品，此种难堪的荒芜有望遭受可贵的冲击。

（一）

作为媒体的出发点，专业主义要求我们回到事实，占有全部的客观存在。不过，在少年杀母杀父这一惨剧上，是无法回到“事实”的。因为谁也不知道少年的真正动机，他仅仅对世界宣告：我杀了母亲，成功了；我还想杀死父亲，但未遂。动机的不可捉摸成为横亘在事件与报道之间的墙。除了一个家庭的血腥破裂，我们怎样讲述更深层的故事，并且还希望这样的故事具有动人的特质？

换言之，少年杀母制造了非同寻常的疼痛感。我相信很多人都感觉到了，但拔剑四顾心茫然，怎么描绘此间的疼痛则受制于强大的无力感。这就是社会给予我们的残酷馈赠，满心酸楚却无法口说我心。报道血案的社会新闻体例不能实现这一点，说白了，它也无需承担这个义务。它要向社会传播这一家庭屠杀事件，至于之后，任务就结束了。人物周刊的报道，则从逻辑上承继了这一被中止的使命。

对于杀母事件的解读早就沸腾，阐释与过度阐释比翼齐飞，社会或家教都被一一指点、指责。可是此类泛社会化的理解，尽管有部分合理的成分，但我认为太不靠谱，无助于正确认知这桩血案的隐寓涵义。的确，隐寓的才是紧要的。而能够支撑起隐寓化求解模式的当然是个人，亦即张姓少年的际遇与体会、仇恨与欣喜、希望与绝望。

这是一项不可能完成的任务。人与人的交流是不可能的，一个人被社会完全体察也是不可能的。少年人以下层人的身份迁居广州，并且在这座浩淼的城市中越坠越深。如果不是以惊人的举动作出挣扎，少年不会给人间留下任何“生活过”的痕迹。因此，人物周刊的报道自从开始就面临险境，要排除它才能有所作为。而此番作为大概可以概括为：解构城市生活强加给少年者的压迫，于残缺的材料中，建构出他的自我放逐。

人物周刊既要回避俗套，又要在当事者不能言、或言之不清的情形下做点什么。进而，选择可资利用的手段又成了问题。最终刊发的这篇样式，也恰恰因此引发喧哗。争论集中在文稿采用的小说式结构和叙述是否妥当。赞者认为新鲜文本是新新闻主义的变种，是富有勇气的尝试；弹者则认为它不是新闻体裁，有违客观真实，是一种坏的试验。众说纷纭，不能调和。

（二）

当我们拿是否符合“新闻”的标准来衡量这一作品时，其实已经落入窠臼。持这种论调的人将落脚点放在“成品”的性质上，很容易秉持传统的新闻种类做区分——而我们要有胆量说，教科书中关于新闻体裁的划分是势利的、短缺的，其反映的是对不可知论的恐惧心态。而在处理少年杀母的报道中，不可知论无处不在。无疑，以泯灭不可知论为目的的体例划分丧失了有效性。

体例对思考的束缚或许不是最重要的，关于真实的辩论更值得澄清。传统看法认为，新闻是现实的产物，因而真实是基础。这个看法没有错，只是显得不准确，难免含糊其词也不能与时俱进。如果用它来指责作品的文学性过于浓烈，并没有多少说服力。实际上，文艺学中同样看重真实，非虚构的文学作品并不能与“失真”必然划上等号。甚而，文艺学对于真实的考究及其表达方式有着更充沛的经验。在少年杀母这一报道题材上，仅仅朝向新闻是远远不够的。

真实有由外而内所见的真实，也有由内而外的真实。立场的转换，实际上会造成真实的不同视角，但对于媒体而言，这两种真实没有贵贱之分，有的仅是拘泥于教科书的偏见。在日常的训导中，我们习惯了前一种真实，认为它才是理性的，才是合法的新闻样本，而对后一种以直觉表现的真实缺乏尊重。

借由前一种真实的理论框架，新闻人物的社会属性被强烈凸现，沦为某种道具，被用来指涉大尺度的社会图景。这是过度阐释所遵循的一般程序。吊诡的是，这种对新闻人物看似怜悯的利用却没能走进人物内心，新闻文本凌驾于人物之上，也超越于人物独有的“真实”之上。结果呢？社会的冷暖把人物的体温置换掉，旨在“揭露”的新闻作品一次次强化“遮蔽”的效用。我们看到的不是更多，而是更少。

在突破这一窠臼上，人物周刊是有追求的。它这一文本经过精心设计，且野心勃勃。父亲、玩伴、母亲、网友、伯父……这一众人物被重新组织起来，他们的回忆、感知、情绪都围绕杀母少年旋转，犹如旋转木马环绕一个中心，做的是循环往复式的“解剖”，刀法处于故意的节制之下，刀痕则有意层层叠叠。叙述手法、结构方式、细节呈现、感知烘托、人与事、城中村乃至大广州——这么多方面的着力，就是要想方设法赋予少年人性格特点。

有必要澄清一下文本中人称的变更，这是极关键的。人物周刊的稿子主要使用第三人称，而在涉及张姓少年的自白书时，才引号标示第一人称。从表面上看是第一人称与第三人称相互渗透，相互交织。但在笔者看来，作者设置的第三人称实际上都是第一人称，这是因为第三人称的内容全部来自于当事人的讲述，是完全属于“我”的。

因而也可以这样认为：以第三人称完成叙述者的身份及交待后，文本随即以“我”的视角进入事件。这应该也是报道引起争议的主要原因。单个的“我”并不是全能的视角，但“我”（父亲、朋友、亲戚等）的集合就接近上帝的眼光了。可能还是忌讳新闻的名誉，作者在第一人称的设置上还不够大胆，因此，第三人称的例行交待还难脱新闻的基本手法。假使通篇完全使用“我”的叙述方式，也未尝不可。

扯得远点，加西亚•马尔克斯的中篇《枯枝败叶》就将所有人物的叙说——现在和过去——全部采取“我”的人称。而这篇小说写于1955年。选择单调的第一人称，抹平叙述者的角度差异，似乎是取消了视野的畸变，实则上利于视野的递进，而诸如此类的拓展是要入心的。这样，被禁止发言的少年被各方的叙述合力呈现，再现他的过往，逼近真正的行凶动机。这时所浮现的“真实”是新闻力所不逮或刻意剔除的。可它也还是真实，更是“非虚构”一词无法完整涵盖的真实。

（三）

可是，这究竟是谁的“少年杀母事件”？

如此追问直接造成分裂和对立。它是新闻的还是文学的？是作者的还是张姓少年的？是广州的还是地狱的？抑或，是杀母少年的父亲、叔叔、网友之流的？对真实的不同侧重成了划分依据。可如果文学和新闻都存在着真实，并且双方都对各自的“真实”有担当、有追求——进一步说，不论文学还是新闻，假设它们的真实性标准从未在操作实境中实现过，都是彼岸理想，那我们惧怕或争辩的还有什么意义？

教科书对时政类人物报道的指导一直都是薄弱的，现有的稀少经验大多来自于业界实践。但正像焦裕禄（他更应被看作宣传典型，与这里的时政人物相距甚远）报道已被认为不乏败笔一样，这些实践往往在肯定中被否定，否定之否定的升华很罕见，其结果近似于一种报道实验。在报道少年杀母事件中，人物周刊的实验色彩同样浓烈。

经过众多联系人的回忆，少年人演化成了某种符号。“他们”讲述的历历往事，拣拾起大量细节。细节由两部分构成，的确很令新闻派中人恼火：其一，是可以相互佐证的时间、地点、人物、事情；其二则是讲述者的私人体验，或讲述者的内心活动状态。前者是可验证的，后者无法被证实，新闻刊物若采信后者作为材料，就要甘当风险。现在看来，那些弹劾人物周刊文本有问题的，所持论据恰好来自后者。

提请注意的是，作者在试图用第三人称证明客观真实外，自己反而没有置身事外，也自觉或不自觉地卷进来，成了文本中感知性材料的提供者。比如对城中村街道、店铺、行人、以及时空环境的描绘，体现得尤其明显。这部分感知材料与上述第二种细节“嫁接”，构成场景，支撑对话，其显而易见的优点在于为“讲述者”还原历史、逼近少年的过往生活增加了更丰富的意义。

作者的情绪带入文本，抑或主动赋予细节以意义的做法符合新闻真实吗？的确，当消息稿中出现诸如“大会隆重举行、胜利闭幕”等表达时，照例会遭受耻笑。但对于少年杀母事件的报道，无论是事件性质还是文本性质都显著区别于惯常的“新闻”。在人物周刊这里，不再仅仅涉及要不要坚守新闻真实的问题，而是杀母少年性格还原问题，大概等同于“人物真实”的问题。

进而，“人物真实”的问题具体转化为张姓少年的个人问题：生活空间的迁徙、对家庭威权的顺从与抵抗、沉郁的性格、理想虚蹈与幻灭。同时也影射社会问题，比如生性敏感的人因能力匮乏过早堕落，迷失在下流社会。对于这些更宽裕的视野，一般意义上的新闻真实既不能供应也不予认可。那么，现今这些争论，究竟缘起于人物周刊的错漏还是新闻真实本身的不足呢?

笔者以为，不存在一套能够指导一切媒介形态、一切报道题材的新闻真实性标准。新闻的真实作为手段也作为目的会被不同程度地借鉴，应用在不同的报道样式上。换言之，不同的报道种类对新闻真实的渴望水平并不一致。真实性的一律是不可想象的，参差不齐才是它的常态。但这并不等于说新闻与文学没有区隔，新闻式文学或许并不少见，可文学式新闻却是不可谅解的。

要是拿这个去衡量人物周刊的报道，其文本的得失还是挺明显的。它生产出一个讲述悲剧的叙述结构，在人物报道的手段上进行了严肃的尝试，其笔调的细致是粗糙的新闻报道不能比拟的。此外，文本的整体气质绵密而锐利，作者对一桩家暴杀戮的体察具有非同寻常的敏感。而敏感，正在变成新闻敏感，越来越与新闻者的个人情绪剥离，笔者认为这是从事新闻者最可悲哀的事情。人物周刊的这个文本提醒我们，在大体量的报道尤其是人物报道中，对城市或世道的敏感能赐予我们更多。与其在真实性上争执不下，不如花更多心思检讨敏感在新闻纸上日益流失的难堪境地。

杀父杀母的新闻文本由南方人物周刊印发，可是它的生产者却不仅仅是杂志社的记者编辑、实习生或线人，还主要包括文本中每一个站出来回忆的人。从文字得以形成的过程看，是某个人还是这一集体创造了纸上的“少年杀母事件”并不难判断；难就难在文字中“少年杀母事件”剖析的动机是否是少年人的动机? 被俯瞰的少年人生又有多少是文字无力表达的? 又有多少仅属于他的情绪不足为外人道、是写作者或讲述者不能探究的? 文本以切实的勇气进逼事件中的谜团，可大量的不可知依旧存在。

最后，仅以笔者的浅见，人物周刊的报道文本当有更清晰的时态和时间区划。这样起码可以缓解细节叠加所造成的拖沓感。实验性的文本范围似乎过于庞大，起止尚有节制的余地。依笔者看来，文章可以在23段结束：张姓少年杀母成功后，退藏楼顶，踯躅于城市建筑之上，走下街道即被便衣捕获。包括24段在内的以后部分都可以省略。而最新的事件进展完全可用编辑手段或记者手记一类的加以补充，不必占用文本的主体章节，否则文本确有不堪负累之感。

（作者系南方都市报评论员）

有弱点，更有灿烂光彩

□李海鹏

2007年南方周末年度传媒致敬的特稿奖授予了南方人物周刊第103期的《少年杀母事件》(以下简称《杀母》)，意味着这篇报道的杰出成就已为业界所承认。在评奖过程中，南方周末内部对多篇入选特稿进行了研讨，我也就该文提供了如下相关意见：

一个少年为何杀死自己的母亲？该文的第一作者花费了4个月的时间去采访信息相关人，深入探询这个生活在广州底层的外来少年的的身边世界，以及这个家庭的生存状态与思维模式，最终呈现的是一种几乎令人难以忍受的残酷，以及人们的生活的痛苦和内心的荒漠。该文的缺点与优点都极其鲜明，在业界有较大影响，亦面临较大争议。

缺点有四：

一、正文中不交代消息源，文后列出受访者名单，以示文中消息点均有客观来源，这一做法有实验性质，有胆量，但不应受到鼓励，新闻作品必须在“实质客观”之前建立“程序客观”，文后列表的方式不符合交代信息源的点对点原则；叙述的流畅性与交代信息源之间确实存在矛盾，但新闻媒体的本分亦是戴着镣铐跳舞，分寸需要拿捏。

二、作者对篇章的掌控能力不足，篇幅浩大而缺乏叙述角度的变化，部分章节节奏模糊，挑战读者的阅读耐心，字里行间可见作者的心智成熟程度的不足，笔触中有渲染，如“1991年11月25日，陈菊生下了他；2007年6月12日，他将陈菊打晕、掐死，然后割喉。”以语句的味道，追求对读者的打动，而语句味道本身亦未见出色。正因这是一篇杰出作品，所以必须以严苛的标准指出，这是一种便宜行事的手段，常常系一些熟练记者们在事实力量不足之时使用的“伎俩”和“欺着”，不足仿效，当事实本身已经具备强大的力量之时，画蛇添足，殊为不美。

三、该文采用小说化的写法，惜乎撷取意识不足——很多小说的信息构成方式都是散漫而不经济的，并不适合新闻记者学习——章句间可见累赘冗余，可见随手之处，可见过度的文学化，文笔尚可提高，作者尚需成长的时间，以跳出传统教育给予的陈词滥调的泥沼。

四、文中人物均采用化名，有值得理解的伦理考虑，亦构成新闻专业评判中无法回避的缺陷。

优点亦有二，且非常突出：

其一、有同行认为，该文再现事实的逻辑类似《牯岭街少年杀人事件》，细读起来却有明显不同，电影以阴郁、诗意的青春纠结取胜，而报道则贴合事实中的冷漠、残忍、麻木，尤其通过细节，呈现了底层生活中令知识分子读者难以想象和理解的逻辑，即便超出与《牯》的对比，即使对一些对家庭凶杀类作品有经验的读者而言，这部分的信息亦有可观的增量，从而构成读者对一个他本不可能理解的事实的"在场"感受，足见其采访的独到，不可将其成就归为对文艺作品的借鉴。

其二、信息的详实程度杰出，力量明晰，在杀人现场的描写之外，亦有一些细节在平淡中震撼人心，足见大量的采访时间并未浪费，值得《南方人物周刊》以 10 个版面的篇幅予以发表，是一个劳动时间决定劳动价值的典型样本。

《杀母》一文之所以能获得南方周末年度传媒致敬的特稿奖，我认为原因是，它体现了一篇新闻作品、三位记者尤其是第一作者、一份杂志乃至中国新闻界对事实的执著追问，深入了一般作品难以深入的内在真实，它

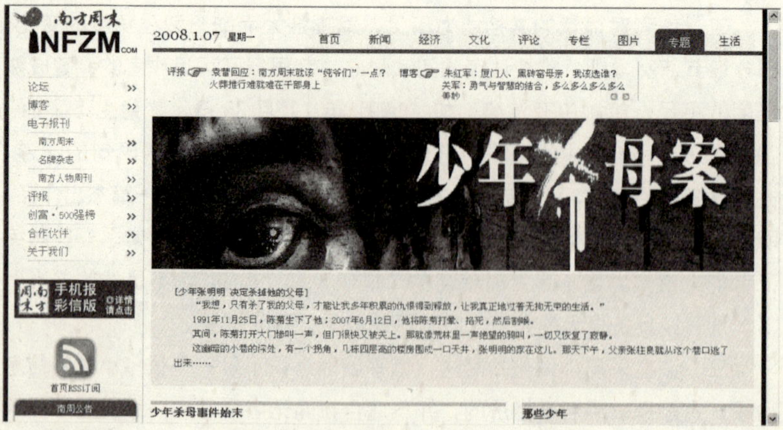

对底层生活的探察、对悲剧成因的寻访、对社会生态的质问、对生活压力的呈现、对精神荒漠的扫描，都构成稀缺而珍贵的新闻图景。在传统媒体面临挑战、高品质的新闻生产日益受到成本收益思维的制约的当下，我们应该鼓励这种带有新闻的原初的质朴精神的操作，鼓励对人的关怀，鼓励安静的、置身新闻时尚之外的诚意；同时，它应该奖励给年轻的第一作者，她只是一位实习生却做出了令人惊讶的成绩，“有野心的年轻”正是新闻事业延展的基石。

（作者系南方周末记者）

大胆创新　小心尝试

——《少年杀母事件》报道文本评析

□李梁

我想首先在这里表示自己的赞赏。从写作来说，那么多的地方展示人的内心，生动的心理描写，巧妙的比喻，叙述角度的不停变换，还有那么多令人揪心的细节，那么多有感觉的句子……一个实习记者能够写出《少年杀母事件》这样的文章，实在值得称赞。

赞赏过后，我要说一下我对这篇文章的阅读体验：一开始是惊喜，到中间是平静，到最后我没有读完便直接翻到结尾，看到记者的后记。正是这篇后记，让我下决心说点什么。

容我细细道来。

一、什么是"创新"

文章的赞扬者都认为这是一种文本的创新。文章作者在手记里写到过创新的方向，就是新新闻主义。但是，什么是创新？向新新闻主义努力的创新是否有价值？

首先让我们来关注一下"新新闻主义"的真实面貌。

新新闻、《冷血》、卡波特、《夜幕下的大军》……这些词汇随着好莱坞大片《卡波特》的上映和诺曼·梅勒的逝世，在今天的中国似乎热门时尚起来。连包括《光荣与梦想》这样的旧书也能翻新大卖，成为新闻人眼中的经典。但在美国，这些词汇早已积上了厚厚的灰尘。我在美国一年里，和美国许多记者都有交流，包括谈及特稿写作，没有一次听到他们提起过这些词汇。

新新闻写作的尝试者们大多为作家，他们写文学作品出身，写现实题材的新闻故事。一些作品也风行一时，也得到过普利策奖，但总体上整个风潮不过昙花一现。

新新闻主义影响了一些记者的写作，催生了特稿的繁荣。但新闻作为非虚构写作，也受到显而易见的冲击。报纸如何保证文章中的细节是真实的而非来自虚构？记者在尝试文学手法的同时，如何克制自己不落入虚拟和想象的冲动？这些问题随着新新闻实践的发展越来越不好解决。到 1981 年《华盛顿邮报》记者珍妮特·库克因虚构新闻人物而被收回已经颁发的普利策新闻奖，终于给这股风潮以重重一击。此后新闻界在反思中前行，客观主义再次被视为保证新闻真实的关键手段。新新闻主义风潮在美国新闻操作中悄然消退，也直接影响了特稿写作向客观克制的新闻风格回归。

说到这里，什么是创新？结论似乎就出来了：创新不是拿人家过时的东西来玩，更不是拿人家放弃的过时东西玩成时尚。我们不能拾人牙慧。

所以关于这篇文章，我更愿意说的是，如果作者模仿的是“新新闻”写作，它就不是特稿写作的创新，而是对人家已经抛弃的写作方式的模仿而已。我们对于“新新闻”在美国今天的新闻操作中的地位，对于今天西方新闻操作的主流理念要有清晰的认识。美国新闻界尝试十多年的文学化新闻写作，最终的结论是新闻的客观性仍然是包括特稿在内的新闻写作的至高原则。

创新要有边界。新是相对于旧而言，有所坚守才映照出创新超越的价值。诺贝尔奖为什么坚持不奖给逝世的人？这一原则坚持了一百多年，留下那么多的遗憾也不放弃。要是交给

实习记者 林珊珊 本刊记者 尼克 蒋志高

封面人物

少年杀母事件

这个三口之家曾经的生活就像张晓刚的那张油画，貌合神离，奇怪地捏合在一起，又残暴地裂开

一

张明明决定杀掉他的父母

这个想法在他脑中盘旋了差不多两个月

“我想，只有杀了我的父母，才能让我多年积累的仇恨得到释放，让我真正地过着无拘无束的生活”

1991 年 11 月 25 日，陈菊生下了他；2007 年 6 月 12 日，他将陈菊打晕，掐死，然后割喉

其间，陈菊打开大门惨叫一声，但门很快又被关上 那就像荒林里一声绝望的鸦叫，一切又恢复了寂静

这幽暗的小巷的深处，有一个拐角，几栋四层高的楼房围成一口天井，张明明的家在这儿 抬起头，天空依旧是一条狭长的线，被错综复杂的电线切割得支离破碎 一米多宽的小巷两边房门紧闭，垂吊的女人内衣透着湿气，牛仔裤刚似手长年挂在一边，一动也不动 还有一个个小口子，连接更小的巷子，有时候，一个安静的小孩跟着一个女人拐进去，或者，一个谢顶的中年矮男人藏在巷里，睁大眼睛瞪着过往行人 声音从远处隐约传来，光亮在 100 米外的巷口

那天下午，父亲张杜良就从这个巷口逃了出来

二

“今天是个好日子……”在广州一家嘈杂的手机卖场，劣质的音响播出的音乐就像是暴发户在大声说话

张杜良抽着红双喜，手微微地颤抖，烟雾轻轻袅袅悬浮着空中，他的目光飘到很远很远的地方 数十年后，有一天，我们也会经受这样的疑问，你收获了什么

张杜良的答案是：赚钱

1994 年的春天，我只身来到广州 想象中的广州很繁华，但不是那么回事 站前路那家大酒店当时还只是一个大土堆 下了火车，我看见到处是寒鸟的宣传，涌动的人头 我挤在人群中寻找大哥张光荣，来之前，他对我说，下了车说找河北老张，他们都认识我 可当时大哥在花都 当晚我睡在韶关大厦下面的广场，半夜一拳头打在我胸口，我惊醒过来，丢开旅行包逃走了 接下来的两天，我在车站晃来晃去，检查人员盯着你，你吐口痰，丢一片纸屑，就跑过来，罚款十元 我仅有的四十块钱很快被罚光了 我只能帮人提提行李，两三天就混过去了

我跟随大哥卖黄牛票 那时火车站的生意真好，天天都像春运 那些人排着长长的队伍，到了窗口，售票员就说没票了 我们就凑上去问，老乡，去哪的，帮你买票 我们很容易拿到票，他们售票的每天回家两个口袋满满全是钱 仅做了两三个月，我就做不下去了，我总闷到使我，而且，骗人这事我干不漂亮 当然，最无耻的不是我们，而是那些敲诈的 他们夺过旅客捏在手里的票，“给我一百块，不然把它撕了”

接下来将近十年，我几乎都在当保安，跟过服装场、酒吧、夜总会、地下赌场……

1996 年，你知道，到处都是歌舞厅 那时我在沿江路一家歌舞场当保安，圣诞节那晚，门票 200 块钱一张，等着跳舞的人排着长队挤在阳台上 那一年前后，我认识一群流氓 我们四五十人自称河北帮，帮人看场、收债和打架 老大一叫集合，我们就抢起水管、排骨刀，涌上去往人家背上胳膊上乱砍 有吃有住有玩，我们都很乐意 我们被抓进派出所无数次，又放出来

当时，大哥承包了几家酒店的洗碗活，几十个工人都是去火车站找的那些没饭吃无家归的人，提供吃住，一个月 350 元，大哥每人赚上一百 老李是这些流浪儿中的一个，后来他结识了赌场总经理，就介绍我去当保安 老李后来失踪了，那时我就知道，我们这些人都是不长久的

那是 1997 年，一个地下赌场每天赚上十几万 只要我站在那里，就会忍不住想赌 结果工资刚发，一眨眼就输光了 一想到该寄钱回家，我就特别紧张 到了年末，赌场闻风警方要大规模打击地下赌场 我们就自行解散了

1998 年，我在一家楼盘终于当上正规的保安，到了 2001 年，还混上了保安队长 可是，不久，开发商与物业分家 我又失业了

我重新回到赌场，这下赌场都是先进玩法了，最主要的是玩老虎机，还有一些黑网吧 一次警察来检查，我们立刻赶走所有的少年，但还有一个少年玩得入迷怎么也不肯走，就被我们打了 再后来，他的妈妈闯进来了，操起凳子往电脑砸过去，我就骂她：“是你儿子自己要来的 我们

20

中国人办，恐怕会创新到连死去几千年的孔子也会成为候选对象。没有什么不能突破的，连南方周末的年度人物评选都要拉上一个虚构的电视角色“许三多”。

这是一个价值观混乱的年代。新闻领域同样缺乏规范。本应坚守的规范被抛弃，对本已过时的风潮的模仿被视为文本或形式的创新。就传媒工业的本质而言，新闻是工业化时代的精神产品，需要有一套完整的“技术规范”，确保产品的质量，因而有别于个人化的文学写作。现实地看，新闻职业规范在中国的建立，过程仍然漫长。

二、文学化的写作越不越界

具体到《杀母》这篇文章的写作，存在的问题有：从前到后不交代任何信息来源直接叙述，大量运用的比喻和联想，多处直接表述人的心理活动。

略举两例：

“他看着她，真想把她送到派出所。但很快，他打消了这种念头。这些人都认识他，很多双眼睛盯着他。他只是想着，这个倔强的女孩子，一定是想不开，受不了，被生活逼疯了。”——第 4 节

“一段长长的路。张柱良吃力地踩着。他忍不住想，这满大街的人谁看得起我呢？”

“他决定，别再和他打招呼了，显得自己多么卑微。他想，那男人一定轻声地说，他是卖烧烤的。”“卖烧烤的！卖烧烤的！”——第 5 节

越是细看，写作的问题就越多，再举一例。在第 26 节还有一段描写：

“夜很静，听得见风呼呼地吹。初冬的月光极好地洒在小街上，树枝摇摆着腰肢。他的身影就在明与暗之间忽隐忽现，一会儿就看不见了。”

大概不会有谁认为上面的句子是出现在新闻写作中，甚至也不会出现在《冷血》这样的新新闻主义作品中吧。特稿写成这样，已经接近文学作品了。

看到这句话，我对文章结尾“本文所有细节来自当事人回忆、记者调查及相关公开资料”的信念便崩溃了。这种模仿如果用严格的新闻写作要求，是很成问题的。

这里涉及到对特稿的认识问题。文学化的写作是否就等于特稿写作?报刊的特稿写作和文学作品之间到底有何区别?

特稿文学化的写作当然不等于文学创作。特稿是新闻特稿不是文学作品。二者是有边界的，这个边界就是“非虚构”。

在美国，特稿在“新新闻”热潮中大行其道，但“新新闻”消退后，特稿写作向新闻写作回归。90年代之后的特稿，同样用文学的手法写文章，用小说的结构连结故事，采用多种叙述方式，运用大量细节串起整个故事。但一个非常值得我们注意的是，细节多用观察式的白描，摒弃想象，多用动词、名词准确叙述和详尽描写，尽量少用形容词。

更值得注意的是，特稿中的每个细节都必须是准确的和经得起反复阅读和核实的。细节要冷静客观，作者的感情要隐藏在细节之后，不直接表达出来。我们在运用细节的时候，应该警惕文章中任何一个不准确的细节，都有可能影响到整篇文章的可信度。细节要还原，不能想象。

这样的细节写作，有时候会使文章有一种冷冷的感觉，这恰恰是事实的力量，更易带给人以心灵的震撼。所以我看到编辑用余华的“风格”来要求这篇稿件的写作，我觉得他的要求是很对的。但很遗憾，记者没有控制住自己的文学表达欲望。而在感性的文字面前，编辑尽管作了一些处理，也没能割爱，将有可能影响新闻客观性原则的细节和文字剔除干净。

文章拖沓的原因大概也在于此。新闻的特稿写作，最好的方式是用直接的语言展示人物的内心。作为沟通工具的语言，同时也极易制造误解。新闻文学上的炫技冲动，结果往往不是深入，而会遮蔽了所要表现的现实和人心。

举个例子：

其间，陈菊打开大门惨叫一声，但门很快又被关上。那就像荒林里一声绝望的鸦叫，一切又恢复了寂静。

后面那句“那就像荒林里一声绝望的鸦叫，一切又恢复了寂静。”即便从文学写作的角度看，也完全多余，损害了前面句子的力度。从文章语意来讲，“但门很快又被关上”语意简洁有力，强烈的动感给人以震动，意义也直抵事件的核心。后面那句多余的话，把前一句的语意岔开、悬置，流畅的叙述由此出现中断。

翻看今天美国媒体的新闻报道，包括去年普利策特稿奖的《纽约时报》的文章，看看这些文章中出现了多少直接的内心描写和多少大张旗鼓的文学化的“绝妙”比喻?

多说无益,还是举个例子吧:1998年普利策特稿奖作品《天使与魔鬼》,讲一家人在佛罗里达度假时被杀害的故事。这家人在去佛罗里达的路上,进一家动物园参观。文章写道:“在动物园里,他们盯着长颈鹿的脸,看见猴子用尾巴吊在树上晃来晃去,看狮子在阳光中打盹。”没有一个形容词,全部是白描。然后紧接着来了这么一句——

这些事实和其他一些细节来自在这家人的行李中发现的一卷照片。

什么是非虚构?什么是文学化写作?什么是新闻特稿?应该如何在特稿中运用细节?这句话可以给我们很多启发。

新闻可以不深刻,不深度,可以片面,不反映什么所谓的“本质”,但它必须真实。如果不真实,所有的深刻都是虚假的,所谓的反映“本质”更是虚妄的。

三、客观主义不是“纯客观”

“纯客观”是这次讨论中多次出现过的词。它的出现,是有些令人莫名其妙的,反映出作者对客观性原则认识的混乱。

作者在讲述手记中写道——

比方说张明明他爸吃饭时俯视其他两个人,这是真的吗?我也无法查明。但按照客观主义的写法,是不是应表达为,据张明明父亲介绍,他吃饭时,总是俯视其他两个人。客观主义的新闻观是十分必要,也是安全的,但过于恪守显得僵化。每种形式都有它最适合表达的内容,每种内容也该用最适合的形式来表达。

“纯客观”本身就有其悖论,客观主义并不能保证客观,摒弃主观,记者的观点往往隐藏在材料的选择与组织中。……(记者)这种主体介入并不是说主观臆想情节或人物心理,而是感性介入环境,独立表达自我情感。

这里有很多认识是含糊不清的。第一,即使按客观主义的写作,也不必要写成“据他父亲介绍”,那样就太低级了。有很多表现方法可以将这个回忆客观生动地呈现给读者。例如:“在他父亲事后的回忆里”,或者“这样的细节,出现在他父亲事后的回忆中”等。逃避“客观”两字的理由背后，实际上显露出新闻技巧的贫乏。

第二，不要僵化地理解“客观主义”，更不要简单化或者有意无意地把客观主义当作“纯客观”。

谁都知道绝对的“客观”是不可能的，纯客观是不存在的。“客观性”原则是记者在新闻写作中的努力遵守的规范，是记者在新闻操作中力求达到的有益的目标。因为这样的操作能最大限度地保证新闻的真实和准确。我们必须用这样的要求来约束新闻报道，它就像我们过去所说的绝对真理，是我们需要去无限接近的。这也像“公正”之于法官，能不能说绝对的公正是不可能实现的，所以就认为公正是没有意义的？或者说要求法官公正是“僵化”的思维？

事实上，在新闻操作中不喜欢“客观性”原则的人，总是用“纯客观”不可能做到来消解新闻写作的基本要求。一听到“客观”的要求便想到纯客观，一想到纯客观便觉得实现不了，一觉得实现不了便觉得这种要求是虚的没意义的甚至错误的。

这种对客观的理解，才是错误的。

新闻通过向客观、平衡和公正的逼近尽可能地逼近真实，一代代记者的努力值得尊重。

所以，在特稿写作中，不要合成场景，不要为了叙述的生动和曲折在时间上措置细节，不要编造引语，不要用“他想，他感到”之类的话语把思想和感受强加给采访对象，除非采访对象真的说过。这些在今天的西方特稿写作中是非常忌讳的。

时间能够说明一切。新新闻主义在80年代以后在美国已经受到越来越多的质疑，90年代后基本上已经销声匿迹。而客观性原则，仍然是新闻业者的至高追求，也是新闻品质的基本保证。

我在美国接触到不少记者，他们也有不少人喜欢创作，但对于写新闻和写其他的文章，还是有着非常清晰的认识，并不将它们混为一谈。

第三，作者举了像“老鼠一般穿梭”等比喻句，认为“我们并没有捏造事实，只是以自身体验营造一个记者感知到的环境，这同样是真实的”。并且“这样的写法更能反映真实，因为它充分保留对话，进行更为细微的细节描写，能更准确地表现人物性格特点，内心情感，社会生活与环境。”

我想问的是，你如何保证你理解并在文章中营造的环境更接近当时张明明和他的父亲们理解的环境呢？如何保证你的理解更接近当时真实的环境呢？又如何保证你理解的环境在读者阅读时原封不动地传达到读者的感受中去呢?

所以客观地描述，才能减少和避免过强的主观性造成的对现实可能的误读。

这篇文章没有办法采访到本人，如何展现张明明由挫折到仇恨的心路历程?通过旁人的叙述。值得提出的是，他父亲对他毫无防范，足见得父子之间心灵上的极大隔膜。在这种情况下，文章写作中过强的主观性，更容易产生失实的危险。

好看的文字，流畅的叙述，巧妙的比喻，等等，这些让人产生阅读快感，像在阅读一篇小说一样。这同时也让人警惕。看看那些普利策奖的特稿。哪怕是写得最好看的特稿，读起来也有浓浓的新闻味道。写真实的东西，受到现实的限制，总有些不得不交代的东西，没有办法像小说中的文字那样随心所欲天马行空。

记者曾在手记中提到，如何保证受访者的描述就是事实?实际上，这也是记者应该做而没有做的工作。受访者的回忆在许多时候会夸大、失实、遗忘，甚至会根据自己的利益甚至心情来修改和掩饰事实，所以一些重要事实要尽量回访以求有旁证或者得到多方证实。

再举一个例子。美国《旧金山纪事报》2006年做过一个韩国女大学生被蛇头诱骗到洛杉矶和旧金山卖淫的长篇特稿故事。记者为证实这个女孩子的讲述，花了10个月沿着女孩子的足迹一步步证实——走访这个大学生在韩国就读的大学，常去的饭店和舞厅，当时刊载蛇头广告的报纸，从墨西哥入境美国的口岸，在洛杉矶、旧金山的藏身地和工作的美容院的房间，要求她出示工具和衣服，甚至钻进她在警察检查时藏身的美容院的小阁楼验证她的描述是否属实……

所以当我看到编辑在博客上说几个记者采访了5个月，记了4个采访本，40个小时的录音时，我禁不住在就想，5个月采访才用了4个笔记本啊，这并不算多。我过去出差做一篇新闻调查，一次采访用完一个笔记本也是常事……不知那位《旧金山纪事报》的记者完成这个采访，又用了多少个笔记本?

话说回头。这篇稿子的记者走了几次烧烤之路，在火车站转了几夜，采访用国内新闻业内标准要求还是比较深入的，但对事实的核实工作，似乎做得不多。感觉他们到写作时，已经假设采访中听到的一切都不需要怀疑的了。

在文章中，诸多的对话和细节来自某个人的口述，看不到任何第三方的证实。在这样的情况下，在文章的末尾要有所交代，至少应注明来源，如“张明明和他父母及朋友的对话来自他父母朋友的回忆”。

事实上，在《旧金山纪事报》的这篇特稿里，文章后面对文中具体地方写到的无法证实的对话也老老实实地标明：来自这个女孩子的个人回忆，未经记者证实。

客观报道是记者的职业要求。南方报人在“职业化操作”方面虽然走在全国其他媒体前面，但和西方新闻人比，差距还是相当大的。为此要有清晰的头脑，诸君仍需努力。

以上文字纯属业务探讨。我不想对文章的作者有任何打击。这仍然算得上一篇不错的文章。所以我对这篇文章的作者想要说的就是八个字：大胆创新，小心尝试。算是我的良好祝愿吧。

（作者系南方周末记者）

南都深度对《少年杀母事件》的讨论

（MSN记录；时间：2007年12月2日）

陈亮：

今天随便拿了份人物周刊，这期的《少年杀母事件》写得非常好，向大家推荐。

陆晖：

这篇稿子确实写得不错。

左志英：

但我觉得《少年杀母事件》写得太拖沓。

陈亮：

而且是实习记者啊！

陆晖：

很有点牯岭街少年杀人事件的味道，应该是刻意学习的。

鲍小东：

很像小兵的手笔。

陈亮：

调查采访了5个月，我觉得小兵哥来操刀，一样可以写得很好，但不用这么长时间了。

卢斌：

开头写得很好，但文章太长，后来控制不了了。

贾云勇：

如果是6月份发生的事件，现在发出这个东西来，有多少新闻价值呢？

陆晖：

这个稿子写得像龙志，不像袁小兵。

王星：

虽然很长，但阅读起来很流畅。

吴倩：

这种事件还放得起。

陈亮：

我觉得这位记者对整个事件始终控制得很好的。

陆晖：

龙志要看到他的缺点，然后自我警惕。

贾云勇：
因为6月份平面媒体已经做过一轮了。

陈亮：
但我觉得有一个需要拿出来讨论下，就是情感有力的分寸感。如何没有情感，写不出来，有情感又容易走火。

陆晖：
6月12日，周二。当天《南方都市报》的气象新闻标题为:《暴雨只是中途休息》——昨天傍晚，一场激烈的大雨导致广州难得的多云天晚节不保。更麻烦的是，遇害来得特别不是时候，淋息了下班人的回家热情。今天，广州还将有阵雨突袭，不过讨厌的还在后头，雨水只是中途休息，明天它又将卷土重来。
这则新闻把“雨还来得特别不是时候”，误写成了“遇害来得特别不是时候”。

陈亮：
对啊，这些细节，牛啊！

陆晖：
这个细节抓得好狠呀！

贾云勇：
“今天是个好日子……”在广州一家嘈杂的手机卖场，劣质的音响播出的音乐就像是暴发户在大声说话。
这样的句子好吗?

徐智慧：
这样的句子合适做新闻语言吗?

喻尘：
不好！

卢斌：
很像报告文学。

贾云勇：
我一直对这样的表达很困惑，一面觉得看起来很好，但我的新闻观又排斥它。

谭人玮：
细节选择得不好就容易拖慢节奏。

喻尘：
在中国60后作家的小说里经常看到。

陆晖：
抓细节是人家的长处，控制节奏是他的弱点，我们要扬长避短。

袁小兵：
记者往往设想很多意念，然后以貌似新新闻风格展现。这个弄多了，我都觉得腻、烦、恐惧。

陈亮：
我觉得要分开来看：对于核心事实，我们肯定不能这样。但是是边角的东西，与核心事实的关联度很低的，这样揉和一下，我觉得是没有问题的。

谭人玮：
小兵到了看山还是山的时候。

袁小兵：
我要回归硬朗风格。

喻尘：
我在学习财经。

贾云勇：
如小兵的“他拿了双截棍，与制度对抗”。这就没有问题。因为他就是在与制度对抗。但这个暴发户在大声说话就让人排斥。

陆晖：
各自发挥自己的风格。

贾云勇：
回陈亮：什么是边角，当你放任自己一次，第二次就会更加放任自己。

陆晖：
这样整体而言比较丰富，另外题材和形态也有区隔吧。

《少年杀母事件》网友意见 PK

正：

本科做毕业论文的时候，才知道，社会学科里有一派人专门做 interpretive approach（很抱歉用英文，但我不知道它的中文，解读学派？），他们参与到社会生活中，跟那些被观察对象生活在一起，体会他们的衣食住行所感所想，然后用一种厚重描述（thick description）的手法，把这些相当琐碎而细致的东西用一条线穿在一起。我想，人的生命也就是这样被琐碎的拼合在一起，然后导向一个必然。

——snowgrass

《少年杀母事件》是很跳脱的一个封面报道，我看的时候不住怀疑，这好像一篇精心谋划的小说啊，或者，像杜琪峰或尔冬升的电影，那些黑暗的场景，精致的细节，以及不动声色的嚣张。直到文末，注明“本文采访时间：2007 年 6 月 19 日—2007 年 11 月 21 日”，哦，真舍得下功夫，难怪有这么多的细节装填进去。

——老武

作者写得很好。若能坚持这类记实风格的创作路线，今后必定成为伟大的作家。

把社会最底层那些对生活抱有想法的人，却走上绝路的心理动态写的很精准。

这类人有对生活有超越父辈的野心，但在现实中无法找到自己的道路。梦想与现实的强烈冲突，逐渐就会产生病态心理，表现出来的行为是一种破坏性。而亲人在那时候就成了他们眼中仇人，成了他们为了实现其梦想首先消灭的对象。

因此，那些做父母的，你们知道怎么做父母吗？！

那些心灵挣扎的小孩，多读书，少冲动，走出这个容易出事的年龄（12-18岁）。往后的岁月还长，只要有梦想，肯定会有一天有机会的。别干傻事。

——网易网友

这起凶案发生后数日内，广州本地诸家媒体都进行了“反思”——程式化的媒体报道、现场采写、嫌犯对话、亲属痛诉、专家评析再加上老生常谈的“时评”，这种“反思”并不妨碍栏目和版面过后，我们继续以愉快的心情讨论《色·戒》、基金投资，以及“满城都是华南虎”。

而这种程式化的思路几乎可以让观众（读者）在不了解具体事件情节的基础上，就可以像专家一样得出结论。

——郑渝川

1．很好的剧本写作手法。

2．平实的文字才有力量。故事本身的细节，而不是写作者的猜测，才是生活的全部。

——网友IP：221.218.144.

这样读来感觉很小说，现实生活中应该没有这么多辗转起合。但是放大了倒是生动和深刻了许多。至于这个现象，我只能说人的可塑性是很强的，这和环境有太大关联。在孩子杀人之前有很多可能不杀，但是量变还是积累到这个程度。还有就是奴性，其实很多时候可以换一个角度解决问题的，被奴与奴它，对于一些人而言，似乎是没有选择的选择。

——冷面娃娃

正：

反：

说实话，这个东西写得和小说一样真的不好。

我可以告诉你，我非常不喜欢，我身边也有很多人不喜欢这样的方式。

到底为什么都没说清楚，现在我们想更直接的表达。

写这个东西的人好好反省一下，你还不了解我们需要什么样的南方人物。

——新浪网友

不喜欢这种写作方式。的确如网友俺真的是村人说的，过于小说化、文学化、装神弄鬼了，虽然文字上很短促有感染力，但反而削弱了事实本身的硬度和冷度。

还是希望新闻要以尽可能克制、冷峻的态度来客观陈述。

——新浪网友

不喜欢你用小说的笔调来写这件事，用纪实叙述手法更严肃，这样添油加醋的干嘛呀？来显示自己的文采吗？

想写小说就另外虚构一个题材，别拿这样一个严肃的真实的案件来虚构，是怎么样的就是怎样的，不需要你虚构。写得乱七八糟，我都看不明白在说什么。

——腾讯网友

这是新闻叙述事实的方式吗？？看了半天，人物线索太复杂，竟然没看明白！！！…………

——网友 IP：219.131.231.

一个事件都写不清！来龙去脉、时间地点诸如此类最简单的五个W，都交待得含混不清。先把事件交待清楚,再拽你的感觉和文笔。天知道语文是怎么学的?真要命!

——新浪网友

看到此类灭绝人性的标题,我的第一反应就是跳过。

——网易网友

《致敬! 2007中国传媒》年度特稿居然是南方人物周刊的《少年杀母事件》,这篇我也读过,感觉一般,拖泥带水,倒不觉得它有那么邪乎。

——南方周末网站网友

看到最后,我认为,这篇报道,不应该叫《少年杀母事件调查》,应该叫《少年杀母事件大猜想》。还能看出来的一点是,其实这记者不是在故意想向知音家庭类靠拢,风格上还是想往三联靠的,可惜画虎不成。建议这实习生还是找个适合自己的媒体干吧,新闻报道这活儿不适合你。要不你写小说吧?

——莫江南

(网友言论来自:南方人物周刊官方博客、新浪、网易、腾讯等网站)

反:

专栏推介

专栏推介「南都网眼」

给网络提出的问号划上句号

——南都《网眼》编辑自述

□王星

重庆最牛钉子户、沈阳押钞员枪杀储户、网络前台实名制、济南暴雨红钻帝国、连云港一副局长被检察院打死、魔兽世界被和谐、华南虎还是纸老虎、嫦娥月照拼接误差……2007年不少新闻事件都是南都网眼在领跑。

网眼是南都的一个栏目。南都的A1叠从封面开始，社论、速览、重点、城事、国内、深度、国际、体育、众论、个论一路走来，最后一个版封底就是网眼。网眼理论上每周四期，因为广告原因实际出来的常常只有两三期，而且以半版为主，就在这样的情况下，我们做出了一些有影响的报道，其中大多是独家报道。现在到了各大媒体和网站年终新闻盘点的时候，那些榜单里往往都会有几个新闻事件的"始作俑者"是网眼。从"版面效益"的角度来说，南都的投入应该是很值的。

理念：给网络提出的问号划上句号

2006年10月南都改版时创立网眼，当时这个版对于大家都是个新鲜事物，充满了可塑性，对于它的发展方向内部也看法不一。在传统媒体的传统版面分布中，没有一个适合从网上帖子开始报道的栏目。虽然也有一些网事之类的栏目，但大都走的是娱乐取向或者评论取向。我们也曾为这些类似栏目困扰。在最初的几个月里，网眼的定位不断摇摆，探索的路走得有点艰难。记得当时《南方传媒研究》的编辑就曾跟我约稿，谈下网眼的构想，因为自己都还没想清楚，只能谢绝。

2007年初，陆晖（南都深度新闻部主任）找我长谈了一次，明确了网眼的风格和定位——网眼的气质要切合南都的气质，网眼新闻价值取向要重申与重温南都的新闻取向，网眼要继承南都舆论监督的优良传统。

而2007年的中国网络也已经不再关注网络红人之类的东西，热论新闻事件、影响事件发展、公众参与评判成了今年网络世界的主流。很多新闻事件都是源自网络，后来变成媒体盛宴。而在"源自"和"后来"之间，往往有个环节是南都网眼。

单纯网络传播的局限在于只能划问好，不能划句号。网友们不断提出问题，但是无法给出解答。因为一个帖子是没有终点的，即便有知情者在某个回帖中做了解答或澄清，也往往会被马上淹没。而且人们在“转播”信息时会在不同描述间进行选择，不自觉地倾向更严重、更轰动的说法。更不用说海量的转载必然导致的可靠信息损耗。

网眼做的事情就是给网络提出的问号划上句号（或者划上更大的问号）。它大量阅读研究事件相关的每一个帖子，从中提炼每一个疑点、问题、说法、意见，去伪存真，甄别归纳有效信息，然后去采访事件当事人、政府有关部门，把问号交给可以给出答案的人。最后给出一篇成型的报道，让不了解事件的人们知道发生了什么，让关注事件的网友们了解究竟怎么回事。

A32 网眼

网上惊现“史上最牛钉子户”

重庆一处楼盘十米深的地基中央留下一栋拒绝拆迁的房屋，网友争睹这一奇观

此前最牛的“钉子户”

公交MM或成扬州形象大使

A24 网眼

“红钻”被抓只因一句话

济南女网友跟帖参与暴雨讨论被拘，目前还在拘留中

银座董事长：发现一个死亡，我来偿命！

A32 网眼

和谐的魔兽世界 很好，很强大

魔兽世界升级 露骨亡灵长肉

引发玩家强烈抗议，九城称这是国情和政策需要

操作 1：追求第一时间

网眼所做的独家新闻里面，有的是我们不做别人也会做，有的则是我们不做别人就不知道，还有的是别人知道也不会做。

我们不做别人也会做的新闻主要是突发事件，大家赶时间，看谁最先发现、最先完成采访、最先报道出来。网眼的优势就在于快！我们每天浏览上百个论坛、博客、网站，第一时间发现新闻线索，并马上查证，判断是不是值得、是不是可以做成新闻，一般当天的帖子当天就能采访编辑完成，第二天就见报了。采访一般都是电话采访，那些一定要现场采访才能厘清事实的我们会转给其他同事，这也是时间考虑，网眼就是要先把新闻报出来。不过，我们不会报未经核实的信息，宁肯留给跟进的其他媒体去核实报道。

本来当地媒体是可以比我们快的，但一般需要舆论监督的事情往往当地媒体都不能报道。而在我们报道后，网上舆论热烈起来，当地媒体有时候就可以顺势介入了。如果事件关注度高，外地媒体记者也飞过去跟进。而网眼的任务已经完成，转战下一个选题。

比如沈阳押钞员银行内枪杀储户的新闻，4月7日事件发生，8日当地论坛出现帖子，9日我们看到这个线索，马上开始行动，谭人玮采访到死者妻子，10日我们的报道见报。这个新闻事件就是个典型，当地媒体知道但不能做（辽宁电视台新北方《正在行动》节目是个例外），外地媒体或者还不知道或者了解了情况记者刚出发去当地，而我们已经把报道做出来了。传统的突发新闻记者“不是在采访，就是在去采访的路上”，网眼的风格则是“不是在采访，就是在写稿”——那些需要现场采访的交给报纸其他板块，在重大新闻事件中，对于报社来说我们是先锋官，逢山开路，遇水搭桥，主力部队随后跟上；对于新闻本身来说，我们是斥候，侦查敌情、勘探地形、报告消息——我们为同行指明新闻所在的方向。

陕西华南虎照事件，是“网民开启媒体智慧”的典型，而网眼因为最靠近网民，得以在媒体报道中领先一步。这样的新闻我们不做别的媒体肯定也会做，同样是大事件，不过网眼在事件的几个关键点上都略略加快了真相披露和公众参与的速度。比如第一个报它可能是纸老虎，第一个抛出人头说，第一个采访傅德志，第一个放出周正龙重回现场图……网眼依托万能的网友，与同行们一道追踪2007的年终大戏。年画虎露面的时候，网眼同南都数字报合作，第一时间滚动播报，打虎名记谭人玮同学12小时不离电脑桌，事件达到高潮有他一份功劳。

操作2：追求独家的新闻判断

有的新闻网眼如果不做，别人可能就不会知道。虽然大家都会在网络上搜集线索，但像网眼的编辑记者做得那么全情投入的恐怕不多，常规的都市报、晚报类媒体，一般是记者白天上班采访，编辑晚上分稿编版，而网眼团队则需要尽可能地监控互联网，共同投入选题的寻找、发现、初查，浏览上百个论坛、博客、网站，其间发现的选题作为备选，然后对其一一进行研究核实，选择最后做的题目。在确定选题后又进一步翻看事件相关的每一个帖子、跟贴、博客和网站，从海量信息中搜集有价值线索。然后要想尽一切办法找当事人、知情者、有关部门的联系方式，再进行采访、整理、写稿、改稿……一个编辑两个记者每天的工作时间都往往超过 12 个小时。

网眼的编辑记者熟悉网络、热爱网络，善于发现网络里的新闻线索、利用网络里的海量信息。当然，更重要的还是新闻判断。今年有一些报纸也说要做南都网眼这样的栏目，几次问到我网眼的线索主要从哪里来，我就把我们最喜欢的几个论坛告诉这些同行，结果人家不信，觉得答案太大众化了，就是天涯、猫眼之类的，继续问“独门秘诀”，我只好说没有了，归根结底还是新闻判断问题，能不能从帖子里看到新闻。

比如路乞这位被国际刑警组织通缉的“活雷锋”，网上质疑他的帖子已经很长时间了，但就是没有媒体报道；比如哈工大紫丁香 BBS 实行前台实名制，在我们看来是千里之堤溃于蚁穴的大事，但网眼如果不做谁会知道呢？比如网络游戏，以前媒体都是在报道青少年网瘾才会提到这个领域，而我们推出

A16 国内

野生华南虎照片遭遇质疑

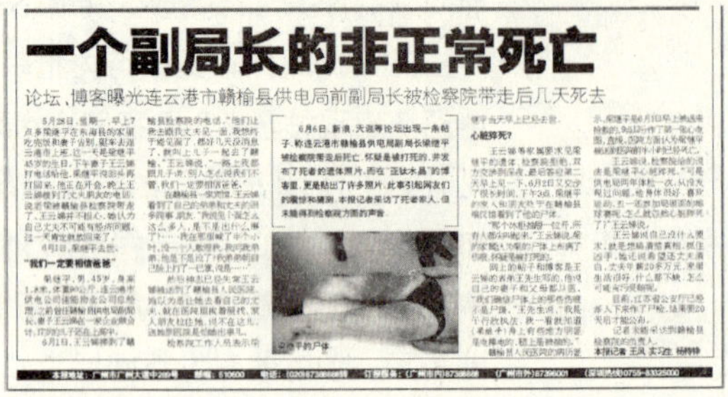
一个副局长的非正常死亡

论坛、博客曝光连云港市赣榆县供电局前副局长被检察院带走后几天死去

A32 网眼

济南网友跟帖被拘

23岁女子回帖参与暴雨讨论，被指散布谣言，故意扰乱公共秩序

传播小道消息≠散布谣言

“浮尸”可能是人体模特

目前没有证据表明银座购物广场里面淹死了人

银座广场撤离过程不完全记录

了魔兽世界被有关部门和谐的系列报道,其影响和意义却不止于魔兽世界。

再比如史上最牛钉子户的报道。

网眼报道3月8日见报，一周后成为大事件，后来一度每天都有上百家媒体在报道牛钉。当时有记者找到我们说，他也看到过这个照片，但不知道是哪里，也不知道房子是不是早就被拆了，就随后放过去了。幸好我们没有放过去，否则真的不知道今年会不会就少了一个新闻事件，进而少了很多“史上最牛”体的标题。最重要的是，会不会因为没有这个典型而让那些在各个城市捍卫自己房子的人们少了一点支持和力量。

这种对过去的假设或许是无法给出结论的，不过我们知道的是2006年8月网上就曾流传过那个上海最牛钉子户就那么被悄然拆了。它被网友称为“插头之家”，照片也很精彩，故事也很动人，网友们讨论的很热烈，但就是没有媒体报道。半年多后我们做重庆钉子户时拿这个“插头之家”做了链接，它这才第一次上了传统媒体。一周后它就被拆掉了，甚至还没有来得及成为新闻事件，成为话题，就已经消失了。我们在错过新闻。

类似的“负面新闻”，往往就会这样因为当地媒体不报道、外地媒体不知道而被错过。一些事情网友发现了、激动了、热传了又沉寂了，媒体甚至都不知道它们曾经发生过。

操作3：为人所不敢为

有些题材是别人知道也不会做的，这就是南都风骨所在了。连云港赣榆县原供电局副局长被检察院打死的新闻，基本上就是南都在报道（两次网眼一次深度），大家都是跟着转载，舆论看起来热烈非常，实际上我们在唱独角戏。当时记者都在香港做回归特刊，我只好自己采访写稿，但还不知道稿子是不是能发出来。我要感谢值班老总的勇气和担当。在现实环境下，签发一篇直面真相的稿件有时候比采写更难。那位老总后来坦言江苏那边告了状，报社承担了压力，但老总并不是在批评我。

再比如计生办砖封邮局门、厦门市民传短信反对PX项目……这些报道都是其他媒体形态不便介入的，而南都的风骨和网眼的特点让我们可以从网络出发，规避风险、突破障碍，让一些网友关注的帖子变成许多网友关注的新闻。

网眼源于网络，回报网络。我们高度关注并随时追踪网络管制问题，从高校 BBS 围墙悄然松动到互联网协会推动实名制，从厦门准备地方立法搞前台实名到哈工大紫丁香 BBS 凋谢，从魔兽世界被和谐到济南网友红钻帝国跟帖讨论暴雨被拘留。一年来，我们从不吝啬对网络管制问题的追踪和报道，穷追猛打。有关部门每一次在局部进行的网络管制试探都应该遭到舆论打击，希望更多同行与我们一起。捍卫网络的自由就是捍卫我们的自由，网络不是媒体的对手，而是媒体的助手、亲人和朋友。

（作者系南方都市报网眼版编辑）

寻找网络时代传统媒体的价值

□谭人玮

真的还是假的？相信很多人面对互联网海量的信息时，也有与我一样的焦虑与疑问。驱动我对网络事件进行探索的动力同样是简单得不能再简单的好奇心。

我想知道，记者圈中传了两天的山西记者被打死的传闻是真的还是假的。如果是真的，为什么报社不出头不发消息？如果是假的，打个电话也许就可以弄清楚。于是给兰成长所在报社打了一个电话——竟然是真的！而一年多来从事网络新闻报道给我最大的刺激就是：竟然是真的！

沈阳有押钞员打爆了储户的头，竟然是真的；

深坑中一个不肯放弃的钉子户，竟然是真的；

广西一个法官被打死在看守所，竟然是真的；

捡垃圾的洋雷锋在美国被通缉，竟然是真的；

……

在做洋雷锋路乞被美国通缉一事时，武汉的一个师妹问我，就算能证

A32 网眼

南方都市报

"美国活雷锋"？逃到中国的通缉犯？

路乞的环保行动感动国人，却被网友发现他与一国际刑警通缉犯特征极其相符

红色通缉令通缉洛奇

一个在中国抢垃圾的美国人

网友：他是通缉犯！

路乞：不承认也不否认

A06 重点

南方都市报

一天三次表态，最初称年画是PS的，在网友找到出版年画的公司后又称要看大图，最后——

保虎派关克：不关心此事

画虎

回放

穷追猛打 追问真相

网友：超过八成认为虎照是假的

"即使是假的，与我也无关"

实他是通缉令上的人，也不能把他怎么样，写这样的报道有什么意义呢？我一下就被问住了。是啊，真没想过有什么“意义”。选择一个网络事件进行报道时，并没有一个“中心思想”。一般我会说，这事儿“好玩”。

开始报道最牛钉子户的时候，物权法在脑子完全是放在另一个没关联的文件夹里。也料不到后来那么大的风波。当时的情况不过是小胖（网眼编辑王星同学）看到了那张钉子楼照片。他想到了上海的著名的钉子户，两间房子长得确实比较像。他以为那房子被挖成小岛了，兴奋得不行，说，这事儿多好玩啊，赶紧核实一下。我认真看看图，告诉他，这是两间房，但我也觉得这图片好玩，值得弄清楚怎么回事。陆晖（深度新闻部老大）觉得这事儿好玩的还在于，可以造一个“史上最牛”的概念。在没找到核心当事人的情况下要突出这个概念。于是一篇有点造噱头味道的报道出街——就因为它好玩。

反讽的是，陕西省林业局宣称真实的野生华南虎照片，竟然是假的。选择这个题目，同样是因为好玩。看到网友做的三张照片叠加动画，做过摄影记者的我马上就判断出来，照片是假的，而且放张照片在草丛里拍成的可能性最大。这么说有点吹牛的味道，不好意思，当时的情况就是这样的。

看看，事实上，就这么简单，我根本就不考虑深度和什么意义。有什么意义？让评论部的同学说去吧，他们有的是上纲上线的手段。我要做的就是把网络上好玩的事情弄清楚，相当简单的一个工作，简单到有时仅仅两三通电话搞定。

什么新闻是“好玩”的？

作为一个有追求的年轻的新闻工作者，有时候，报道的热烈反响也让我吃惊，进而想弄清楚，为什么？举个简单的例子：保安暴打民工的报道，腾讯网友的留言超过8万条。究竟是什么让网友共鸣？我们这个版，我们的选择题目的标准，我们的报道方式，为什么就挠到他们的痒处，让他们HIGH？在其他媒体早就已经深耕的这片地里，晚到的南都怎么就种出了好庄稼？

什么新闻是“好玩”的？首先要想明白这个问题。在无数的帖子里，哪些事情会引起我们的注意，首先被其激动而进行报道，并进而吸引网民？

记得在网眼版最开始的两个多月里，大家一致认为这个版做得比较没谱，不知道在干嘛。我们三个——小胖，我和王吉陆，也不明白应该怎么弄，于是瞎弄。有美女真人示范卖内衣，做；QQ 昵称黄色的很多，做；美女网络直播绝食，做……不少同事说起网眼版，脑中就闪过点点黄光。跟陆晖拼车回番禺时，他几次说，网眼现在这样搞法是不行的，然后习惯性地把手捂在嘴上，皱起眉头，表示他在思考。

然后是某一天，他把小胖叫到办公室，把两个月来的版一个个地拿出来说：这个，是我们要的，这个，不是我们要的。后来被小胖总结了几条，一是做网络上的社会新闻，不做口水。因此要求对事件进行多方核实，尽一切可能采访到当事方，采访不到的不发。二是贯彻南都的新闻理想来操作，选择能够推动中国民主发展、维护民众利益的题材。基本上，后来就按着这两个大的原则搞。

大原则之下，是更为具体的选择。除了有意义之外，还得有意思。用俗一点的而又比较经典的定义说，就是能让人看了"哇"一声。最早让我们建立信心的报道是没登网眼版，发在国内新闻版的山西煤矿打死记者兰成长案。当时完全是为了网眼版而进行的采写。最后，陆老大觉得"不太网络"才放到了国内新闻版。

这些选题标准慢慢地内化到了潜意识里，变成了一种直觉，只有符合这些标准的选题，才会让我们觉得"好玩"。于是很多事情就被抛弃了。恶果就是，焦虑。每周四个版（现增加到五个版），经常是到了晚上八九点钟，空空的一个整版还不知道拿什么去填。很多选题，就是在这种情况下逼出来的。

接下来的事情就开始超出我们最好的预计，充满了未知与惊喜。有同事告诉我，在 A1 叠，除了评论，就看网眼。向来不爱看新闻的老父亲会追着我问，老虎今天有什么新消息没有啊？他甚至动了要上网发帖的念头。

网络时代传统媒体的价值所在

我以前曾经在大洋网当过两年编辑，现在又在报社做网络新闻，所以两种媒体的困境我都有所了解。所谓网络把传统媒体逼到墙角之类的说法我向来是不同意的。有了互联网，对传统媒体来说是一件很好的事情——起码对我这样从事网络新闻报道的纸媒记者来说。

对于平面媒体来说，互联网是一个非常好的东西，互联网提供了几乎无限的新闻素材，以前接触不到的人群，他们主动跳出来说话，以前无从猜测的读者反馈，可以直接在新闻跟帖里看到。更为重要的是，互联网改变了传播模式。这让我们有机会进行一些以前无法想象的新闻操作。

以华南虎照片事件为例。没有互联网，最好的情况会是个什么样子呢？估计跟最近南方周末的熊猫案差不多吧？有人报料，记者调查，披露真相，上级震怒，下旨调查……

有了互联网是个什么样子呢？有人讨论，越闹越大，媒体介入，参与调查，动态报道，网络进一步讨论，质疑声更大，官方出面回应，更多的人卷入，更多的质疑更多的证据与回应，媒体再对此进行报道。真相是一步步地披露出来的，真相是通过辩论，在意见市场上通过公平竞争而得到自己应有的地位，并获得公众的认同的。

2007年11月17日 周六
南方都市報
刊号CN44-0175
办中国最好的报纸

证监会稽查总队成立

证券执法体制重大改革，全国选聘80名专业人员

A17·国内

纸老虎露原形!?

●网友揭周正龙陕西华南虎照片原型为一张年画

●年画已获生产厂家证实

A04-06·重点

广州公交优惠幅度应当大点

有关听证会下月举行，市民寄予厚望

报料有奖

全国 4008866166

广州 (020)87388888

深圳 (0755)83325000

两者的不同在于，受众不光是单纯的信息接受者，同时也是信息提供者，是信息真伪的判断者，不是断头台下的乌呀呀的围观者，不是乖乖听讲的学生，而是无形舞台上无比庞大的陪审团，是一个个网民通过网络组成的无所不知无所不能的超级大脑。

A16 国内

“拍虎英雄”周正龙：看专家脑壳能保几天

傅德志对其反应一笑而过，称只要生态好就支持镇坪建自然保护区

南阳市委原秘书长为升官行贿上百万

发电机尾气毒倒43学生

镇坪县林业局公布现场勘察比对照片

顽癣湿疹 选择蓝顶

在新的传播模式中，网络与媒体的互动是一种“正反馈”的过程。在这里，我借用了系统论的概念。意指一方对另一方的变化进行放大，这一过程交互进行。直观一点说，就像把麦克风对着喇叭，极小的声音在瞬间会变成巨大的啸音。新闻传播中，这样的互激会在短时间内形成强大的“舆论场”。媒体肯定了网民的努力，尊重了他们发表的理性声音，网民得了鼓励后进一步贡献自己的智慧，

对媒体的报道进行传播，在传播过程中，增加更多的信息，对事件进行引申发挥，从这一滴水的光里折射出当下中国更多根本性的病征。最后，一件小事都会推动社会朝着合理的方向进步。

这样的过程中，新闻媒体发挥的作用就是一个过滤器、放大器的作用。之所以能发挥这个作用，是因为媒体有专业技能与可靠的赢利模式保障。

说到专业技能，我的体会更多的，并不是如何写稿，而是判断。什么样的事情才是真正值得进行报道的？网络上无穷的线索中，哪些具有触发网络与媒体互激机制的素质？我的体会是，只有那些能典型反映了民众普遍利益的事件，才会引爆网络风潮，并对中国长远发展具有示范意义。

再说到赢利模式，我联想到不久前，某“个人记者”，参与了几次热点网络事件，到了现场，拍了照片写了博客，出了名。于是收钱替人策划利用互联网申冤，因为收钱后办事不力，顾客不满意，在网上吵将起来。该“记者”说道，他没有任何收入，帮人办事自然要收钱，不能帮人办事的其他网友没有资格对他进行道德批判。我不是说所有的“个人记者”都目的不纯，而是说，与专业的媒体机构比起来，他们存在着没有稳定的赢利模式带来的缺陷。

媒体的赢利模式最主流最可靠的是利用传播可靠信息吸引受众，进而销售广告赢利。提供的信息质量不高则会在竞争中处于不利地位。所以，媒体会在市场的制约下，保持信息质量。大众可以不必相信新闻理想的招牌，只须相信市场的普遍常识就可以了。媒体在网络时代的卖点也就在于此，跑得了和尚跑不了庙，可以不要脸，但不会不想赚钱，想赚钱就得讲信誉。如果有一天，中国网站没有自主采编权限制取消，媒体企业主流不再是平面媒体，不是电视媒体，而是网络媒体，也没什么可叹气的，毕竟都是媒体。

有了专业媒体的网络环境才是健全的。没有过滤器的网络，只会让人在寻找有效信息的路程上浪费更多时间与精力。

作为媒体从业者，应该明白自己的使用价值，并学会在没有话语权垄断的网络时代生存。2007 年，注定会记录在中国媒体发展进程史上。让我们记住 2007 年。

（作者系南方都市报网眼版记者）

另眼看“网眼”

——互动的角度

□滕朋

2007年网络事件频频引起公众的关注，厦门PX、重庆钉子户、山西黑砖窑、陕西华南虎等多个公共事件中都显现网络传播的力量，南方都市报“网眼”版面在这一年中，积极调整了自己的定位，实现了从崭露头角到获得社会认可，并赢得南方周末的年度公众服务的致敬。网眼版面设立目的是成为连接网络媒体与传统媒体的桥梁，两者之间互动是网眼版面设立的初衷。网媒互动不能仅停留在“转载”这个层次，而是传统媒体具体采写实践与网络媒体信息的互动，其中更包含网眼版面与报纸其他版面以及媒体自建网络之间的互动。这种互动是具体的，同时也是报纸运作整合下的互动。本文从网络传播的现状出发，秉持互动的逻辑探讨网眼版面的诞生与发展，并提出自己的看法。

网络传播的理性与“无理”

2007年的网络媒体更多体现出理性的一面，这一点也基本形成共识，厦门PX、山西黑砖窑、重庆钉子户以及陕西华南虎事件，网络的力量使得事件都向良性的方向发展，这种境况与上一年不同。2006年，各路“网络红人”粉墨登场，有着强烈的娱乐诉求，中间夹杂着说不清楚的个人欲望与商业利益的纠结，这在网眼版面“2006网络奥斯卡”评选中充分印证，“馒头恶搞”、“梨花体”、“雅阁女”、“山东二哥”、“铜须门”是热门候选，在这些事件中，以IM、BBS、BLOG为代表的自媒体（We Media）成为推进网络事件发展、影响网络舆论的首要动力来源，自媒体的发展将网络传播更加私人化，不免带来的是传播事件的琐碎化、娱乐化与非理性。

必须指出，2006年的网络媒体已经部分显现出“工具性”一面，“铜须门”以及虐猫事件中，就是通过网络搜索加之网友的现实努力，最终使得当事人露出真相。网络工具性同时体现在官方对话空间的营造上。“两会”期间，数个大型网站都开通《向总理提问》的栏目，参与提问的网友

A32 网眼 南方都市报

厦门百万市民同传一条短信?

一化工项目在当地引起巨大争议，网友发帖称一条“反污染”短信流行

百名政协委员难阻百亿PX项目

A24 网眼 南方都市报

华夏物证鉴定中心、中国摄影家协会、神探李昌钰一致认为

权威鉴定结论:假老虎!

虎照上果然有苍蝇

总计达数十万人次，这都是前所未有的。2007年网络工具性一面更加强化，有网友认为“网络成了事实调查者和新闻推动者的一个工具”。重庆钉子户以及山西黑砖窑事件中，网络成为实现平民话语权的最主要的渠道，有人认为重庆钉子户的报道是顶出了“草根话语权”。而山西黑砖窑事件中，失踪孩子的父亲在官方求助无门的情况下，选择了网络发出向社会的求助，事件得到网络的关注，并借助传统媒体的报道得到解决。

网络的理性更体现在网络与传统媒体的互动的一面，无论是重庆钉子户、山西黑砖窑还是华南虎事件，信息从网络媒体流向传统媒体，最终由于网络的高度开放性与参与性、传统媒体的专业性共同推进事件的发展。在“钉子户”的报道中，本地媒体的参与度非常低，异地媒体结合网络传播的广泛关注同样使得当地居民受惠。

网络理性的一面得到公认，网络的“无理”在最近的一年内同样表现充分，厦门PX事件、济南暴雨事件以及其他“网络事件”中，公权力对于网络话语权的控制常常出现，对局的双方均是网络所代表的民意与地方政府，但权力的不对称往往导致“无理”事件的发生，松散的公众无法与公权抗衡。2007年5月30日，积极参与“反对PX，保卫厦门”，厦门市民吴贤被带到派出所，“每页都要签字、摁手印。签了又摁，摁了又签。最后签到手软，摁得指麻。”①济南暴雨事件中，网友“红钻帝国”因为一句“我朋友的老爸在银广的一个专柜卖场，她今天亲口给我朋友讲说，你们银座死了多少人”②而遭到拘捕，2007年年末，山东高唐三位公民网上议政又遭到刑拘，网络理性化的进程中更加凸显了网络的无理，这是2007年网络发展中不能回避的标志，无理的网络格局恐怕还会继续。2007年网络空间的发展的理性和“无理”深切显示出虚拟的真实，网络世界远非“电子乌托邦”，各种现实社会力量在这个虚拟空间里同样不可避免地需要角力，妥协重要，博弈同样重要。

网眼：从模糊到清晰

南方都市报的网眼版面2006年10月10日开版，是南方都市报整体改版的一部分，按照南都自己的诠释，在“内容为王、倾力打造A叠”的目标之下，“A1叠封底设立‘网眼’版，对接虚拟与现实世界，热辣专题直接反映当下网络生态”。通过版面设置的位置（A叠、封底）以及“热辣”、“网络生态”等关键词，网眼的设置重点在于增加新闻的可阅读性，网络成为社会新闻的又一个新的来源渠道。按照这样的思路网眼开始起步，最早四篇头条报道分别是《诗人的新装——裸体》（2006年10月10日）、《白血病日记网上连载》（2006年10月11日）、《写诗机让诗人走开》（2006年10月12日）、《小胖不减肥》（2006年10月13日），网络成为新鲜、新奇事件的信息渠道，网眼似乎更加倾向于猎奇，这与网眼在2007年终总结中所宣称的“继承南都的舆论监督传统”并无什么联系。

客观而言，网眼的转型从报道“重庆钉子户”开始，在版面中开始有大量涉及公共利益的报道出现，《网友渴望安乐死 开博客呼唤立法》（2007年3月13日）、《全球手机科研专家 其实我是一个演员》（2007年3月14日）、《3·15晚会陷入网络漩涡》（2007年3月20日）、《烧不起的少林香》（2007年3月27日）等将报道焦点聚于网络空间所发出对公共事件的质疑、意见、观点等，体现了网络虚拟社会与现实社会在深层次的互动对接，厦门PX事件的报道更加强化了这一主题。华南虎事件的报道进一步促使网眼定位清晰化，发现“华南虎”的报道开始于2007年10月13日，南都网眼在2007年10月17日第一次报道以《野生华南虎照片遭遇质疑》为题，奠定质疑的基调，此后进行连续报道，将事件真相逐渐揭开。此时网眼定位逐渐清晰，网眼更多是充当了一个平台，展现民智、反映民

A32 网眼

南方都市报

济南网友跟帖被拘

23岁女子回帖参与暴雨讨论，被指散布谣言，故意扰乱公共秩序

专家说法

传播小道消息≠散布谣言

“浮尸”可能是人体模特

目前没有证据表明银座购物广场里面淹死了人

银座广场撤离过程不完全记录

A32 网眼

南方都市报

硕士论文写网游未获通过

云南大学传播学研究生硕士论文分析网游语境；其他同学论文全部通过

他的论文是最差的

一个副局长的非正常死亡

论坛、博客曝光连云港市赣榆县供电局前副局长被检察院带走后几天死去

意、体现民主，联系虚拟网络与社会现实，将虚拟网络的理性一面充分展示。

此时回顾网眼开版之初的定位，与预期是新闻版面的补充不同，现在网眼版面与南都整体联系更多体现在与“个论”、“众论”的联系。网眼所涉及的事件都是广泛关注、同时备受争议的事件，网眼报道强调证据、推崇考证的做法与评论中强调制度、注重规则、看重逻辑的评论思路齐头并进、相得益彰，合力使得公共事件的真相浮现。

未来看网眼：尴尬的发展？

网眼版面的设置从现有态势来看，似乎又要进入一个窘境，正如开版所言，网眼版面的设置是为了反映网络生态，“反映”的定位在今天就会略显尴尬。如果是纯粹地反映“网络生态”的话，网眼的社会价值、舆论监督的功能十分有限。可以想象，如果河南电视台都市频道的付振中仅仅将丢失孩子事件的网络发帖作以简要报道，而不是选择跟随走失孩子家长实地暗访，恐怕黑砖窑事件揭开的时间还要推后。但依照网眼版面的人员配置，要想对于网眼涉及的每则报道都进行调查核实似乎也没可能，即便能够实现，网眼这个定位也失去其基本内涵，与深度报道、调查性报道没有任何区别。网眼在进退之间的尴尬已经显露，如 2007 年 12 月 16 日报道的《区政府亿元大楼地基塌陷？河南洛阳市洛龙区行政大楼使用两年即遭遇质量质疑》，该篇新闻重点在于质疑上，但对于被质疑方洛龙区政府仅仅是通过电话采访，因此这篇报道也遭遇了“质疑”。质疑有了，核实、调查如何实现则是网眼版需要在未来解决的问题，华南虎诸多网络打虎者通过对于照片的深入分析、考证得到了可作结论的证据，但无论是虚拟空间中还是现实社会中，新闻的开始往往是一个线索、数个片段、几个细节开始，未必总会出现华南虎照片这样明确的靶子，事件真相的揭开还需要记者专业性的努力。既不能简单呈现，又无法深入调查，这正是网眼目前所遭遇的尴尬，解决这个问题需要给予网眼版更为清晰的定位。

依据网眼版面属性以及网络媒体与传统媒体的互动的现状，网眼的定位更应该是“附属”而非“独立”，是报纸乃至报业集团整合传播的一个部分，与深度报道版面、评论版面、媒体自建网站积极配合是网眼的必然选择。以舆论监督为例，网眼版面应该在舆论监督的不同阶段充当发起者、补充者和互动者的角色。网眼版面首先应该是报道的发起者，提出质疑，由深度报道的版面追踪调查，依据专业素养提供具有说服力的证据；在舆论监督进行中，网眼应该发挥好平台作用，整合网络智慧，与记者的现实采访进行积极呼应，将有效信息予以补充；在舆论监督中以及舆论监督后期，积极与网络媒体进行互动，将受众的观点予以汇集，将事件中的积极因素予以最大可能的推广。“附属”的定位不仅没有削弱网眼的社会意义与公共价值，更能体现网眼所应当充当的“中介”、“平台”、“桥梁”的功能，网眼实际上已经显现出上述“合作的力量”，如与奥一网的合作等，只不过在未来，这种合作必须成为一种常态。

网眼看什么

网络空间是现实社会的拓展，在民主进程中，网络最积极同时也是最重要的价值莫过于将大众传播的门槛降低，使得话语权在低层次得以实现，网媒的互动中，公众的话语空间进一步拓展，对改善整个传媒生态也会有所助益。寄望网眼版面在以下三个方面有所作为。

一、积极反映民意。无论是个论、众论还是来论，评论版面的设置对于普通公众而言还是过高，普通的市民对于发生在自己身边的“大事件”究竟是何意见，尤其是那些深处事件影响之中的公众，这对于全面评估公共事件非常重要。网眼版面能否通过与其他新闻版面的配合，借力网络传播的低门槛、高度参与，充分反映社会中各个阶层的意见，虽然没有逻辑清楚的论证，没有洋洋洒洒的篇幅，但来自生活现实的声音最真实、最有力。

针对媒介生态，反映民意还有另外一个重要作用，能够使得局部事件赢得全社会关注，事件影响扩大到地方公权所不能涉及的地方，反而更易使得问题得以解决。在传媒现实中，传统媒体尤其是纸媒的影响力和权威性远大于网络媒体，接力赛的传播方式实质上也是对网络传播权的保障，不仅能够推进网络理性化进程，同时也将避免或者限制网络“无理”的发生。

二、营造观点市场。观点的公开市场更多体现的是媒体客观公正的一面，让不同的观点在公共平台上自由竞争，最终真理将会经受考验，网眼所涉及的事件往往充满争议和矛盾，将涉及事件的各方观点都公之于众，接受大众智慧的考察，是厘清事件真相的最佳途径。同时，观点的公开市场隐含有公民的自我教育。华南虎事件就是典型的代表，媒介在报道初期多遵循了客观、平衡的原则，将“挺虎”与“打虎”的证据均予以展现，在两方观点、证据的交锋中，公众通过对于证据的理性判断，对于华南虎的质疑才成为主流的舆论导向，营造观点市场需要记者秉持客观、平衡的态度，这对于增进公众的理性分析、判断能力十分有益。

三、主动理性推进。网络的非理性很大程度上源自匿名性与集合性，身份模糊和集体参与使得个人理性约束下降。网络媒体与传统媒体的相互配合能够在一定程度上改善这种状况，这需要编辑、记者将虚拟事实落“实”，通过记者的现场采访、观察、调查，对于虚拟空间中所提供的内容予以核实，将事实中情绪化的水分挤掉，这对于营造健康、和谐、理性的网络空间至关重要，同时，在此过程中，新闻专业精神也得到印证与尊重。

以上寄望的实现更多需要报纸的整体运作，网眼版面的社会价值在报纸的整体运作中将更加显现。网眼版面一方面承载了网络的话语权的实现，另一方面肩负着舆论监督的传统，这对于单一版面而言似乎难以承载，希望在各种媒体上都多上几只慧眼，让公众把世界看得“明明白白、清清楚楚”。

（作者系暨南大学新闻传播学院讲师）

注释：

①刘向晖、周丽娜：《保卫厦门发起者讲述厦门PX事件始末》，中国新闻周刊，2007年12月28日

②虞伟：《红钻被抓只因一句话》，南方都市报，2007年7月27日

我的怯懦和无能

□长平

长平简介

1987-1991 年就读于四川大学，2003-2004 年访学于美国伯克利大学。刚从事媒体工作的时候，赶上了铅字时代的末班车，也可以冒充老古董。从九十年代初期开始，先后在《成都商报》、《南方周末》、CCTV-12 等媒体工作，现任《南都周刊》总主笔兼副主编，在《南方都市报》等媒体开时评专栏。曾获得四川省新闻奖、广东新闻奖、南粤优秀时评作者、社会责任优秀博客、青年写作基金、南方周末年度致敬专栏作者等多种奖励。

民谚有云：好要别人夸，痒要自己抓。每次听到别人说好话，我都感到身上发痒。最近很多人都在夸我，我就打算狠抓两下。如今反省也容易矫情，变成自我表扬，那我就尽量诚实吧。

我最怕别人夸我勇敢，因为我深知自己内心充满了畏惧。我的确写过一些批评时事的文章，编过一些揭露真相的版面，还为此丢过工作，受过威胁。但是说实话，这些事都是意外，都是失算。在媒体工作了十几年，而且是在所谓的新闻前沿阵地，我受得最多的训练就是风险把关。对言论的自律已经成为我生命的一部分，这使我对自己感到厌恶。

我甚至想到为这篇文章把关，担心它让一些同行感到不适。因为我知道，很多同行视把关为一种能力，可以四处炫耀，可以作为升职的资本。我也拥有了这种能力，而且每天都在运用它，但是我真的感到不安，还感到耻辱，就像刽子手发现自己刀法还不错一样。

我知道我有两大理由为自己辩解，但是我没法说服自己那不是自欺欺人。

一大理由是，各行各业都有风险，干什么都要学会甄别和躲避风险，把关是一种职业技能。其实，媒体的风险是双重的——一个是行业风险，比如媒体定位如何、报道是否准确等，这的确跟别的行业一样，是一种职业技能。但我们通常所说的把关并不是这个，而是另一种风险，它就涉及到是非正邪了。如果报道真相和言论自由是正义的，那么掩盖真相和压制言论就是邪恶的。有人说，别人不让说话那是强奸，自己不敢说话那是自我阉割——其实还不止如此，如果你认为媒体是社会公器的话，那么你撤掉一条新闻、删掉一句真话，就是参与了对公众撒谎。

另外一个理由听起来最有意思，那就是我不应该逞一时之勇，只顾自己当英雄，而不管每一份媒体背后的成百上千、成千上万人的饭碗。我这样一想，就觉得自己顾全大局、忍辱负重，为了别人受尽委屈，简直可以找那些人索赔了。我老了还可以上一上《艺术人生》，谈谈年轻时如何自我牺牲，还遭人误解，说着说着自己就感动得哭起来。但是，我必须要承认的是，如果没有绑架这些饭碗，或者说是相反的情形，这些饭碗要求我冒着枪林弹雨冲出去，我未必有这个胆量。既然如此，我有什么资格拿他们来作自己的遮羞布，还伪装崇高？

A30 个论

南方都市报

2007年11月29日 星期四 编辑 李海华 版式 陈瑜 校对 元方 黄永文

■谁是谁非
：长平专栏

不要以孕妇之死曲解病人权利

因为男友肖志军拒绝签字，孕妇李丽云和腹中胎儿死在北京朝阳医院。当时医护人员已经做好手术准备，按常理他们也完全能够救治这两条生命。因此悲剧引起舆论大哗，从谴责男友无知无良，到质疑医院见死不救，口舌纷然不止。其中争议最大的是医院所恪持的"不签字不做手术"的法律规定，有人认为这是霸王条款，有人认为生命权大于知情权，有人认为温暖的人道不应该让位于冰冷的制度，此条规定应该废止。又有专家站出来说，中国法律和国际接轨，十分完善，不可妄动；医院依法行医，何罪之有？我认为这些意见都多半停留于表面字句的争论，无论对于医患现实境况还是病人权利的法律要义，都缺乏深入的体察，是对病人权利的一种曲解。

孕妇与胎儿死于贫困

首先，肖志军滥用了家属同意权吗？

既然法律赋予一个人签字同意的权利，那么也就意味着他有不同意的权利。肖志军可能有偏执的性格倾向，但医院已经请神经科医生作过鉴定，他还不是一个精神病人，也就是说他是一个正常的理性人，那么他根据什

是在医院里安全分娩的？如果有人告诉她们，为了安全和健康，应该花钱去医院里躺着，那才会被视为非理性行为。

也许肖志军的错误在于，医生已经明确告知他女友和孩子生命垂危，唯有手术可以挽救，而他仍然固执地拒绝。这是因为他自己判断生孩子并没有那么危险，而且不信任医生，更是因为他和女友生活贫困，无钱就医，虽然有好心的病友答应捐助他一万元，医院也开通了免费绿色通道，但是，在此之前他已经被要求过交一万元保证金，更是经历过足够多的人情冷暖世态炎凉，怎么可能轻信一个没有任何制度保障的承诺？

不要说生孩子，就是真的患了重病，住不起医院眼睁睁等死的穷人还少吗？

在医疗保障没有制度性普及的社会里，穷人只能靠侥幸活着，很多人生了病就挺着，挺不过去就死，这就是现实。这个现实中的一颗小粒被置于放大镜下，放到我们眼前，我们才大吃一惊。这并不是因为现实不存在，而是因为我们平时的近视和回避。

李丽云和她的孩子跟大多数穷人一样，并非死于男友的无良，而是死于贫困。

在中国，到底有多少人知道，病人有什么权利？它们到底是些什么？李丽云作为病人，她是否知道她的权利？社会和医院是否充分保障了她的权利？

病人的知情权始于1947年纽伦堡战犯法庭的医师审判，此审判产生的"纽伦堡伦理规范"要求以人体作为试验对象时，必须征得受试人自愿同意。而病人权利的全面唤醒，则是20世纪60年代美国民权运动的结果。包括女权运动、反种族歧视运动、反战运动以及消费者权益运动在内的民权运动，以个人人格独立、自由和尊严为基础，要求每个人的权利都能得到充分尊重和保障。1973年，美国率先通过了《病人权利法案》，随后，世界各国纷纷效仿，1981年世界医学大会发表《里斯本病人权利宣言》，形成了病人权利是一种基本人权的普世原则。

病人权利包括广义和狭义两个方面。从广义上说，每个人都有健康生存的权利，为此，政府应该建立普及医疗保障的制度，还应该防治环境污染，确保空气、水源和食物的安全。从狭义上说，每个人都应该享受充分的就医权，包括医疗平等权、尊严权、安全权、知情权、同意权、自我决定权、拒绝权

经历过医院手术程序的人都知道，做手术之前患者和家属要在手术同意书上签字。但是有多少人在签字的时候感觉到了自己的权利？大多数人都直观地感受到那纸同意书其实是医院的免责书，上面通常只写着手术的风险，有的医院甚至加上"发生意外，概不负责"之类的话。如果医院认为这一纸同意书就是在兑现病人知情权和同意权的话，那简直是笑话。

知情和同意的前提是沟通和理解，要求医生用最简单明了的语言向病人解释病情，以及手术的好处和坏处。美国生命伦理顾问委员会曾特别指出，"必须区分同意的文件和同意的过程，不能允许文件本身成为过程。"媒体普遍责怪肖志军无知和愚昧，这是十分错误的。大多数普通人在专业医生面前都显得无知和愚昧，知情权就是要求医生让病人明白。如果北京朝阳医院的医生没办法让李丽云和肖志军明白病情，那是医院的责任。

医院未与病人直接沟通

最后一个重要的问题是，医院根本就放弃了直接跟患者进行及时而深入的沟通，而把病人本人的权利直接交给了家属和关系人。

病人自我决定权的剥夺，完全违背了国际公认的病人权利原则。

细查相关规定，发现卫生部2002年颁发了《病历书写基本规范（试行）》，其中第十条规定："对按照有关规定需取得患者书面同意方可进行的医疗活动（如特殊检查、特殊治疗、手术、实验性临床医疗等），应当由患者本人签署同意书"；只有无法取得患者意见时，才由家属或关系人行使这个权利。这个规定显然是对前法的更正和补充。当时的媒体报道说："有关人士多次呼吁应该按照国际惯例，将家属签字改为患者本人签字。"不知道口口声声依法行医的朝阳医院，为什么不提这个新的规定？

患者本人虽然也会屈就于贫穷的命运，但是其求生愿望通常大过别的任何人，也应该自主决定自己的生死。我们只能猜想，假如医生一开始就说服李丽云，让她自己选择，结果会是怎样呢？现在医院想要免责，就必须证明他们始终无法取得她的意见。

写作本文的时候，看见两位律师建议国务院修改《医疗机构管理条例》的消息，我完全赞同把生命权交还给患者本人的要求，但反对"患者既然到了医院，就意味着其将生命健康托付给了医

昆德拉那里有个词叫Kitsch，以前被翻译成“媚俗”，专家指出翻译错了，应该是“自媚”。最近看到崔卫平老师对它作了个归纳，那就是自我感动及感伤，并要求别人一起分享，从而加倍地自我感动及感伤，进而上升到虚假的崇高体验，说到底，这是一种自我愚弄。我觉得这个归纳非常好，也适用于我们媒体人。媒体人太容易自我愚弄了，把怯懦当隐忍，把无能当通达。

越是发现媒体的重要，越是觉得自己做的事情太少了。占着这个行业的位置，我应该感到耻辱；还因此获得了荣誉，那是加倍的耻辱。即便我没有勇气、没有能力干比现在更多的事，那也要尽量清醒地、诚实地活着，有羞耻感地活着，知道自己的怯懦和无能。

悲观的长平

□刘天昭

活着是可耻的

写诗是可耻的/说话也是可耻的/活着就是可耻的
做爱是可耻的/吃饭也是可耻的/活着就是可耻的
沉默是可耻的/影射也是可耻的/活着就是可耻的
不知道是可耻的/知道也是可耻的/活着就是可耻的
忘记是可耻的/记住也是可耻的/活着就是可耻的
昨天是可耻的/今天也是可耻的/活着就是可耻的
发财是可耻的/贫穷也是可耻的/活着就是可耻的
在朝是可耻的/在野也是可耻的/活着就是可耻的
他们是可耻的/我们也是可耻的/活着就是可耻的
男人是可耻的/女人也是可耻的/活着就是可耻的
东方是可耻的/西方也是可耻的/活着就是可耻的
红色是可耻的/蓝色也是可耻的/活着就是可耻的
谣言是可耻的/真相也是可耻的/活着就是可耻的
后退是可耻的/前进也是可耻的/活着就是可耻的
出走是可耻的/归来也是可耻的/活着就是可耻的
温和是可耻的/愤怒也是可耻的/活着就是可耻的
抬头是可耻的/低头也是可耻的/活着就是可耻的
白天是可耻的/夜晚也是可耻的/活着就是可耻的

——长平

我不知道如何写长平，没有一件小事之类的东西可以讲。实在写不出来，就想了个偷懒的办法，拿 MSN 的聊天记录充数。

节省篇幅起见，大部分我说的话都删掉了，剩下的话就有点名言体。断章取义，变形很大。在聊天的气氛里，有一些话肯定是有故意夸张的成分，所有的判断性的话都存在前提没交代充分的问题。

又及，因为我是很悲观的，或者我无意识中表现出交流悲观感想的期待，或者我们的谈话已经存在自我束缚的惯性，反正我知道，我们聊天时候表现出来的极端悲观的长平，肯定只是某一个长平。

还有，在编辑这些聊天记录的时候，我仍然满脑子都是尺度感，有些地方自己做了删除。所以那些悲观肯定不都是矫情。

1.

2005-12-27　20:01:00　长平

近来常有人问我未来，我都说："试看将来的环球，必是赤旗的世界"。

2005-12-27　20:13:08　长平

权杖之下，要么顺从，要么反抗，所谓妥协，都是自我安慰的。

2005-12-27　20:14:57　长平

不怕，小昭，我还是觉得，坏人心里很虚弱的，并不好受。

2.

2005-12-30　14:44:51　刘天昭

很灰退，觉得做什么都没意义。大家这么多人，就这么被欺负，委屈着。不敢想每个人的意气，就跟啤酒沫沫一样就没了。

2005-12-30　14:45:51　长平

其实人类历史上多数时候都是这样的。

3.

2006-2-8　18:06:13　刘天昭

长平我伤感了今天。特别文艺地。

2006-2-8　18:07:09　长平

哦。春天来了。

2006-2-8　18:07:20　刘天昭

是不是。

2006-2-8　18:08:29　长平

是。

2006-2-8　18:09:40　长平

那天在丽江花园，突然感到春意盎然，很想写首古诗，一写就写成了红豆生南国，春来发几枝。

4.

2006-5-12　0:36:25　长平

当年我写那个东西的标题是：是懦夫使自己变成懦夫，是英雄使自己变成英雄。萨特说的。用在当时，真有劲。现在完全没有底气这样说话了。

5.

2006-5-23　22:36:20　长平

我乐于看到四处都春意盎然。

2006-5-23　22:37:18　长平

走在哪儿都被躲着谈恋爱的男女青年吓一跳。

6.

2006-5-23　23:09:57　刘天昭

我要是你我就过连岳那样的生活算了。他都住鼓浪屿了。

2006-5-23　23:10:38　长平

我不行啊。我多重要啊。

2006-5-23　23:11:20　刘天昭

你不能自私点么。

2006-5-23　23:11:30　刘天昭

这两句对白好像王朔啊。

7.

2006-8-2　19:26:20　长平

他们老找我写擦边的东西。就是打交道时间久了，能赌一下。这不算什么本事。有时也赌不准。

2006-8-2　19:28:33　刘天昭

我知道的，你不是觉得，尺度把握得好，是最严重的羞辱吗。

2006-8-2　19:29:28　长平

是的。

2006-8-2　19:29:58　长平

只能证明你一点都不纯真，也是酱缸中人。

8.

2006-9-2　17:28:37　长平

邪恶笼罩全球。

9.

2006-11-2　22:03:23　长平

这次回家，感慨太多了。我有五年没有回家了。我们这个县城，扩展到了3倍。我曾经就读的中学，搬到另外一个地方，建得跟一个小的大学一样大。

2006-11-2 22:04:33 长平

乡间公路，居然跟广州大道一样，宽，隔离带。

2006-11-2 22:05:53 长平

以前，老觉得我们能够把握中国现实，能够评头品足，其实，现在的发展远远超越我们的理解力。

2006-11-2 22:07:31 长平

我们这里不是。很多村庄都废弃了，大家都搬到县城来生活，县城迅速膨胀。

2006-11-2 22:08:25 长平

留在乡下的人，生活并不十分艰难。我问一个亲戚生活怎样，他说：丰衣足食啊。

2006-11-2 23:04:15 长平

每次回家其实都比较虚无。

2006-11-2 23:04:48 长平

完全是另外的生活场。

2006-11-2 23:05:05 长平

另外一种人生。

2006-11-2 23:08:45 长平

我刚才的描述不全面。我所知道的那些穷人，都奇怪地几乎纷纷死掉了，其余的过得都不错。基层官员非常腐败。

2006-11-2 23:09:19 刘天昭

听起来像是原始的生存法则在奏效。

2006-11-2 23:09:37 刘天昭

腐败已经无意识了。

2006-11-2 23:09:50 刘天昭

我觉得，腐败，已经快要变成集体无意识了。

2006-11-2 23:10:05 长平

哎呀，我刚才就说了这个，还用了丛林法则这个词，准备再想想，发的时候删掉了。

2006-11-2 23:10:48 长平

感觉是放任，没人管，政治上的严厉管制，是以基层腐败为代价的。

2006-11-2 23:11:09 刘天昭

政治上的严厉管制，是什么意思?

2006-11-2 23:12:01 长平

大家对政治，都认为那是碰不得的。

2006-11-2 23:13:14 长平

宁可过一点。比如 ××× 来过，就立一块碑，刻上他的话，民间说还收藏了他摸过的玉米棒子和麦穗。

2006-11-2 23:14:10 长平

大家说的时候都觉得荒谬，但又并非一种嘲笑的口吻。

2006-11-2 23:15:33 长平

但通过这样换来了某种东西，释放了一些能量，很可怕地推动着变化。

10.

2006-11-17 19:50:36 刘天昭

我上回去找你玩儿的时候，你好像心情不大好的样子。

2006-11-17 19:51:41 长平

哦，还好吧，我心情好的时候不多。可能那时没装好。

11.

2006-12-16 18:03:33 长平

没错，这个电影让我感触很多，其中最重要的一条就是，电影院如同垃圾场，我们都是拾荒者。或者就像一个差点疯掉的摇滚歌手唱过的那样，我们生活的世界，就像一个垃圾场，人们就像虫子一样，在这里边你争我抢，只要你活着，你就不能停止幻想。那么我们到底在争抢什么呢？我们又在幻想什么呢？一个拾荒者梦见的天堂，并不是皇宫，而是一个更大的垃圾场。作为中国观众，我们不应该幻想去看一部好电影，我们只能幻想自己从烂片中看到一些亮点，就像拾荒者苛求自己的眼睛一样。我们都是拾荒者，一生最爱是垃圾。我们不能抱怨垃圾，垃圾越多，幻想越大。虽然我们明明知道周围很臭，我们也知道世界上有人住在高楼大厦里，但是我们尽量不去说它臭，那不是自找伤心吗？所以我们已经习惯说，大片里某个舞蹈动作真美，某首插曲真好听，就像拾荒者说垃圾堆里某个汽水瓶子真好看一样。

2006-12-16 18:05:19 长平

我们生活在垃圾堆中。

2006-12-16 18:05:36 长平

不就是艺术反映现实嘛。

2006-12-16 18:11:36 长平

黄金甲观感。

2006-12-16 18:11:46 长平

中间的一段。

2006-12-16 18:12:06 长平

就想告诉你，我们周围是垃圾场。

2006-12-16 18:14:21 长平

电影真垃圾，真愤怒。再看真实的生活，到处都是垃圾啊。世界真臭。

2006-12-16 18:15:11 长平

张艺谋的花海，让人无端会想起人民大会堂或者亚运会什么的。十几年前的开幕式，用人拼的那些花样什么的。

2006-12-16 18:15:36 长平

真的是，而且放焰火，跟国庆四十周年完全一样啊。

2006-12-16 18:36:52 刘天昭

我都被人说调子太灰的时候，真想知道他们怎么说你。

2006-12-16 18:36:54 刘天昭

被你吓死。

2006-12-16 18:37:10 长平

是啊，我太不节制了，过几天总要折磨自己一次，放血疗法?

2006-12-16 18:37:20 长平

自己非常痛恨。

2006-12-16 18:37:24 刘天昭

跟我那个抑郁一样的。

2006-12-16 18:37:45 长平

其实就是。

2006-12-16 18:37:55 长平

我不大愿意承认而已，而且我能战胜。

2006-12-16 18:38:19 刘天昭

就是为了阻止麻木呗，卧薪尝胆那不就是故意的嘛。

2006-12-16 18:38:20 长平

另外，人格分裂严重。你不要说出去。

2006-12-16　18:38:29　刘天昭

我知道你人格分裂严重。

2006-12-16　18:38:44　长平

哈。

2006-12-16　18:38:55　长平

耶是，每次也是一次清洗。

12.

2007-6-19　23:31:30　长平

一个超级好的酒店的房间，除了一点钢琴声听不见别的，一个无所事事的下午，就有了一些前世今生的感慨，忍不住心酸流泪。

2007-6-19　23:32:50　长平

再看你们的社论，觉得无耻啊。

2007-6-19　23:34:26　长平

也许只是因为我们的工作吧。

2007-6-19　23:35:27　长平

我看见有人博客上说一直没忍心看山西黑砖窑的消息，其实我也是，至今没看。

13.

2007-12-5　22:32:58　刘天昭

长平其实我知道你过得挺好的，但是还是希望你过得更好些。

2007-12-5　22:33:35　长平

我过得不好，我也希望好点。

14.

2007-12-5　22:42:36　刘天昭

你会不会怀疑自己热爱痛苦？

2007-12-5　22:43:15　长平

不。

2007-12-5　22:43:52　长平

我很享受生活的，晒点太阳就很开心。

（作者系南方都市报评论员）

娱乐精神与专业态度

□陈朝华

新周刊“2007年度新锐榜”将“年度报纸”评给了《南都周刊》娱乐版。理由是：它是当代中国最具报道深度的娱乐供应商，也是中国名利现场的目击证人。它深入娱乐工业，解密星路奇缘，传递时尚趣味，不弃文化关怀。在名人私隐与公众知情权、八卦与游戏精神之间，它拥有近乎精准的节奏感。

（一）

消费时代、多元价值观交错的混乱场境使一切界限在日渐模糊，每个人都沉湎于自己预设的主观意志中，在“娱乐至死”的煽情叫嚣下，真正的娱乐精神却迎来了自己最为斑驳的命运，即使是娱乐新闻的拥趸，即使是娱乐明星的粉丝，即使是制造娱乐产品的艺人和幕后大腕，都会在“道德省察”和“格调正确”的缠绕下态度暧昧，见风使舵，左摇右摆，在自己的欲望得到一定满足之后，为自显清高或推卸责任，转身加入到妖魔化娱乐记者的合唱团中，众口铄金的所谓“假新闻之源”，困囿着当下中国新闻界最具敬业感的娱记们，这就是中国娱乐商业生态链上非常悖离的一种世相。

而换一个角度，“缺乏娱乐精神”的口头禅或者成为自我嘲讽的最后一根救命稻草，或者成为斥责他人的一支万能胶水，这让努力奔跑在“还原娱乐真相”路上的娱记们，只能背负十字架承受着万众狂欢之余的独自挫败和职业藐视。

一些娱乐媒体往往深陷于这种无奈中，或者仰人鼻息沦为宣传器，或者自甘轻贱落入收废站，慢慢失却独立表达与呈现的勇气和信心。

《南都周刊》致力颠覆与突破这种病态的格局，我们的编辑记者以自己的敬业和专业努力洗刷去贴在娱乐媒体上一张张恶毒的“牛皮癣”，为这个职业群体争取更多的公信力和话语权，正如我们的一位独力完成深度报道《10年，寻找冯小刚》的80后记者在工作手记中所言：“悲观说娱乐新闻绝大多数不存在所谓真相，尤其是你面对经纪、明星、公司宣传、幕后推手等多方面角力时，所谓真相可能只是各方平衡掩盖后制作的假象，但我日渐坚定地认为，娱乐新闻里应该有正气在，有悲悯在，报道者的视线取决于他的心态，而报道者的心态将对塑建读者的审美乃至社会心态有着或多或少的影响，而这是我被这个行业吸引的最初动力。”正是基于这样的心态与信仰，他们穿越浮躁与遮蔽，激扬挥斥，享受工作；赢得尊重，既为《南都周刊》的声名鹊起立下汗马功劳，也为刷新中国娱乐媒体的品质贡献了独特的经验。

在构建人际和谐，消解趣味萎顿上，娱乐形态其实更具有“软载道”的作用，这就需要大家真正让娱乐精神回到生活常识，需要媒体以专业态度告诉读者更多一点，更深入一点，更真实一点，《南都周刊》的迅速成长和影响日增从侧面印证这种需求有多么巨大，而我们被媒体同行誉为“年度报纸”，更加说明用专业态度传播娱乐精神有多么必要。

（二）

我在南都周刊（娱乐版）获得新锐榜2007年度报纸的获奖感言中说到，《南都周刊》娱乐版出位但不出格，大胆但不冒进，追求的是一种“有品位的八卦，有观点的娱乐”。通过大量原创性的新闻纵深报道，充满机智幽默的版面手段，开创了中国式娱乐周刊的新形态，让广大读者和艺人明星更感性也更深刻地理解“娱乐精神”的外延与内核，相信随着中国娱乐事业的发展壮大，相信随着北京越来越成为华人娱乐产业的中心和高点，南都周刊娱乐版有可能成为整个华人世界最有影响的娱乐周刊。

说实话，我很看重“年度报纸”这个奖项，因为此前获此殊荣的分别是南方都市报、新京报、第一财经日报等影响力巨大的业内翘楚，作为一个娱乐周刊能和它们比颈齐肩的确很不容易，但我这样高调的发言不是被一时的荣誉冲昏了头脑，一份报纸的生存发展离不开它依托的时代与环境，一份专业的娱乐周刊当然也与娱乐产业的兴替休戚与共，在人们拥有更多财富更多休闲之后，娱乐是大家犒劳自己的基本权利，娱乐产业的勃兴是大势所趋，作为连接娱乐产业与广大受众之间的娱乐媒体，当然也会迎来黄金的发展期。

何况在南都周刊问世之前，中国兼顾专业与大众的娱乐媒体几乎断档，在一个接近空白的市场上，我们已经领先一步，理所当然有责任成为娱乐报道标准的制订者，也更应该是中国娱乐产业的观察者、见证者和批评者。

甚至在一定程度上，在“全民娱乐”的背景下，南都周刊就应该是娱乐产业的一部分。

我不认同有一些人粗暴地把“全民娱乐”归罪于媒体的炒作跟风与庸俗报道，正因为“全民娱乐”，泥沙俱下，良莠难分，一份值得信任的娱乐媒体对真正的“娱乐精神”的剖析与建构才显得那么重要，我在获奖感言中戏称“娱乐版”是南都周刊的“下半身”，实际上，我们的“下半身”比很多混迹于娱乐圈的媒体的所谓“上半身”还要“上半身”，我希望南都周刊的存在能给混乱的娱乐秩序带来一种平衡和修复，这就需要我们的团队，以更加诚实的心智、更加大气的胸怀、更加专业的态度去理解和传播真正的“娱乐精神”，让南都周刊成为艺人明星和广大读者都必须关注和尊重的权威媒体。

（作者系南方都市报副总编辑、南都周刊主编）

记者讲述

记者讲述

《系统》采访幕后

□曹筠武

先说明一下，现在网上传《系统》的作者“80后，资深网游玩家”。其实我不玩网游，我玩的都是单机版，实况足球，NBAlive，FM，体育类游戏居多。我列举的最后一种，海鹏也玩，我们在河南采访的时候，还曾经深入探讨之……

在此之前，我对网游的了解仅来自于我表弟，他玩过传奇，那时候我上大学他上中学，暑假一回家，他就找我借钱，为此我对网游产生了一种朴素的抵制情绪，自己从来没玩过。

说实话，当初接这个稿子的时候，心理压力挺大的，老会不由自主地想：要是李海鹏自己来写，会写成什么样呢，然后心里就挺绝望的。

（一）

对征途的采访跟以前我所经历过的采访都不一样，以往都是采访某事件，冲过去剥洋葱，一层一层揭开，很有目的性，有序，也有成就感，像是跑马拉松，每一步都离终点更近一点。其间还会穿插诸如与线人接头，与政府智斗等等桥段，说起来挺刺激肾上腺素的。

这次挺难受，面对的是一个游戏，几百万玩家，还都是虚拟身份，想找个合适的采访对象，说大海捞针我觉得不夸张。就像面对一盘散沙，而诸位老师告诉我，这里面有金子……真的挺绝望的……

海鹏玩过一点传奇，所以开始的时候对网游比我有发言权得多。他给了我一个方向：“在我们身边还有这样一个世界，而这个世界里发生着一些残酷的事情。”海鹏建议我找几类玩家，特别有钱也玩得特别好的，没钱且玩得特别惨的，还有在游戏里面做生意的。我们最初商量后觉得，把这几种玩家的典型故事写出来，这个残酷世界基本就可以呈现了。

然后就开始找人，很不顺，最大的问题是玩家们不愿意深谈，一方面我们的话题必须涉及到钱，另一方面，基本上玩家们都觉得玩网游不是件特别光荣的事情，比如我曾经找到过另一个国王，他说这个事情不值得写到报纸上，啥时候他学雷锋做好事，欢迎我去报道；我想朋友介绍是不是会好一点，通过西政的学生找到几个西安的玩家，他们倒愿意说，但表示这个游戏太费钱，所以想收点采访费，千把块就行。我估计报社也不会给我报销，算了……

这样时间慢慢就过去了，11 月底布置的题，到 12 月初人还没找到。本来还想采访史玉柱，请张春蔚老师出马，过了些天回来消息，柱子哥现在 NB 了，不接受单独采访。

说到 NB 的柱子哥，我们计划做他以后，他在纽约上市了，穿着身运动服跑到纽约证交所敲了回钟，海鹏说，那就正是做他的时候……这算是很不顺的开头中的一个好消息。

春蔚姐姐把她对史玉柱的一次采访记录无私地传给了我，很长，大概几万字。这对了解史玉柱是个极大的帮助。柱子哥在回答采访中指点江山，很有点挥斥方遒的感觉。总的印象，在他创造的世界里，就像 SHE 唱的歌：“他是光，他是电，他是唯一的神话，只能崇拜，没有更好的办法”。

（二）

然后又是漫无目的地找人，被拒绝了很多次，一般开始都还聊得不错，

A6 特别报道

2007.12.20 南方周末

■编者按：在一款同时在线人数超过百万、全部玩家加起来可以组成一个超级城市的网络游戏中，它的游戏精神是指向乐趣，还是指向权力和金钱？它的社会规则是新世界的开放自由，还是率土之滨莫非王臣？这不只是对某一款游戏的追问，甚至也不只是对韩式网游的价值观的追问，而是对人与游戏、人与人的关系的追问。虚拟世界是现实世界的一部分，也有着人们必须捍卫的准则。

在当下中国最大的一款网络游戏中，玩家们遭遇到一个“系统”。它正在施行一种充满诱惑力的统治。这个“系统”隐匿无踪，却无处不在。它是一位虚拟却真实的垄断者。“如果没有我的允许，这个国家的一片叶子也不能动。”这是智利前独裁者皮诺切特的声音，悄然回响在这个虚拟世界之中。

系统

“泡菜”开的花 中国结的果
韩式网游的“精髓”

战争即将爆发

刚进入正题，听说我是记者，就跑了。这期间看了包括三联的封面文章在内的很多材料，觉得他们给我们留的空间不多了，好在他们着重分析，而海鹏想要的是一个故事，我自信讲故事还是能讲得比他们好，当然，前提是我必须碰得到一个好故事，可哪有那么巧的事情呢。

还真有这么巧，那天我在成都站办公室发牢骚，说网游玩家们为什么要害怕记者呢，当年毛主席去安源，煤矿工人都跟见了亲人一样！这时候搞发行的同事刘春康说，他有个朋友，玩得很好，听说还当了国王，有兴趣的话他可以介绍认识。

这个国王，就是报道的主角，“吕洋”（很抱歉还不能透露她的真实姓名，前几天她给我发消息，说现在请她签名的人太多了，请粉丝们不要学杨丽娟……）

见到她是在一个饭馆，刘春康拉的场子，我们坐包间里等她下班。进来的是个穿白色风衣的姑娘，脸上带笑，走路一蹦一跳的。这个时候我才意识到这个国王是个女孩儿，而且……挺漂亮……尽管刘春康之前提过，这个国王是个女的，我还是没有把国王和漂亮女孩儿联系起来过。我很希望她有个好故事……

接着开始闲聊，建立基本的信任，慢慢聊到征途，她讲到她一不小心就杀死了一个国王，高兴得把电脑踹熄火了，我开始感觉到找对了人；接着她说起她们院长，她觉得在游戏里女人也可以统治男人，我觉得这个女人不简单。

后来她说，我已经不玩了，不想给史玉柱打工了。我觉得采访的主角可以定下来了。

后来又陆续聊了几次，包括她的丈夫，她在现实和在征途里的朋友。海鹏和我都觉得，我们要的这个故事，不仅仅是关于她玩游戏，更重要的是这个游戏给她带来的影响和变化，这个游戏如何改变她的生活。

（三）

慢慢到预定的发稿日期了，但是我总觉得还没法动笔，我对吕洋，以及“狼烟”等人玩游戏的经历很清楚了，但一涉及到游戏本身，还是觉得陌生。我跟海鹏说，现在还写不出来，我得自己去玩一把。

我建了个账号，开始自己的征途。我应该属于海鹏所说的玩得特别惨的那一类，在游戏里，我浑身上下只穿一条短裤，手里连根木头棒子也没有，在沼泽地差点被蚊子咬死……开始我只是想熟悉熟悉环境，但很快发现，如果不按游戏系统的设置一路往前走，我对这个游戏的了解也就只能仅限于一个“惨”字而已。

于是我找到“狼烟”，加入了他的家族和帮会，跟着他做任务，自己也试着跑出国逛逛，当然被秒杀了无数回。这里面杀人是不讲道理的，有一次我被堵在边界上，几个哥们守着我砍，他们挺开心的，我恨不得能在游戏里掏个记者证出来把丫们吓跑。后来我异常愤怒地请狼烟来把我救回去了……这时候的感觉，可能就叫做“入戏”吧。

对这个游戏的感觉，基本上就是在漫长地做任务，和反复的被秒杀中一点一点累积起来的。堪称“一个体验式采访者的血泪史”……

说实话我一点没觉得这个游戏好玩，这不像玩实况足球，你技术好，拿中国队也能使得行云流水，拿着郑智这样的糙哥也能像卡卡一样从中场直奔对方禁区，完全是玩家智慧的体现，非常爽快。玩征途，面对的是这个游戏的设置，得完成什么什么任务，还得完成多少多少回，才达到他的要求，才让你升一级。这是谁玩谁啊？我跟朝格图还开玩笑，这不就是考评体系么，你得写多少稿，还得有多少好稿，才让你升一档……我在现实当中已经在玩了，干嘛还得跑游戏里去受虐啊。

我想，后来稿子里体现的意思，在这地方就模模糊糊有些感受了。

在游戏里面我专门干些煽风点火的事情，比如喊一句，游戏好烂啊！就会有人回应。然后我就去找他聊。这招是吕洋教我的。

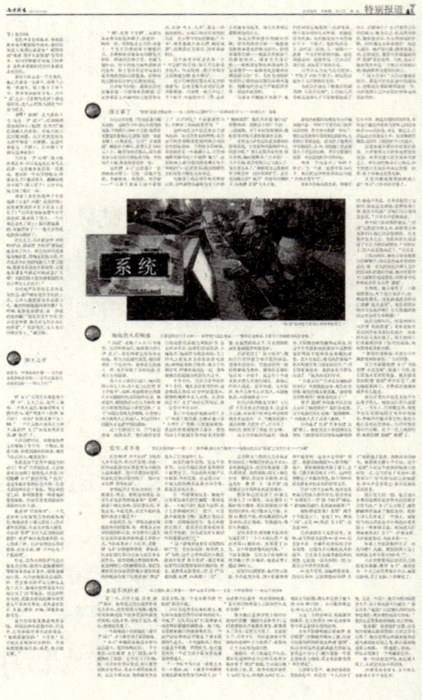

游戏里骂征途的人遍地都是，但绝大多数又是在边骂边玩，海鹏说，这挺有意思的，能体现游戏对人的控制。

有一回我跟一个卖号的聊，有一句话当中有系统两个字，打出去发现居然变成了＊＊。我很吃惊，就问他是怎么回事，他说早就这样了。我立即去问吕洋，她说，是啊，早这样了，我还为这个被抓进监狱呢。

这就是稿子后面一部分的由来，就是这么偶然，我从不知道游戏里还有过滤词，还有监狱，征途的官网介绍上也绝不会涉及。吕洋像讲笑话一样地回忆这段情景，我却听得有些后背发凉。1984 和古拉格群岛的影子，就是在那时候出现的。

（四）

后来稿子里用到的东西，到这时候基本都搞到了，又到发稿日期了，周一晚上我对着屏幕坐了一晚，却一个字写不出来，我抽烟，听歌，洗澡，都没用。第二天，海鹏来要稿子，我只能跟他说没写出来。我以为他会飞过来砍我，但他只说了句那下期抓紧啊，就放过我了。我觉得他体现了一个知识分子应有的恬淡……坐看云卷云舒……嘿嘿。

接下来就是使劲地想，不是我敬业到废寝忘食，而是搞这个东东也很多天了，不由自主就会想到。那几天有些神神叨叨的，走路在想，吃饭在想，我记得有点开窍的感觉是在有回洗澡的时候，我觉得要写的应该是一个被控制和奴役的故事，这个故事和我们身处的现实那么相像，唯一不同的是在这个阴暗的故事的结尾还算有点阳光　因为有醒悟和逃离。

前些天有家报社的记者来采访，要“采访幕后的故事”。我挺难跟她解释的。这个采访很平淡，一点也不惊险，庄子哥也不至于到派人追杀我的地步，唯一的特点就是繁琐。后来我让她去问海鹏，海鹏说，这个采访不是用腿的，是用脑子的。我觉得海鹏说得很到位。

写稿一共用了 8 个小时，从下午一点到晚上 9 点，9000 字。传给海鹏，他看后回了消息：“稿子很不错，全写完了告我电话你，我跟你说。”他的意思是把配稿写完再通知他。但我很想知道“很不错”到底不错到什么程度，配稿写了没两句，干脆给他打电话了。

电话里海鹏的语气很兴奋，他建议把“控制与反控制”再突出一些，再贯穿始终一些。他说我们要写的就是政治。后来他又给我发了封邮件，说“1. 这个报道的根底就是政治，中国社会的虚拟浓缩版；2. 极权资本主义的脉络，贯穿始终，让信息扣题，让整个报道的力量更大”。

应该说，到这里，这个稿子的形态最终被固定下来了。我搞出了一堆算得上漂亮的部件，而海鹏就是那个给这些部件插上电的人。

在整个采编过程当中，我觉得最精彩的部分应该是海鹏发给我的一个消息，他说，想了个标题，“系统”。反正我当时就觉得黑衣服帅哥尼奥从我眼睛前面飞过去了，这不就是黑客帝国么，不就是 MATRIX 么。我感觉我写的不是稿子，我是在给拯救地球的尼奥写传记。

唯一的问题是主稿太长，自己写的东西狠不下心删，海鹏说他一个字也不想删，所以这个问题只能交给了伍小峰老师。他说：那就给两个版吧。多么英明神武，嘿嘿。

（五）

后来的事情就不用多说了，表扬确实很多，各地同学都有来电来函。那些天我的 msn 很热闹，很多人跟我说话，包括天天跟我说话的吴晨光啊朝格图啊等人，也有两个月没跟我说过话的邓科老师，半年没跟我说过话的伍小峰老师，一年没跟我说过话的杨瑞春老师……当然最 high 的是李海鹏，他在各论坛里诲人不倦……

我不想搞得像拿了奥斯卡一样感谢 cctv 感谢 channel V，但是我必须说，写了一个不错的稿子，就有这么多同事单纯且真诚地感到高兴，让我觉得我确实是在一个集体里工作。嗯，我不是一个人在战斗……

后来跟海鹏，吴蔚聊天，吴蔚老师提到一点，他说当初设计网游的时候，大家想的都是建一个网上乐园，但现实是，韩式网游，或者说东方式网游，不可逆转地成了丛林。乌托邦的梦想就是这样异化的。这和我们的历史又是多么相像啊。当然要细细溯源，这又是另外一篇稿子了。但我觉得吴蔚老师的建议非常中肯。

再后来得了总编奖，我唯一的意见是，张春蔚，王轶庶和刘春康也应名列其中，这个稿子离不开他们的配合。总编奖的评语很漂亮，其中说：“母词系统的深度发掘，不仅是对现实的有力映射，更是对新闻易碎品属性的一次挣脱。”我想，评语中的其他部分，我可以和海鹏共同受之，但这一句，专属于李海鹏。

（作者系南方周末记者）

《系统》其实是网络版的《1984》
——网民看《系统》

2007年12月20日《南方周末》A6版的一篇特稿《系统》，以其在文本上面的精彩呈现，以及对现实世界的巨大隐喻在网络上激起了千层巨浪。网友自发进行大量的转载与转贴，成为2007年末网络的一大热门话题。

南方周末的《系统》是网络版的《1984》

《系统》其实不是专门针对史玉柱，甚至不是在讨论网游《系统》有更深邃的表达指向，它只是借助了“网游”这个题材。《系统》其实是网络版的《1984》——“系统”就是“老大哥”。《系统》是难得一见真诚的文字。所谓“真诚的文字”，是那些对我们当下社会生活客观和冷静记录，不矫情、不浮躁、不煽动、不伪饰的文字；是那些读起来“有嚼头”的文字。总之，是那种能“直指人心”的文字。

——麦田

“系统”后面的人

读过之后，你很难不陷入思考：数百万人沉浸的虚拟与现实交汇的地带，究竟是什么文化氛围，人们的行为和心理有着怎样的模式，这一切又会对所谓“现实生活”发生什么影响？极权、意识操纵、欲望，对于这些统治虚拟和现实的东西，在史玉柱的“巨人网络”美国上市、众多媒体交相赞颂又一个财富神话的此刻，我们还能被允许发出什么别样的声音？

我读完全文，感觉首先是“可怕”二字，尤其是文中描绘的玩家的集体抗议，被系统屏蔽，甚至因此被投入虚拟的“古拉格群岛”的那一幕。当“巨人”式“脑白金”营销无往不利的时候，我们是不是都应该想一想，责任在所谓的“系统”，还是“系统”后面的人，还是也包括我们自己？

——Maomy

我们必须听到不同的声音

无论何时，我们必须听到不同的声音，同样，作为从业者的我们也必须经常叩问自己的良心。要知道有时虚构出的事业巅峰让人迷醉把山下的万家灯火一股脑忘记；有时神坛上的完美偶像唤起狂热激情冲淡一切朴素的质疑。

全文最核心的一句话：“向促成其最终发表的力量致敬”。发生在《征途》里这样的事情，绝对不仅仅只出现在这个游戏里。世上太多霸道强权，而支持着这样接近无耻的力量的却恰恰是那些沉默的大多数。一边是飞扬跋扈，一边是趋之若鹜，一边是气焰滔天，一边是万马齐喑。而在这死一般的沉寂里，往往蕴育着终结一切的力量。

——佚名

智慧+勇气，是多么美妙

向《系统》一文的作者和编者致敬；也向促成其最终发表的力量致敬。《系统》讲述的是网络游戏《征途》如何靠人性的弱点掘金，毫无疑问，史玉柱同学看了这样的文章会不高兴。他的公司刚刚与《南方周末》搞了一个合作，叫“奥运征途”，赞助该报记者寻访历届奥运会举办城市，一路上不是美金就是欧元，花销不菲。史同学不高兴的后果是什么呢，以我的小人之心揣度之，就是挥动大刀，咔嚓一声“秒杀”

这个合作（滥用一下游戏术语）。

——关军

关键在于第二下

无论反毒品反艾滋的宣传画多么可怖，看完以后总有人想来上一针，或者去掉安全套。人性有好奇的一面，越是禁止，越是有逾越。如果上帝不是禁止苹果，亚当和夏娃恐怕到今天都不会尝试禁果。我从来不对第一下抱有任何希望，规则无法对撼强大的人性。如果上帝说不要吃苹果，亚当和夏娃竟然真的不吃，人世将是何等美好？世人在第一下警告之后，未必会停下愚蠢的脚步，这是世事的常理。知道人性的脆弱而做坚持，那是因为我对第二次依然具备信心。

《南方周末》的《系统》一文刊出，肯定有很多人因为文章内容激发起了对游戏的好奇和热忱。这是人性使然，即便没有这么一篇报道，该入迷的还是会入迷，该糟蹋钱的还是会去糟蹋钱。没有人能够拦住内心的第一次，第一次的力量如同洪水猛兽，相形之下劝说显得那么无力苍白。可是，这篇报道的力量会在第二下显露无遗。当冲动和激情过去，这句话会显露出它的魅力，为退出找到一个合适的理由。我从来不相信自己的一句话能够对人造成任何直接的影响，但是我相信如果这句话出自真心，那么它会有第二次机会。我从来对第一次这句话就起到效用不抱任何希望，但是我确信它会在第二次变得更强大，无法迂回。

——和菜头

（以上网论摘编自天涯、新浪等论坛及众多知名网络博客）

采访水危机：开采真相的富矿

□卢斌

编者按

2007年11月2日起，南方都市报推出了“中国水危机”大型系列报道，以实地见闻和翔实的数据资料勾画了中国水资源面临的困境。报道出街后引起了强烈的关注，表现了南都的眼光胆识和作为主流大报的社会责任意识。

整整两个月的时间，跨越十余省、市、自治区，上万公里的艰难行程，经过对长江、黄河、淮河、海河、珠江等大河流域，太湖、滇池等湖泊，长三角、环渤海、川渝、中东部等经济区持久的调查，经历了无数的人和事，参与采访的记者们都有非常多的感慨和感动。我们请来了卢斌和喻尘为大家讲述。

苏珊·朗格说过，任何伟大的艺术作品远没有现实复杂。在我看来，新闻也是一样，我从不指望一篇报道可以穷尽事实。

一个事件，一个选题，就像漂在海上的冰山，露出水面的只是一角，大部分沉于水下。沃尔特·李普曼将报刊比喻为永不停息地搜寻广袤空间、绝不久留于一地的探照灯，但这盏探照灯通常只照亮了冰山海面上的部分。深度报道存在的价值就是要让人知道水下还有东西，那个黑暗冰冷的空间里，蕴藏着真相的富矿。

（一）

南都深度将探照灯指向中国的水资源，记得是缘自今年夏天的某个饭局。那时，无锡人民正在超市中抢水，昆明滇池管理局正与新华社打口水战。我们部门一堆人在饭桌前聊起各自家乡的水污染，提出是否可以做个中国十大湖泊的调查。后来，领导拍板，让喻尘做一个具体一点的策划。哪知这位老江湖野心勃勃，大笔一挥，策划不再限于湖泊，变成了“中国水危机”，全方位地展现水环境面临的问题。事实证明，他的改动是正确的。

分派给我的任务是源头生态与滇池治污，这两个报道最大的挑战在于话题太老，相关报道很多，而关于滇池的更是成千上万、连篇累牍。如何写出新意?有同事一开始就提出。

但就水危机来说，要在中国江河水系中寻找典型的话，三江源与滇池是应有之题。此外我相信，虽然过去有很多人做过采访，但仍有大量的细节沉在水下，仍有大量人们所不知道或未公开的事实。开卷有益，只要行动起来，仍然可以把新闻做出来。

任务下达已好几天，但我迟迟没有出发，浏览了之前的几乎所有相关报道，查阅了大量资料。我发现，还有许多重要的问题没有得到解答。关于长江源冰川退缩的报道不少，但没有一个详尽具体的，被转载最多的一篇消息给出了退缩的数值，但竟然是一个专家对着照片步测的，而且冰川不是该专家的研究领域。

A12 特别报道

南方都市报

美的净水机·家用净水专家

中国水危机

荒漠化威胁三江源

干旱、鼠患频袭，长江黄河源头地区环境正迅速恶化，生态建设的年均资金缺口将达22.6亿元–33.4亿元，科研环保滞后，生态退化真相仍不明了

我联系了一位国内知名冰川专家，有新闻称他今年刚去过三江源地区进行科学考察。他对我说，考察的结果媒体早已公布了。我希望能看看科考的报告，而不仅仅是媒体的消息。“我是陪记者上去的。”哪知他这样回答。

民间环保组织绿色江河多年来一直在长江源区开展工作，近年每年都到源头冰川打桩做标记，测量冰川退缩的距离。我专程去了一趟深圳，向他们的成员请教，了解到，国家近年已拨巨资治理三江源生态，主要措施是针对过度放牧进行退牧还草生态移民，但很多牧民反映他们的牲口远远不如 90 年代之前多，而生态退化这两年特别厉害。

难道原因还没搞清楚？这似乎不可能，花了几十亿了，很多报道不是说成效显著吗？我带着这样的疑问和同事登上了飞往西宁的飞机。

（二）

我父亲从事美术工作。十多年前，他由青海进入西藏，又从西藏回到云南，他的这段旅行成为我年少时对雪域高原的最初印象。十多年后，我重走父亲走过的地方，却见不到他当年看到的景象，很多东西消失了，永远留在了我的憧憬里及父亲的画中。

整个夏天，从黄河长江源头到滇池之滨，我看到河流枯竭，草原荒化，冰川消退，大山被刨成乱石堆；我看到在建的和图纸中的水坝，矿石掩埋树林，湖水浓如油漆，躁动的乡村以及膨胀的都市。

西藏的夜晚，头顶繁密的群星使人震撼。我想起刚出生 3 个月的女儿，他们这代人长大后三江源可能已变成沙漠，虎跳峡或被淹没在水下，他们要离开大都市到偏僻的乡村，才能看见这样的星空，辨认自然课本上画着的星座。

人会死，朝代会终结，国破山河尤在。何曾想到，有一天，江河日下，湖泊和海洋也会死亡，河山只在梦里。诗人于坚在他的诗歌中哀悼滇池："永恒，竟然像一个死刑犯那样，从永恒者的队列中跌下，坠落到该死的那一群中间。"

这样的情绪弥漫在我的采访中，后来进而弥漫在我的稿子里。一路上不断获得大量让人震惊的细节。

从黄河源麻多乡前往曲麻河镇，我们的汽车追赶着夕阳，草甸青山就在两旁，一路金光。司机、藏族小伙扎西说，这条公路原来是一条河，河水干了被修成路。路还在修建中，沿途尽是忙碌的工地，它东起曲麻莱县城，西至不动泉，穿越了三江源保护区的腹地。曲麻河保护站的工作人员对路感到担忧，这给他们的管理增加了难度，按国家法律，国家级自然保护区核心区域是人都不能进入的。想到将来还有无数的车辆要从这条河的尸体上碾过，我不禁有些黯然。

生态退化不仅出现在三江源，整个高原都满目皆是。7 月的青海湖美艳惊人，绿色的草地间隔着黄色的油菜花，一直延伸到幽蓝的湖水边。但这个中国最大的咸水湖正在不断地“消瘦”，近25年来，青海湖湖面已萎缩近150平方公里，一半以上的注水河流已经干涸。

湖东的景致与湖西形成强烈反差，灿烂的油菜花没有了，取而代之的是一大片沙漠。出乎意料的是，生态退化同样可以给当地带来商机，这里开展了一个新的旅游项目，花15元人民币，游客就可以坐着滑沙板尖叫着从高大的沙丘顶端滑下，乍一看以为是到了敦煌。除滑沙外，给10元钱还可以驾驶摩托在沙中穿行，我第一次看到这种娱乐是在海南三亚，讽刺的是在摩托附近拉着条横幅，上面写着“生态保护重地，禁止游客进入”。

然而，这些和以往报道中出现过的所有景象没什么两样，只说明了同一个事实——生态正在恶化。我和摄影记者王昕伟对抗着高山反应，租了辆破微型车，历尽艰险到达黄河源头，之后横穿了整个自然保护区，终于在沱沱河边获得了最大的突破。

（三）

首先，我们见证了一个惊人的事实，沱沱河面临断流的危险。之后，在沱沱河水文站，一名工作人员对我们说，关于长江源头生态退化的原因根本没搞清楚，很多专家上来，与其说是科考，不如说是旅游，作为国家单位，他们的部分资料却是由民间环保组织绿色江河提供。

在成都，绿色江河的负责人杨欣对我说，目前科研院所要查藏羚羊在青藏铁路沿线的分布和迁徙状况也要查他们的数据，长江源头生态环境数据、动植物分布、水文资料大部分都是空白。对三江源做过多次考察的地质学者杨勇告诉我，生态退化的主要原因是气候变暖，放牧究竟在多大程度上影响生态，以现在所做的研究根本提供不了答案。

报道的核心内容找到了：在大量研究处于空白，科研没有走朝前为政策提供足够支撑的情况下，国家的钱就源源不断地用到退牧还草及生态移民上来。

此前，在黄河源头第一县曲麻莱，县委书记仁青才仁向我们抱怨，“内地发展这么快，50年来我们变化很小”，为保护源头生态，他们做出了很大牺牲，下游省份应该给他们生态补偿。他表示，曲麻莱并非没有发展的资本，这里的矿产非常丰富，随时可以开采。我们了解到，实际上已经有人开着悍马到源区挖矿，规模之大，政府不可能没有耳闻。

虽然，曲麻莱一年的财政收入仅仅180万，但我们看到官员们开的车，

A14 特别报道

A15

和他们抽的烟时又感到他们没有自己说的那么困难。一些牧民质疑现在施行的生态措施，成效远远没有很多媒体报道的那么好。位于格尔木的生态移民村，很多村民都是从曲麻莱移去的，我们在那里了解到，村里建筑的工程质量不是太好，村民抱说："国家政策好是好，但执行政策的人出了问题。"

又一个很关键的内容有了：虽然政策的科学性值得检讨，但在执行中已经产生了惰性，有很多人成为利益相关者，不愿政策发生改变。这时，科研不是朝前提供依据，相反是尾随政策，服从某些官员的意志。

破坏生态可渔利，治理生态同样有利可渔。这一点，与后来我在滇池了解的情况是何其相似。不同是，三江源生态恶化天灾的成分多，滇池则完全是人祸，而且滇池变脏的原因，连小学生都知道。

（四）

谈到治理滇池，云南省及昆明历届官员说得最多的就是："虽然取得一定成效，但形势依然严峻。"水至清则无鱼，对于滇池同样如此。无怪乎官员们抱怨国家拨款太少，无怪乎专家们都保持沉默。

滇池已经是超负荷运转，但兴建大学城，搬迁市政府，打造"东方日内瓦"，政府规划还将城市无限地扩大，还有人天才地提出花 490 亿从虎跳峡引水冲刷滇池，却没有人说到截污，只有全力以赴截住流入湖中污水，滇池才有望变清。

先有蓝藻，还是先有污染？先有污水，还是先有被污染的底泥？ 250 万人口造成的污染都治不了，450 万人口的又如何治？外流域调水冲滇池，那么冲走的污水又往哪里排，同时入湖污水不截住，湖泊怎么避免不再被污染？让我意外的是，翻阅从前的报道，这些并不难解的关键问题没有人试图解答。

公开场合，专家们要么为政府摇旗呐喊，要么就保持沉默。几位专家接受我采访时说了真实的想法，虽然让我在报道中不要透露他们的姓名，但足以让我对他们致以敬意。

南方都市报 特别报道 A11

美的净水机·家用净水专家

滇池 在都市膨胀中重病缠身

超负荷的脆弱生态遭遇城市扩张雄心，"开发优先，环保置后"带来治污困局

中国水危机 ⑤ 大滇困局（下）

最大的帮助来自民间，来自体制外。采访之前，我联系了已是声名在外的“滇池卫士”张正祥。这个滇池边长大的普通农民，竭尽所能地帮我完成采访。他不是什么专家，也不属于任何一个民间组织。他的看法并非完全正确，有时甚至十分偏激不可全信。但看到他那破败的小屋及屋中堆满的资料时我感动了，在滇池保护的现状下，他的行为变成了一个人的战斗，变成了个人英雄主义的狂喜，显得悲壮而苍凉。

A12 特别报道 南方都市报

无力的滇池，膨胀的城市

所以，虽然此前关于他的报道有很多，但他依旧是我报道中最重要的人物，和先前报道不同的是，他的事迹我着墨不多，更多地是写他眼中的滇池，及他孤身奋战的状态。

我还拜访了云南一家民间组织的负责人，他给我的报道提供了很多素材。他借用一些公开信息，点明了云南的官员们对环境治理的真实态度。

国家环保总局副局长潘岳提出，“要想遏制污染恶化势头，首先要建立环境问责制度，一定要追究政府相关人员的环境责任，特别是地、市以上负责人的责任。”很快，云南省主要领导就在一次会议上强调，要“形成上下共担责任，共同努力的领导体制和管理体制”。

云南省省长秦光荣在开年的一次会上表示，要坚持生态立省和环境优先的思想，但在年中的“七彩云南保护行动”启动仪式上，秦光荣又说，要通过发展来实现更好的保护，坚持经济建设与生态建设同步推进，经济效益与环境效益一起考核，产业竞争力与环境竞争力全面提升，物质文明与生态文明同时发展。

领导们前后矛盾的表述也就是我们这次“中国水危机”所体现的一个主旨：从大河源头到滇池到东部沿海，对于全中国，问题都是一样的，环保优先还是发展优先，是要绿色还是要GDP？

最终，我在报道中照亮了一些原本处于黑暗中的部分。至于，稿子里为何体现得有些隐讳，不是那么直白，是出于安全生产的考量。

（作者系南方都市报深度记者）

他们的身影没有远去

□喻尘

我不知道他现在怎么样了，不知道他是在经营着自己的小店生意，还是仍然为了帮助那些四处奔走告状的人们。

我不知道那几天发生了什么事情，为什么他突然失去了联系，不知道他是在被抓走的时候，是否受了皮肉之苦。

这个人是浙江省宁波市的一位热心人，他姓李，请理解我在这里不方便写出他的全名，虽然他可能已经自由，可能他本人并不在意这又会给他带来不能预期的灾难。

在还是夏天的时候，我曾经很多次在心底为他祈祷，希望他早日走出牢狱。可是他，我最终没有在采访的路途中见到。

（一）

那是2007年的7月，我在浙江省萧山市采访“写了三年环保日记”的韦东英，听这位从家乡远嫁到这里的中年妇女讲述她与化工污染企业斗争的故事。她的丈夫，一位钱塘江里打鱼为生的渔民，又带着我和摄影记者从钱塘江观潮的最佳点出发，沿着江堤公路向下游走了五六十公里，察看、拍摄明目张胆往江里排放污水的管道。

A10 特别报道　A11

中国水危机

三个癌症村的死亡日记

在工业园区裂变带来的污染侵蚀下，中国东部滨海经济活跃地带部分村庄被迫付出痛苦代价我们看到，“天堂”里的钱塘江正在死去，混浊的江水不时汇入一股股冒着恶臭气的工业废水，因水位下降裸露的滩涂已经变成了黑色，死去的水生动物的尸体散落在污水冲出的水道上。越往下游走，情况越甚。

就在这时，有人打给了我一个电话，就是那位姓李的男子打来的。他说“我是宁波的，你们如果在萧山采访完，请抓紧时间来我们这里看看吧。”

他从我的一位在宁波某报社的朋友那里得到了我的手机号码，并知道了我在浙江采访的行程。他说他是一位志愿者，喜欢摄影。他前几日在慈溪县的钱塘江边看到大批渔民与化工园区发生冲突，他拍下了很多照片。他说渔民是因反抗化工园区往江里排放污水、将钱塘江入海口处的大量滩涂地占去，而组织了几百人前去阻拦的。他说如果再不制止化工园区的做法，钱塘江入海段的数十公里江海汇合处就毁掉了。

我在电话里答应他，结束萧山的采访后，马上赶到宁波，他说他愿意全程做向导。于是，我们商定于第三天下午我们在宁波慈溪县会面。

接下来两天，他不时发来短信，告知那里渔民抗争的情况，几乎每隔一个小时就会发来一条。在几十个小时内，我们的联络一直是畅通的。就在我们从杭州坐上前往宁波的巴士时，他发来一条短信：“我们今天再去交涉一次，如不行，将采取法律手段。”

从杭州到宁波差不多三个小时的车程，当我们在宁波下车时，他又发来一条短信：“我们被公安抓走了。”我当时心头一惊，可能是他们上午的交涉过于激烈？发生了什么事？

我急忙打了他的手机号码，已经是关机、无法接通，一次次打过去都是如此。我和摄影记者商量一下，决定还是前往慈溪看看情况。我仍然不停地拨打他的手机，我想知道以什么样的理由把他们抓走的，是哪些人抓的？

但每次拨打都是徒劳。当我们在慈溪一个叫周巷的小镇下车后，这是他前日和我们商量好见面的地方，他说他在这里开有一个彩扩门店。我再次试着拨打他的手机，这次接通了。

可是，电话里传来的却不是他的声音。“老板现在被拘留了，我刚进到里面把他的东西拿出来。”这是他的一个店员。我问他，知道是因何拘留的吗？要关在里面多久？店员说，这些都不知道，他只是要转告我们，非常对不起，不能给我们做向导了。

当我们离开宁波多日之后，夏日渐去，北方已经转凉时，我又接到了他的电话。他说他出来了，很抱歉，没有在采访中帮上忙，下次如果再到宁波去，他一定再做向导，他又说他会把手上的资料和照片寄过来。

他在电话中还是那样笑声爽朗，丝毫听不出刚从牢狱里走出来，好像出了一趟远门刚刚联络上的久违的朋友。

我后来从宁波报社朋友处得知，他是一位热心环保的民间人士，还因一件事情出过风头，上过国内知名大报的版面，在当地，还算是小有名气的人物。可是，被抓却还是第一次。

（二）

有很多人值得去用心感谢，是他们一次次冒着风险，把真实的消息告知我们，通过我们再告诉公众。《中国水危机》系列报道是跨时很长、跨越地域很广的一次采访报道，从南到北，从东到西，跨越了多个省域，不同的人，不同的语言和人文，但他们都是一样的热情，都是那样坦诚的，愿意力所能及地帮助我们这些未曾谋面的人。

当然，他们希望通过帮助我们的采访 能够使自己的生活处境有所改变，那些喷吐着污水的工厂得到整治、甚至关闭。

可是，我不得不遗憾地告诉他们，他们对我们所寄予的希望，是多么难以实现的事情。

长久以来，特别是在采访已经结束，而等待刊发的那段日子里，我甚至不敢接他们从遥远的地方打来的电话，我不知道该怎么说，因为那时，报道发与不发尚属未知。他们大多数时候不会提起报道的事情，而是一次次提供更新的线索。

特别是江苏省连云港市的一个村民，曾医取了村庄附近一家化工厂排放污水的水样，拿到市里做了化验，结果是有毒的。在与工厂交涉赔偿的过程中，被当地司法机关以敲诈勒索罪名抓走，判了半年的刑期。

与他同时获罪的，还有村庄里其他几个带头闹事的乡民。

他在获悉我们采访水的问题时，主动过来联系。他不是陈述自己是否有罪，而是一遍遍说着难以忍受的生活处境。他看上去很愤怒，但那种愤怒好像又不知该如何发泄出来，他像一头困兽。

他说村庄已经被越来越多的化工厂包围了，村庄里因不明症状的怪病死去的人逐年增加，可能很快就要轮到了他。他很绝望。他说如果有一点钱，就搬出村子，可是，他没有在别处置办房产的钱，村庄里绝大多数人家都没有钱。他说，他们被抛弃了，扔在那个靠近黄海的地方，被化工厂肆意蹂躏着。

在我离开那里一个多月之后，他曾经一天发来6条短信，他把村庄的遭遇编成了顺口溜，字里行间表达着他的愤恨，他的痛苦。他把最后的希望寄托在我们身上，我们，或许成了支撑他的最后的力量。

接下来的几天，都是每天6条短信。他就这样持续不断地传递着他那里的信息，那种坚持，让我感动。

直到报道刊发后，他的短信没了，我倒牵挂起他来了，是否遭到了调查？还是被采取了什么措施？

我不知道后来刊发的报道对他的生活处境有无改变，他的村庄是否依然遭受着毒害。我有时想拿起电话，询问一下远方的他和他们，但却没有勇气，我担心他们依然是那样失望无助，而我们的努力在那里没有一点效用，我甚至担心，自己没有能力承担这样的现实。

就在我们这组《中国水危机》报道全部刊发完毕的第二天，江苏省响水县陈家港化工园区一家化工厂发生爆炸事故，8人丧生，数十人重伤。

他的家，就在与陈家港化工园区隔河相望的另一个更大规模的化工园区里，不知道，爆炸有无波及到那里。

A10 特别报道　　A11

中国水危机

滚滚黑水向东流　化工园锁链剿杀中国海

以国内污染最严重的渤海海域为代表的中国近海　生态环境已接近崩溃边缘

鱼儿哪去了

上游来的黑水

追溯海岸线

下一个渤海是谁？

不能吃的海鲜

化工剿杀海洋

（三）

那些人一定在急切等待着好消息，等待着黑夜中的一点亮光。就在我转身离开内蒙古乌拉特前旗沙脑包村时，执拗的农妇高翻身还在使劲儿刨着被污水入侵过的田地，她一定要让前去采访的记者看到证据，看到他们所处的是怎样难以忍受的生活环境。

她想让“上面”的人来，她想通过我们的采访让“上面”说说话。

我现在唯一可以告诉他们的，或许能够让自己稍许心安的，也是能够给在长长黑夜中的他们一点久违的亮光的，是这组报道已经通过一个渠道，送达高层并得到了关注。但是，这种关注的力量有多大，对他们的现实处境有多大改变，我不敢说，不敢预估。

按照最初的计划，我们约请了国家环保总局一位副局长写了一篇专论，作为整组报道的开篇文章，概括性阐述中国的环境现状、治理政策回顾、教训总结。而且，我们拿到的这位热心局长的是一篇十分好的文章。可是，就在报道刊发前夕，辗转传递来的消息，迫于一些因素，这篇文章不能和整组报道一起刊发，只能单独发表。

这是他们所不知道的，也是关注整组报道的人所不知道的。

我们希望得到支持，他们的和他们的。就像浙江省萧山市农妇韦东英的丈夫邵关通说的那样：“如果温家宝总理到我们这里来，他一定要到我们村子，我砸锅卖铁请他吃饭，他一定要看看，我们是怎么活的。”

被废水、废气、废料等“三废”工业污染压抑得不能喘气的邵关通迫切想让共和国的总理能去看一看，生活在“天堂”边上的他们，是呼吸着什么样的空气。

温总理没有去，至少现在还没有。

我们去了，但效果是那样的微不足道。

所以，有时，会想起那些人，那些我在采访中遇到的每一张面孔。江苏阜宁县的段德桂，他曾得到过总理的批示，可是也没有用，他的村庄里一如既往死去的患了癌症的人；山东那位姓侯的渔民，他仍然在为能捕捞到一船干净的海货而艰辛努力；还有，已经处于冰雪中的内蒙古乌拉特前旗那些被污水冲过房屋的人，他们依然在等待着微不足道的赔偿。

（作者系南方都市报深度记者）

我如何“侦破”《神雕之死》

□傅剑锋

对我来说，做调查记者最大的诱人之处，可能就是从一鳞半爪的信息开始，然后挖出一个个事关公共利益、甚至牵涉国脉民瘼的事实。在这一过程中，常常要经历对智力和毅力极限运动式的挑战，迷上这种挑战就像一个极限运动员迷上的那些危险游戏。

“侦破”神雕之死及背后的野生动物地下贩卖黑网，就是这样一次对自身力量的挑战和超越。

寻找目击者

“神雕之死”的信息是由编辑晨光转给我的，这一信息最早出现在北京作家老村的博客上。这篇呼吁“拯救青海金雕”的短文以文学化的笔法介绍了一个贩雕者虐杀金雕的过程，读来令人震憾。我决定要调查金雕之死，这不只是为一只大鸟的死亡，更为了查出这背后巨大的黑网和失范的动物保护状况。我在老村的博客上留下了手机号码。

第二天老村复电了。这是一位古道热肠的知识分子，他答应尽可能帮我联系上见证虐杀金雕全过程的那位目击者，这位目击者是他的青海朋友。为了保护这位朋友，老村坦承在博文中用了一些移花接木的文学遮蔽法，但基本事实没有改动。

几天后，老村很失落地来电：目击者联系不上了，好像失踪了。他担心可能是博客披露杀雕后，目击者害怕遭地下贩卖组织的报复，所以躲了起来。我又与老村反复沟通，要求老村无论如何要联系上目击者，这不只是写篇报道，这事关拯救西部的千万生灵！

又过了一两天，老村终于联系上目击者。但目击者不愿直接联系我，害怕报道出来后遭地下黑网的报复。我就让老村转告我如何一次次严密保护线人的故事，以及南方周末在这方面一贯的传统与操守。末了，我还希望目击者看看我的博客，了解一下我的为人。这样做有成功先例，在郴州调查官场黑幕时，一位神秘的知情人最初不信任我，后来他在网上搜查我的信息，发现了我的新浪博客，深被我的博文打动而接受了我的采访。

我想后来是我的博客与诚意打动了这位目击者，他终于开始和我直接联系。在交流中，目击者仍有深深的恐惧，害怕在吐出真相后遭黑手报复——“我内心反复在斗争，如果我不说出真相，会良心不安一辈子；如果我说了，可能只有离开生我养我的青海去避难。但离开青海，我将一无所有，甚至不知道靠什么谋生……”

确实，如果为了一篇报道，让一个善良的人后半辈子不得安宁，会使我无法承受良心之重。保护好线人应是一个职业调查记者的基本操守。

我和编辑晨光想找出一个万全之策。后来晨光设法帮这位目击者在广州联系上了一份不错的工作，以解其后顾之忧。我把我们的努力告诉了目击者。他的反应出乎我意外：“我很感动，我不需要你们帮我找工作。如果我接受了这样的帮助，这就变成了一场交易。我愿接受你们采访，只是因为良心，而不是利益。”目击者答应在青海西宁与我见面，条件是在调查和报道时，都必须对目击者的身份、性别、年龄、目击地点等信息全面保密。

求证金雕之死

西宁的阳光明亮得刺眼。在一个西餐厅的包厢里，目击者缓缓道出了所看到的全部过程，以及和猎杀组织之间的关系。

但这种开始时的平静慢慢被叙述打破了，目击者回忆着金雕被钉入钢针，仍像王者一样站起来时，已经泪流满面了。目击者说，最近几个月的日日夜夜，都在梦中看到金雕像受伤少年般的绝望眼神……到后来目击者几乎是痛哭失声，这是一个有良知的心对那些贪婪与暴虐的控诉，对金雕这个高贵生灵的悲惋，当时我也忍不住流泪了。这是我进南方周末第一次因为采访而流泪，以前无论采访多么悲惨的事，我都是很克制的。

从目击者口中还得到一个秘密渠道，从这个渠道里，找到了虐杀金雕的贩卖者电话。为了不暴露目击者，我让同事李丹婷以老板秘书的身份和虐杀者联系上，声称要购买金雕标本。虐杀者承认他是一个金雕标本制作高手，并在数月前拿一只活金雕做了标本（即是目击者所说的那只）。他还自称他的动物标本在整个西宁市质量最好，愿意做这笔生意。这就基本证实了虐杀金雕一事。

但为了侧面印证这并非是个例，我又从互联网上搜索贩卖信息，还真从一些论坛上搜到了两条愿意出卖金雕标本的信息。我已经在调查中获知，买金雕标本的不少是广东商人。于是，我让实习生成希在广州打电话给这些网上贩卖者，自称是广东老板，要求购金雕标本。这些贩卖者果然上钩，说出了他们的贩运渠道和市场价格。其中一伙，两只金雕标本要价 50 万元！

我还通过各种关系拜访了青海报界、商界、文学界和政界的一些人士。他们向我证实，近几年在青海虐杀金雕的情况确有存在，甚至青海当地一些高级官员办公室里非法摆放金雕标本。这是有的人为了子女的升学和职务的调动而送给上级官员的。他们还向我介绍了金雕在藏区的各种神话传说，以及现今濒临被杀尽的惨况。

各个方面的信息汇集都在证明着，目击者反映的虐杀金雕状况是真实的。

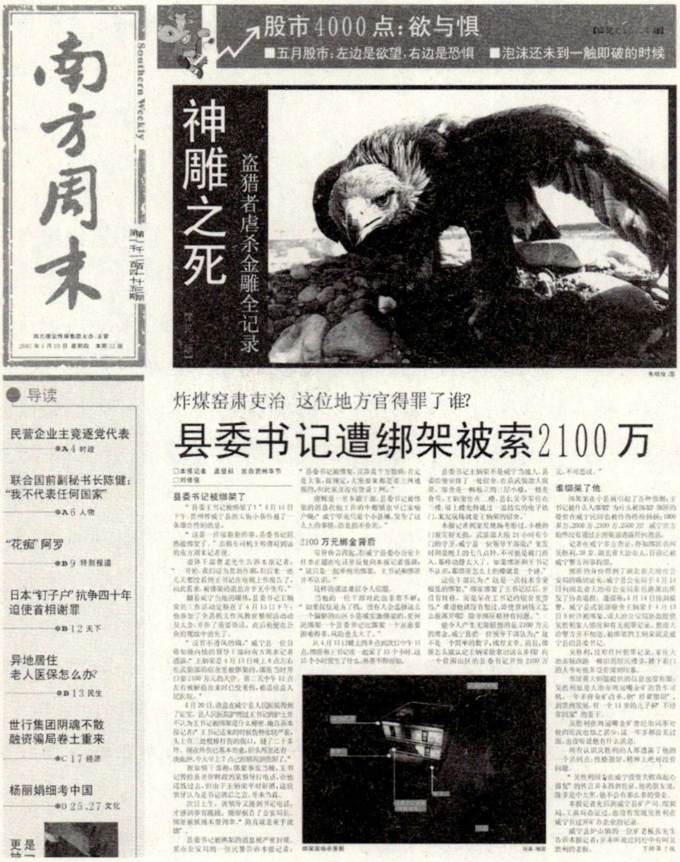
南方周末
Southern Weekly
股市4000点：欲与惧
五月股市：左边是欲望，右边是恐惧
泡沫还未到一触即破的时候
神雕之死
盗猎者虐杀金雕全记录
导读
民营企业主竞逐党代表 A4 时政
联合国前副秘书长陈健："我不代表任何国家" A6 人物
"花痴"阿罗 B9 特别报道
日本"钉子户"抗争四十年迫使首相谢罪 B12 天下
异地居住老人医保怎么办？ B13 民生
世行集团阴魂不散融资骗局卷土重来 C17 经济
杨丽娟细考中国 D25.27 文化
炸煤窑肃吏治 这位地方官得罪了谁？
县委书记遭绑架被索2100万
县委书记被绑架了
2100万元绑金背后
谁绑架了他

让森林公安局接受我

但要挖出金雕之死背后的庞大黑组织，这样的努力还是远远不够的，当地的野生动物管理部门才掌握着最核心的情况。

于是，我到了青海省林业局，找到其下属的青海省野生动植物资源管理局和青海省森林公安局。但他们对我爱理不理。

怎么办？

在采访工作中，常常是小鬼难缠阎三好讲。我就赌一把，如果他们的最高领导同意接受我采访，一切问题就迎刃而解了。我于是闯到一间面积最大、桌子上放着一面小红旗的办公室，等那位领导放下电话，我就自我介绍了身份，然后开始了一番动物保护的滔滔演讲。当然，这种演讲是要合乎官员逻辑，对症下药才行。例如，我充分肯定他们近几年在保护藏羚羊方面的出色工作，例举国家高层领导对野生动物保护状况的重视和几大批示。这样交流了半小时，局长就同意了，他打电话给宣传处，要求下属各单位配合我的采访。

青海省森林公安局的一位副局长由此开始接待我采访。

中午，这位副局长陪送我回宾馆，一件意想不到的事情发生了。

在车上闲聊时，开车的老司机听说我是南方周末记者后，大惊失色。他惊慌地告诉这位副局长："局长，你们不能接受南方周末记者采访，几年前南方周末调查猎杀藏羚羊的事，披露了一份内部材料，结果我们局的老政委检讨了足足半年才过关。"

"坏了，好事都要坏在这张乌鸦嘴上了。"我当时强作镇定，一方面诚恳地表白我们的职业操守，另一方面，我也用他们的官场逻辑来减少那位副局长对我的疑虑："X副局长，我是你们的上级领导介绍过来的人，是上面让你配合我的采访的，这说明我是可以信任的。万一真出了事，也不是你的责任，而是上面的原因啊。"这位副局长微微点了点头，没作明确的表态。

第二天，我再次访这位局长。尽管他已经没有像初次见我时那样热情，但还是带我看了他们缴获的鹰类标本，并派了一位警局官员专门接受我的采访。

也正是这些采访，让我了解到猎杀金雕等野生动物的张恩科和张维科兄弟集团，了解到他们遍布青海、陕西的猎杀网络以及伸向北京和广东的全国性地下黑网。

也正是在他们的介绍中，我得知广东是全国最大的野生动物消费中心。于是，我把这一信息告诉编辑晨光，认为要查清整个地下网络，必须要查清广东的销售黑网。晨光同意了我的看法，他亲自出马，带实习生成希明察暗访了广东的销售黑网，尤其是广州市森林公安局接受了我们的采访。

开明的广州森林公安局向本报提供了大量有价值的信息。正是这样的信息补充，使遍布西北、中南、华南甚至延及东南亚的猎杀、贩运黑网，在我们的眼前渐次清晰起来。

惊心动魄的暗访

就在采访森林公安局的间隙，我还抽空拜访一些研究野生动物的专家。一位专家出语惊人，西宁市野生动物协会里的野生动物救助中心，是一监守自盗的贼窝！他称，这个协会常常以合法的名义猎杀国家一二级保护动物，以此获利，他还以亲身经历作证。这让我既震惊又难以置信。

当时我想，即使这样的事是真的，要报道也极困难，因为对方不可能认账，要取到有杀伤力的证据也极困难。猎杀国家一二级保护动物可判甚至是十年以上的重刑。如果我没有足够证据来报道这一情况，可能被他们指控为诽谤。

但我还是想看看这个野生动物保护协会。明访一下，说不定能看到点蛛丝马迹，以印证那位知情人的说法。

查 114 得知，这个野生动物保护协会在西宁市植物园内。植物园依山而建，我打的到植物园，找了一圈竟没找到。其时已下午 4 点，当时就生出了偷懒的心，找不到就先不找了，逛一逛植物园算了。我就开始爬植物园内的土山。高原上运动有点吃力，爬到山顶，觉得肺都快炸了。坐在山上，静静地看着西落的太阳。那时，我在想，如果头顶能掠过一只金雕该多美啊。可是我只在西宁动物园里看到了活金雕，它们被养得像母鸡似的，再也没有了翱翔蓝天的壮美……

从山上下来后，问出租车司机，我想买只金雕标本带回广东，哪个黑市有货。司机指着刚好路过的西宁市人民公园哈哈大笑:“黑市就在眼前。”他告诉我，人民公园里的花鸟市场，曾经是贩卖各种野生动物的著名黑市，被警方打击后，贩卖行为只是隐蔽了些而已。我表示不信，司机就急了:“上个月我还帮一个客人从花鸟市场里运出一只金雕标本呢。”

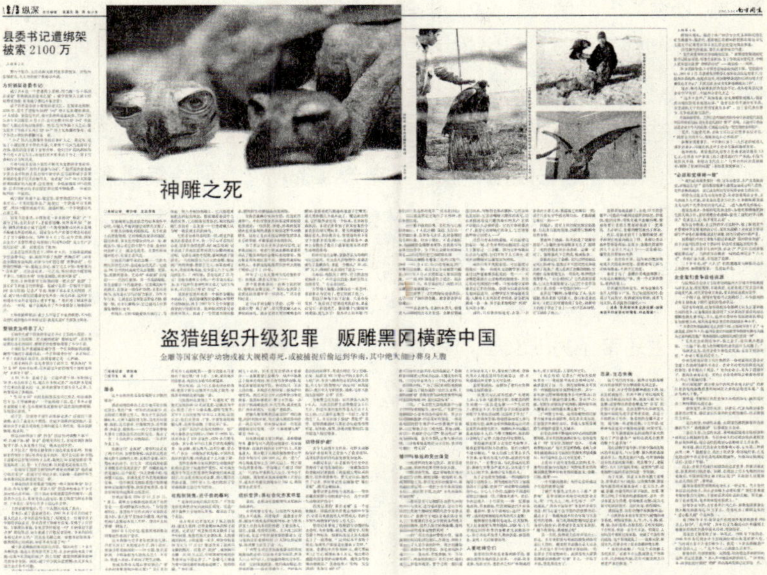
县委书记遭绑架 被索2100万

神雕之死

盗猎组织升级犯罪　贩雕黑冈横跨中国

金雕等国家保护动物或被大规模毒死，或被捕捉后偷运到华南，其中绝大部分葬身人腹

第二天，我来到这个市场瞎逛。看到一些有动物皮毛卖的店就进去问有没有金雕标本，这些老板都神情紧张地告诉我，没有没有，卖这个要坐牢的。我并不气馁，继续瞎逛碰运气。

运气终于来了，当我走到一家藏饰小店相问时，女店主疑惑地看着我。我就开始编故事：我到西宁出完公差，广东公司的大老板突然要我帮他带回一只金雕标本……我的一番编演让这个小店主开始相信我。

她说："只要你诚心想买，我可以帮你做介绍。但你一定要保密啊，警察查得很紧，贩卖金雕可是要坐牢的。"我连连应诺。她说今天帮联系"老大"。

第二天她如约电话通知我，到她店里去谈。这里说明一下，暗访为了保护自已，一定不能留下任何个人的真实信息。例如，我告诉她的那个手机号，就是临时在青海买的。

她说老大不想直接和我见面，但让她带了两张金雕标本的照片给我。我说你们老大是怎么一个人物啊。她说："我们老大经营的是全青海最大、最正规、最合法的野生动物店面。我问，既然你们老大做的是合法的，为什么现在却要这样神秘地和我做生意啊？"她笑了："警察查得紧啊。"她突然又问了句："你不会是警察的密探吧？"我很镇静地反问她："你看我像吗，你看我有必要吗？”

我在和她交谈时，已悄悄录下了交谈内容，这样的暗访保留好证据是极关键的。

如此往来接触了三四次，女店主终于信任了我。那天下午，她通知我可以去见“老大”。去之前，我作了充分准备，一方面给编辑晨光打好招呼，一方面在手机上拨好青海省森林公安局长的电话，如果情况危急，我可以直接拨号让他们来保护我。同时，拿掉了平常随身带着的身份证、名片、记者证等任何能暴露身份的东西，只在一只内袋里放好一支录音笔。

女店主还带了另一女子，和我一起坐上了出租车。

我问：“老大叫我们在哪里接头？”

“山上。”女店主淡淡地回答。

我的心一下子跳得快起来，山上！千万不要是那些人迹罕至甚至是打不通手机的地方啊，千万不能被搜出录音笔啊……

查出监守自盗者的名字

一边看着车窗外的情况，一边越来越觉得古怪——朝山上走的这条路我怎么好像见过……

啊，我突然想起来了，这是条通向西宁市植物园的路，就是上次我去植物园里寻找西宁市野生动物保护协会的路，只是当时没找到。我突然明白了，难道她说的“老大”就在西宁市野生动物保护协会？

进入植物园，女店主带我爬山绕了几个弯，指着“西宁市野生动物保护协会”和“野生动物救助中心”这两块牌子对我说：“老大就在里面等我们。”

那时我的心几乎要跳到嗓子眼上！如果那次我没有偷懒，找到了西宁市野生动物保护协会，那今天的暗访不但会暴露，而且有可能遭来人身攻击，甚至还可能惊动牵涉其中的权力者，他们就会通过各种关系来压掉我的报道。

看来，那天偶然的偷懒，竟成就了这次暗访，这不是天意还能是什么？

“老大”已经站在野生动物保护协会的门口，脸很黑，胖胖的，整张脸长得像香港明星曾志伟。我又把以前编造那个女店主听的“故事”重新在这位“老大”面前说了遍。由于是熟人带来的，所以他相信了我。他告诉我：“我这里什么标本都有。”然后带我去二楼的仓库看货，只见里面不但有国家一级保护动物的金雕标本，标本中还有国家一级保护的胡兀鹫，棕熊，藏羚羊……我指着各种标本探问价格，诱着他说出如何猎杀、制作标本的经过。他滔滔不绝，我早已悄悄按下录音笔，记下这些他自供的罪证。

看完标本后，我开始和他谈价格，最后谈到一只大金雕标本的价格是八千元。为了让他相信我，我又当着他的面给编辑晨光打电话。这时，晨光的身份成了我的广东老板。事先我们已设计好，让晨光暂时不要同意这个价格，这样可以让我在现场有一个脱身的理由，也可以为下一次接触埋下伏笔。一通电话后，我告诉这位“老大”，老板觉得这个价格贵，我回宾馆再说服他。

过了几天，我再次去找这个“老大”。这次我还带了相机。

那天是周末，到了西宁市野生动物保护协会，那个“老大”还没回来，只有一个看门人和一个值班人员。我对这两人说，我是广东过来买金雕标本的，上次和你们那里长得像曾志伟那样的工作人员谈过。他们就很热情地和我聊起了天，说经常有广东客人来这里买野生动物。

通过和他们的聊天，不但证实了该野生动物协会确实曾大量贩卖各种野生动物牟利，而且还确证了上次接待我的那位“老大”确是这里的工作人员，名字叫贾成元。

贾成元回来后，我继续和他谈，并要求对仓库里的标本拍照。我说的原因是：“我的老板没法到现场看货，所以要我拍几张数码照传回去，此前你们给的照片不清晰，他以为是你们的标本质量不够好。”我的实际目的是进一步获取该协会贩卖野生动物的证据。

贾成元对此有点警惕，他要求我提供名片和单位电话。我说，我们老板比较怕事，你知道的，做这种生意，让别人知道得越少越安全。他也拿我没办法，但不同意拍照。

我用激将法刺他：“现在查这么严，你怎么帮我们安全把货运到广州？”

他说：“没有金刚钻不揽瓷器活。”

我继续激将：“你不拿出金钢钻我怎么知道你能揽瓷器活？”

他终于说出了真相：“我们是野生动物保护协会，我们可以给你搞到合法的外衣。例如，你可以让你们单位传一份你们要搞野生动物研究和展览的函过来，我就可以给你办出合法的批文。你们老板如果还想办个合法的收藏证也没问题，只是价格要加倍。’

我仍装作将信将疑。他就亮出一份已经搞定的批文给我看。他得意洋洋地读给我听里面的内容。这正是我所需要的，我全部对此录了音。

经过长达二十多天的调查，整个黑网查清了，《神雕之死》的报道出来了。社会舆论反响强烈，三大门户网站也在重点位置挂出，有的还做了专题。

但令人遗憾的是，国家有关管理部门至今还没向本报查询更多的背后情况，青海当地管理部门也没有处罚贾成元等人，也没有追查虐杀金雕黑手。只有已经在押的黑市老大张恩科，被判了十年有期徒刑。

报道后，目击者称并没有因为我的报道在生活上受到任何影响。

我想，其一是我的保密措施起了作用，让他们摸不着头脑；其二是，我手中还掌握着更多的情况，他们投鼠忌器。

如果他们胆敢伤害那位向我提供线索的目击者，我就把那些还没报道出的各种证据和录音全部披露出来。

所谓“君子跃跃欲试，引而不发”，对那些贩运黑网上的人也一样，没有射出的箭才具备永远的威慑力！

（作者系南方周末记者）

我的艾滋妈妈朋友

□张蜀梅

这是一次和采访对象持续一个月，甚至即将是持续一生的接触。

对于这次的采访，我的心情是复杂的，采访任何一个人，我们都要尊重对方的隐私权。更何况这次接触的采访对象是更加敏感的人群——“HIV”带菌者中想生孩子的人群。她们的生活是什么样的，生活在她们周围的人对她们有什么看法，生孩子的过程中有没有什么危险，有没有特别要注意的，她们会不会担心孩子是否健康？如果有担心，那为什么还要坚持生孩子？

想要知道真实的情况，仅仅靠道听途说是不行的。

记得2006年这个时候，我在广州市第八人民医院采访的时候，巧遇一位艾滋病孕妇来生孩子，出于记者的本能，首先就希望能采访到那个孕妇，生孩子前，我通过一些医生去给家属和孕妇做工作，看能不能采访到她，随便说点什么都可以啊。

开初，他们答应了，知道这些消息，我心里很激动，因为，这一直是我想接触的新闻。多年来，苦于找不到采访的对象，而放弃。

我在那名孕妇生产的当天下午，提前就等在市八医院。可是，等到她被推进产房后，她让医生来告诉我，她本人和家属都觉得压力太大，不愿意直接面对记者。所以，采访不得不放弃。后来，这位孕妇自己又觉得过意不去，又捎口信给我，让我间接地从医生那里获得这个新闻。

2007年以来，我一直没有放弃寻找这样的人群，希望能接触到她们，知道她们的故事，了解她们的心情，她们的愿望或者她们遇到的困难。

2007年11月初，我从一个艾滋病专家那里获知有一个比较开朗的，年轻的孕妇贾雯雯（化名），她答应我采访，而且她的预产期也恰好在11月底，如果采访成功，刚好赶上世界艾滋病日。

无论是作为一个记者，还是一个作家，得到这样的信息我都是很兴奋的。

得到她的手机号码后，我就给她发了一个短信，说自己是一个记者，希望和她聊聊。

过了10分钟左右，一个短信回来：“你想聊什么？”

这一下把我问倒了。

我还是很诚实地告诉她，希望能了解一下她即将要做妈妈的感受。

她回了短信，很爽快："你晚上7点就打这个手机号吧。"

我心里很高兴，我是真心地想和她交谈和分享她的故事的。

下班后，我一直在办公室里等待，想等到7点给她电话，我真的是迫切地想知道她的故事，听听她真实的声音。但，心里又因为她那么爽快而担忧她会不会很快变卦？

不出所料，6点半的时候，我的手机又滴地一声响，我的预感非常准确，她婉转地拒绝了我的采访。

她说："我这几天比较忙，有什么事情，我们还是发短信吧。"

就这样，短信你来我往，10多天过去了，我们彼此熟悉了，有时候，我晚上短信问候她的时候，好久没有回音，第二天一早就会收到她的回音，因为她9点多就睡了。后来，有时候她给我短信的时候，我又在忙着工作。每天都有问候，就好比没有见过面的朋友。

后来，有一天，周末，我在家，又和她短信来往问候。突然，她短信问我："你家有电脑吗？方便上网吗？"

真是求之不得。就这样，在网上，我了解了她的故事，还认识了她的老公，还看见了他们的结婚照片——那是一对青春靓丽的年轻人。

从聊天的感觉中，他们是幸福的，正在享受着爱情给予他们的快乐。可能是上天嫉妒他们的年轻貌美，嫉妒他们的幸福美满，总给他们一些遗憾，一些美中不足！

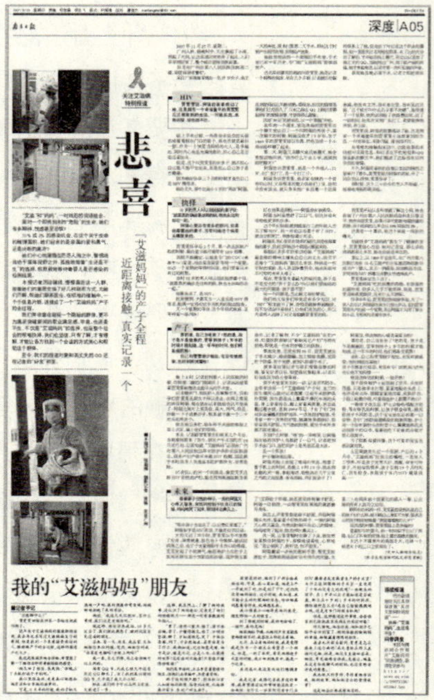
深度 A05

悲喜

"艾滋妈妈"的产子全程 近距离接触，真实记录一个

我的"艾滋妈妈"朋友

A04 网视

近六成网友不支持"艾滋妈妈"产子

激烈歧视言论仍有市场

我国现存艾滋病毒感染者和病人约70万

广东艾滋感染者外省户籍超五成

所以，他们才在幸福中，承受着苦难。

终于快到预产期了，因为担心有人知道她的病情，怕受到歧视，而选择离开家乡，来到广州生孩子。

提前说好的，她到了广州会给我短信的。

我那一整天都在等她的消息，可是我不能去主动打探她的消息，除非她真的愿意告诉我，说她想见我。

到了傍晚的时候，我的电话响了，一接听，真的是她！我立即赶去看她。

也许，在去看她的时候，我觉得我是去看望一个朋友，但是，一到了医院，看见她推进手术室的时候，我才回到现实生活中，我是一个记者。

这是我从来没有向他们隐瞒的身份。

我是记者，我记录我能了解到的事情，我也希望通过这件事情能改变一些现状。

当天晚上，我见到了他的丈夫。他虽然在以前聊天的时候就知道我是记者，但是，当他看见有摄影记者也来了后，他感到了压力，他甚至有点后悔答应我采访他们。但是，他还是说，要尊重他的老婆，既然老婆答应了我，他也没有什么反对的。

我也反复给摄影记者说，这个孕妇是我的朋友，坚决不要拍到她，只拍医生手术的样子，我都认为，有一张模糊的手术室的照片就可以了。

当然，我自己也十分矛盾，这样报道这件事情，会不会伤害到已经把我当成朋友的采访对象？

稿子是策划的连续报道，第一篇就是贾雯雯不顾千辛万苦要生下孩子，第二篇就是讨论艾滋妈妈生孩子即将面临的各种问题。因为，我从广州市疾病控制中心的负责人那里获悉，从2005年开始至2007年，广州市的艾滋妈妈几乎是成倍地增加，所以这部分人群是越来越多，她们生不生孩子，就不仅仅是她们自己的事情了。

我心里最大的担忧是，报社要求在12月1日前发稿子，但是，她那时候还没有出院，要是报道出去，是不是有很多的记者会到医院拍到她？有一个晚上，我几乎通宵未眠，有时，我甚至想放弃发这个新闻。

报社的利益总是大于个人的感情，稿子如期发出。我心里一直在受着良心的谴责，因为，虽然她答应我写她的故事，但是具体哪一天发表，我应该知会她一声的。当然，我也会找个时间，找个方式，好好地解释。

报道引起很大的反响。新浪，腾讯，网易，大洋网，新民网，都在很重要的位置转载；还有来自全国各地的电视台，包括中央电视台，凤凰卫视等都纷纷来电话，希望能采访我采访过的对象,还有想采访我自己的。我当然全部拒绝。

孩子出生的第二天，就由姥姥带回老家了，而孕妇自己，因为是剖宫产，还有稍稍的高血压，仍然在住院。她通过短信告诉我，刚刚体验到做妈妈的幸福，却暗藏着隐隐的担忧。

读者的疑问，也是我的疑问。贾雯雯是怎么感染上这个病的？我也曾经在网上直接问过她，但是，她没有直接回答我。她说，等见面再告诉我。见面后，她基本没有和我单独聊天的机会，也没有想告诉我的意愿。我也就只好等待，等待着她告诉我，她的故事，她和她老公的爱情故事！

他们经常上腾讯网，而这个网也在非常显著的位置推出了这个新闻。我知道她和她老公应该很快就会知道这个事情的。所以，我一直在想找一个时机给他们写一封信，把我的心情告诉他们。

有一天晚上，我终于发出了一封信，很诚恳地希望得到他们的理解，我都做好了从此失去他们的准备。也许，我再也联系不到她了，也许她从此就从我的视线中消失。

但是，第二天晚上，我打开电脑，收到他们以夫妻名义发来的一封信。他们说，他们看见了报道，也十分理解我的工作，也愿意和我保持联系，还是会在一定的时候详细地告诉我他们的故事。

我的心，终于轻松了。

（作者系南方日报机动记者部记者）

图片摄影：曾强

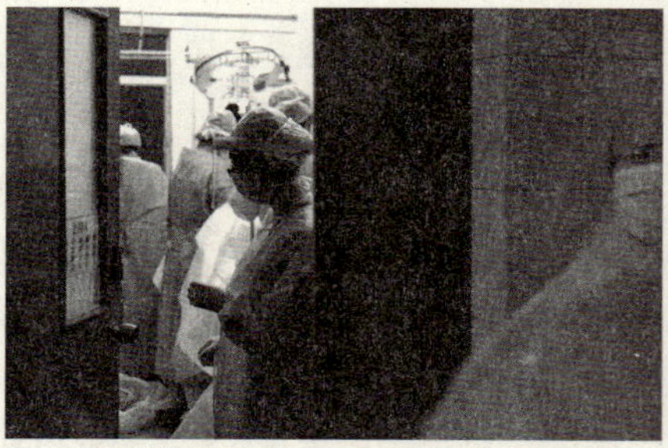

穿着防护装备的医护人员紧张有序地准备手术。

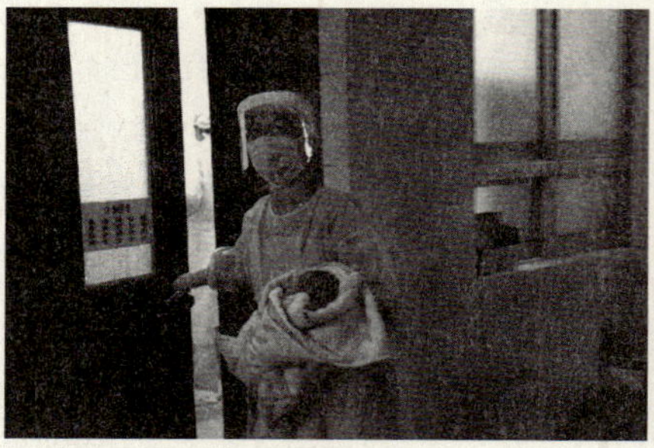

护士把新生婴儿抱出产房。

手术结束之后护士们清理消毒手术室。

采写编

许霆案：热点新闻我们该做什么？

□杨晓红　周皓

一个 24 岁的年青人，只身来到广州打工。一个偶然的机会，小伙子发现了 ATM 机的秘密：即临街一台机器出错了，只需要多按一个 0，卡里扣得钱为原数，而机器吐出来的钱却增加了 10 倍。

这简直如同阿里巴巴发现了神秘宝库。于是这个名叫许霆的山西小伙子一口气连取了 171 次，非法获得了 17 多万元钱。同时，他还将这个秘密告诉了同宿舍的兄弟——来自湖北咸宁的郭安山。郭再次以同样的方式获得一笔意外之财。随后两人携款逃离广州。

惴惴复惴惴中，2007 年 5 月，在外地潜逃一年多的许霆终于在陕西被抓归案。半年后，等待他的一审判决结果，竟是无期徒刑。这意味着他必须用一生的自由去赎一时之贪念。2007 年 12 月，在同城纸媒的率先报道、各大网络的热烈跟进中，许霆案成为这个年末一时间众议纷纷的新闻热点。

南都不是最早发掘引爆这个新闻事件的始作俑者，但在后来的跟踪报道中仍有不俗表现，值得庆幸。但同时，在如今对该案第一轮的充分报道竞争过后，我们需要总结的也实在太多：比如为何不是我们抓到这条新闻大鱼、新闻竞争中落后了又该如何后来居上、以及在热点新闻出现时，我们究竟该怎样有效作为，才对得起我们的职业素养？

南方都市报　城事 A15

男子利用柜员机出错取出17.5万元被判无期徒刑，有律师认为

"恶意取款不该判无期"

本报讯　（记者周皓　林劲松）2006年4月21日22时，许霆同郭安山两人在广州市天河区黄埔大道西平云路的广州市商业银行一网点用ATM提款时，发现银行系统升级出错，取1000元卡里才扣一元，因此两人多次从该提款机取款。至4月22日晚23时30分止，许霆共提取现金17.5万元，之后携款潜逃。

事发后，郭主动向公安机关自首，而许在潜逃一年之后被抓，并于日前在广州市中级人民法院被以盗窃罪判处无期徒刑。判决书一出，便引起多方争论，法院量刑是否过重？

昨日，前广州市人大代表、广州市大同律师事务所朱永平律师在接受本报记者采访时表示，许霆的行为不构成盗窃罪，只是一种民事侵权，不应被追究刑事责任，更不应该被判处无期徒刑。

构成盗窃罪，追究刑事责任

PK

他没有犯罪，只是民事侵权

广州市中级人民法院认为，被告人许霆以非法占有为目的，伙同同案人采用秘密手段，盗窃金融机构，数额特别巨大，其行为已构成盗窃罪。被告人的犯罪事实清楚，证据确实、充分。现有证据足以证实被告人主观上有非法占有的故意，被告人的银行卡内只有170多元，但当其发现银行系统出现错误时即产生恶意占有银行存款的故意，并分171次恶意提款17万多元而且非法占有，得手后潜逃并将赃款挥霍花光，其行为符合盗窃罪的法定构成要件，当以盗窃罪追究其刑事责任。

前广州市人大代表、广州市大同律师事务所朱永平律师认为，许霆的行为不构成盗窃罪，不应被追究刑事责任，更不应该被判处无期徒刑。根据法律规定，盗窃罪是指以非法占有为目的，秘密窃取他人财物的犯罪行为，但在这个案件中，许霆的行为并不符合盗窃罪的这些构成要件。

第一，当事人许霆没有以非法占有为目的，银行系统出现故障，并不是当事人造成的，银行系统出现故障导致许霆卡上的金额增多，过错在银行方。在这里，当事人没有主观过错。

第二，当事人没有采用秘密的方式获取财物，他持银行卡在银行柜员机里取钱，这种方式是合法的，是符合银行与客户间的合同协议。他的身份信息对银行来说，也是公开的，所以不是秘密窃取。

总之，许霆的行为只是一种民事侵权，银行可以按照不当得利，通过民事诉讼进行追讨解决，要求返还。

在这个案件中，值得我们反思的是，作为一种民事法律关系，银行为什么可以动用警力，动用公共权力，来快速追回损失甚至还要追究当事人的刑事责任？并通过这种公权，来保护他们的过错。似乎他们在这个事件中没有一点责任？

ATM 案变成了新闻俏姑娘

广州的媒体竞争之烈，早已不是新闻。在羊城纸媒三家大演义的格局中，往往既出现彼此争夺新闻源互不相让，又出现同时跟风热炒某一新闻事件，此消彼长地共同将事件往某一方向或高度推进的连横现象。分中有合，合中有分，好不热闹。

许霆案最早发掘出来的，是新快报。据说是该报跑法院线的记者，在寻常翻阅广州中院已经判决生效的判决书中，翻到这一个案例的。南都最早接触到该案的，应该是部门领导。因为领导往往会对同城媒体的新闻报道第一时间做及时了解。周皓是负责新闻热线的社会记者。12 月 17 日晚上 8 点多，领导突然 Q 过来一条消息：新快报报道了《男子趁 ATM 机出错提款 171 次后潜逃被判无期》，领导要求“把这件事再调查一下”。

周皓查看了该报道的最初雏形，觉得事情看起来已比较明晰，“取款”、“潜逃”、“判刑”，三个词似乎就可以把事情的来龙去脉说清楚了。到了下午，羊城晚报再次全文转载了这一案例，而且是署上新快名字后的转载。“羊晚这么做，一般意味着事件比较重要，另外还必定是新快的独家”。

周皓接到线索后，没敢怠慢，马上通过熟人关系找到了许霆的一审判决书，再通过判决书上登录的代理律师联系方式，找到了许霆的代理律师，以及复印到了案件审判中的警方笔供、辩护词，拿到了许霆亲属联系方式等。通过与许霆最接近人群的了解，案件本身的还原已经不存在问题了。12 月 18 日晚，周皓在南方都市报第一轮报道已落后的情形下，写出了一个调查版的内容《171 次恶意取款，始于多按一个 0》。

“这个版中，被告许霆本人的各个成长细节、来穗历程、取款详情、逃亡情况等都做了详细的叙述。在编辑看来，被告做为人物而言已经被挖掘殆尽了”。然而正是这种以详尽细节的方式，来调查重现这一案件的报道，使该系列报道进一步跳脱了常规司法报道的生硬、冷漠的面具。应该说在南都第一步踏空的情形下，这里扳回了重要一分。

网络随之也注意到了这一案例，并开始不遗余力地去报道事件进程。许霆案升温。

周皓甚至此时已追到了与许霆同时犯案的郭安山湖北老家……按照常理，广州中院每月每年判决的案子多得是，不说汗牛充栋，堆成小山应该不成问题。但凭什么偏偏这一案例会成为新闻俏姑娘呢？

南方都市报 广州新闻 调查 A37

171次恶意取款始于多按一个"0"

记者探访他在广州打工及作案经历：这名心存上进的年轻人，未敌金钱诱惑终陷囹圄

"判他无期并无不妥"

A08 城事 南方都市报

许霆父亲许彩亮接受本报专访，希望社会能给孩子一个改过机会

"为了儿子，我不能说累"

事后想来，有几个天生禀赋是她之所以俏不可回避的因素：一是它的普及意义太强了，即新闻普遍性太强。案中犯事获罪的是一个来广州不久的打工仔，他的犯罪诱因是偶然发现了ATM机出错，并利用了这一漏洞。ATM机城市人天天打交道，推而及之，任何一个发现ATM出错的人，都可能是另一个许霆。这样，这个案例就具有了极强的辐射性，几乎人人都可以装进故事中去，拷问人性；第二个让人感兴趣的是罪与罚的问题。事情出来了，罚到什么程度才为合适、公正，给一个无期是不是太严厉？银行在这中间有无过错？问题往往害怕深究，多问几个问号，问题就好比塔罗牌翻了个面，事情完全变了样。

同时正因为对利用ATM这一现代金融服务的衍生机构进行犯罪，目前还存在诸多法学定罪的空白，寻常百姓不明白，法学界有困惑，就更使得这个案例具有了进一步发掘的空间。至此，ATM许霆案作为新闻俏姑娘已经初长成：人人对之都有比照性，同时又有神秘性，还有大把想象空间，不是一个有魅力的花城小姐是什么？

全国法学大辩论扳回第二局

ATM许霆案经纸媒率先披露后，代理律师的法学困惑开始迅速向这个群体漫延，广州大大小小的律所开始讨论这个案件：作为一个从前并无犯罪记录的打工仔，利用ATM出错非法获得巨额财产，究竟是罪还是非罪？是民事案件还是刑事案件？银行有无责任？ATM机可认定等同金融机构吗？

在目前国家并没有相关司法解释的情形下，每个在第一线从事法律事务的工作者，都可以从自己的理解，提出自己的看法与判断，甚至观点完全相左。在网络上，网友的意见也是议论纷纷，各顶一派。真理愈辩愈明，在自由充分的网络大讨论中，ATM案引起了更多人的注意：这个倒霉的小伙子是怎样的人？有着怎样的经历？他的家人或律师怎么看这个案子？为什么一样犯罪的郭安山，因为事后自首还钱，仅获得了三年徒刑，而他却判得如此之重？

社会受众在阅读新闻、了解新闻事实的基础上，同时又产生了诸多疑问。而这些疑问又推动着热点新闻进一步向前推进。在此期间，本报国内版刊登了英国此类案例的判决、外报报道了出事银行的应对、ATM供货商的反映、网民的争论、许霆家人来穗等一系列动态跟进报道。应该说，这些报道都从不同微观角度共同关注这一事件，并推动这一事件向有可能出现良性结局方向发展。

前一轮的大讨论既已明白这一类案例为法律盲区，也就总有人会出于公益推进这一法律补盲工作。12月中下旬，资深法律媒体工作者郭国松向省高院就许霆案写了一封公民意见书，他希望相关司法机构能认真对待社会上的诸多疑点，解疑释惑，把这个案例办成经典案例。

郭国松在作为公民自行上书后，又积极参与了在华南理工大学举办的法学讨论专场。讨论会上，来自北大、清华、华南理工大学等高校的法学学者更是相当尖锐地对这一法学案例进行了解剖。全国法学家们毫不回避分歧、淋漓尽致的解剖与辩论，让许霆案在理论上再向前行了一大步。

南都在法学家大辩论及其后对许霆家人的采访中，及时把握住了这个热点新闻进程中的重点节点，作了放大式充分报道，在同城媒体的同题竞争中，开始反败为胜，步步赶超。谁说普通市民不关心法律政治？如果是有可能与每一个人相关的法律政治问题，则必定是人人关心。

可以说，是整个社会的力量在许霆案后，开始成为推动事件发展的主力，此时的新闻主角，已悄悄换人，不再是许霆，也不是他家人或律师，而是关注中国司法公正的社会良知。

接下来，广州有律师为此事专门上书全国人大，要求对此类案件做出统一的司法解释。从这一件事可以看出广州市民社会的可爱，即非常务实，又绝不狭隘，出于公道人心，他们拥有了比他们脚下土地更开阔的视界和行动。

热点新闻竞争中的新闻智慧

ATM许霆案网上网下热动以来，同城媒体间更是咬准了这一新闻的纵深空间，相互比拼着如何能做得更出彩更吸引眼球。

对热点新闻，媒体竞争是立体的，是分分秒秒间进行着的。这种情况下，自称主流媒体的我们，怎样做才既保证领先、权威，又保证始终赢得读者信赖？记得在ATM案件报道中，我们也曾接收到银行内部员工的报料，披露出该银行疏于管理，经常出现类似事件，其次该行ATM机多汇出400万、用房贴卡也能取现等等。这无疑是一封极具震撼力和杀伤力的举报邮件。可能鉴于该事件越炒越热，银行自身也有被牵连进去的危险，银行对内加大的纪律压力，我们多次联系举报人，举报人却一直没有见面。后来我们主张将对该当事银行、及运营公司的采访和该举报信一起刊发，编辑在把关时砍掉了举报信，估计是为了规避法律风险。

但从邮件内容来看，非常明显是针对ATM许霆案而来，而且推论司法机关之所以严判，是为了掩盖某银行内部管理之混乱。这封匿名信算不算真实凭据，至少是不是新闻素材呢？

A12 城事

恶意取款13万英镑被判1年

网友认为许霆被判过重，记者发现在英国版"许霆取款案"中刑期只有12-15个月

城事 A07

五法学专家羊城论许霆案

许霆案代理律师会上提疑问，多数专家认为该案动用刑法过于严苛

更何况我们是在就每一个问题向当事行核对之后。对于这一点，该不该报道，或者报道后究竟有何不妥，目前从法律上还不是很清晰的。也算是这次新闻报道中的一个疑点吧。

面对竞争媒体对该新闻事件中的每一个新闻点穷追猛打，我们与之对阵的记者也有些急了，每天汇总的稿件不免有了些胡子眉毛一把抓的感觉。周皓曾经问：面对焦点新闻，我们是不是应该穷尽焦点人物身边的每一个细节不放手？其实，事后我个人觉得不必如此慌乱，还是应该有所取舍，主次分清。竞争中的媒体固然各有所能，能上穷碧罗下黄泉般穷尽各种边际新闻要素，但一个新闻事件所凸现的核心新闻价值，其实是不变的。

回头究 ATM 许霆案中，最关键的两个节点，第一个应该是案情经过，及许霆是一个怎样的人；第二个是面对法律空白，这样的司法实践该如何操作？这两个主要问题拎清了，整个事件的还原也好，反省也好，最终结论也好，总的脉落结构就是清晰的。毕竟一个僵死的法条，其所牵涉或直接影响的是一个鲜活的人的生命，一个家庭是否完整幸福的悬疑。我相信，即使彼此都无可避免地处于残酷新闻竞争环境，但其实所有媒体的指向都趋于一致：即推动填补法律空白，推动司法进步。

记得温总理在年初的两会记者招待会上曾大声讲，何谓人民的幸福，就是要问那开花的大地，解冻的河流。中国的司法进步，无疑是眼前还有着很长路要走的那条解冻的河流之一。许霆案已经让我们看到了一点点希望，2008 年 1 月 16 日下午，许霆辩护律师收到广东高院裁定书，裁定案件“事实不清，证据不足”，发回广州中院重审。究竟结果会怎样，我们拭目以待。

（作者系南方都市报记者）

社会新闻的策划与拓展

——以南方都市报为例

□谢冰

根据南方都市报目前对时事新闻的管理分类，时事新闻根据其消息来源和新闻属性，分为两大类，一类是以官方层面（包括各级政府部门、企事业单位、社会团体等组织机构的政策法规、政治经济活动、市政建设措施等等）为消息来源的时政新闻；一类是以社会层面（包括各类突发事件、社会现象、热点问题、政法案例、民生投诉、社区生活等等）为消息来源的社会新闻。

因此，这里所讲的社会新闻，是指南方都市报从便于管理和协调，便于新闻的经营运作所划分的一个新闻范畴，也是一个大的新闻题材类别，其中包括突发新闻、政法新闻、民生新闻、社区新闻等几个子类别，这些子类别相互渗透、相互穿插，共同构成大的社会新闻概念。

长期以来，一谈到社会新闻，无论是在学界、业界，还是在读者群中，普遍的看法是：社会新闻就是突发事件的报道、就是揭批性的问题报道，就是一切所谓的负面报道。其实，这是一种认识误区。

作为南方都市报社会新闻一线的经营管理者，本人多年来一直在倡导这样一种新闻理念：社会新闻是社会生活的记录，社会生活有多么丰富，社会新闻就应该有多么丰富。

因此，如何改变人们对社会新闻的认识误区，策划统筹社会新闻报道，拓展社会新闻报道范围，丰富社会新闻的题材，扩大和提升社会新闻的广度与深度，从而整体上提高媒体的新闻品质，是目前主流媒体必须面对和思考的问题。

动态题材的策划统筹

这里所说的动态新闻，是指正在发生的时效性极强的事件性新闻，对于社会新闻而言，大多是突发新闻。

大家可能会说新闻是实实在在发生的事情，不是策划出来的，或者说新闻，尤其是突发新闻是不可能策划的，策划出来的东西不能完全叫新闻，也违背新闻的客观性。没错，突发新闻是无法策划的，但突发新闻的报道却是可以策划的，是需要统筹考虑的。

突发新闻和事件性报道，要想全面、详尽，需要对所报道的新闻事件有足够全面的了解，包括事件的性质、所发生的地点的显著程度、当事人物的社会层次、事件原因及其背后的社会背景、事件对公众利益及对公共空间的影响等等。只有全面了解和深入分析这些因素，才能判断新闻题材的大小，才能确定报道的方向和思路，才能确定人员和版面的投入，才能提升突发新闻或者事件性报道的真正的新闻价值。因此，如何报道，用多大篇幅报道等等，都需要合理的策划和全面的统筹。

案例一：广州江南大道塌陷报道

2005年7月21日，广州繁华闹市区江南大道一建筑工地深坑发生大面积下陷坍塌，导致周边一幢居民楼坍塌倾斜。广州社会新闻快速反应，第一时间派出三路记者赶赴现场，并安排多路记者在外围和后方展开配合采访，部门分管责任人统一协调，统筹指挥报道，并在当晚采访记者全部回到报社后，召集参与的记者编辑汇总采访情况，确定报道方向、稿件思路、版面安排，以及人员分工。7月22日南方都市报在A1重点版推出4

南方都市报 A04 重点

广州市政府通报海珠城塌方事故问责情况，14行政执法人员被处理，7公司被罚280万元

责成海珠区政府作检查

四部门被追究行政责任

房产公司被罚51万元

建委要向市政府作检讨

■ 现场回访

噩梦未散，房子还在开裂

搬回的居民仅1/3，他们已着手准备向有关单位索赔

"海珠城"事故塌陷现场 警方维持交通秩序 本报记者 卢汉欣 摄(资料图片)

"7·21"事故行政执法人员处罚榜

个整版的报道，当天的报道在同城媒体中最全面最详尽、独家新闻点多，处于绝对领先优势。此后的一周时间里，广州社会新闻记者昼夜轮流守侯现场，跟进报道事故进展及善后处理，并推出三大质疑的深度调查报道，将2005年度广州最大的突发事件报道做到由浅入深、由动态到深度，新闻品质也得到保证提升。

案例二：江西老汉千里背尸报道

2005年1月1日，广州火车东站惊现一棉被包裹的尸体，居然是一江西老汉从福建乘火车一路背过来准备回家。当时，广州各家媒体几乎都接到这一报料，并派出记者到现场采访。次日，同城所有媒体均对此进行了报道，南方都市报当天以《千里裹尸还》为题，报道了这一现代都市人看起来不可思议的事件。各家媒体在当天进行了动态报道之后，均没有再关注这一事件和事件的当事人，只有南方都市报通过这一看似荒唐的事件中，看出了深层次的根源，看到了乡土观念与都市文明的强烈冲撞，看到了一个身处社会低层的中老年农民朴素的甚至有些愚昧的传统观念和责任意识，看到了一群告别故土试图在繁华都市中讨生活的农民群体的缩影和他们的身后事。因此，南方都市报没有简单地停留在一次性的动态报道上，而是派出记者独家跟进，对这位背尸老人此后的行程、命运的变化等等，进行

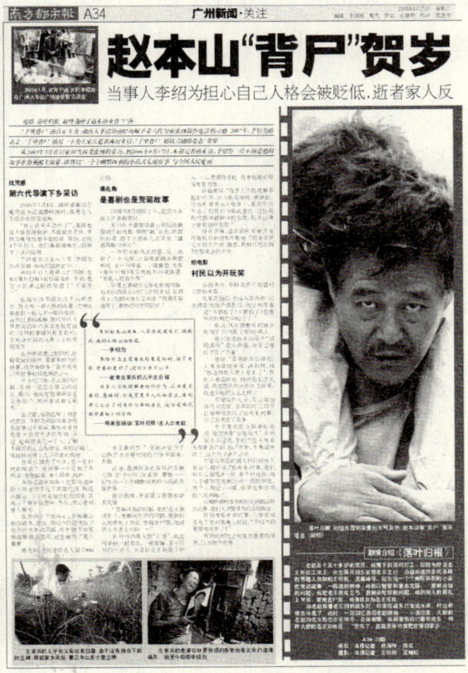
南方都市报 A34 广州新闻·关注

赵本山"背尸"贺岁

当事人李绍为担心自己人格会被贬低，逝者家人反

第六代导演下乡采访

是喜剧也是荒诞故事

村民以为开玩笑

了全程报道，并从中挖掘这一事件折射出来的深层次的社会原因。

这就是后来由赵本山主演的电影《落叶归根》的原形。一年以后，在电影《落叶归根》开机之际，南方都市报再次赶赴这位背尸老人的家乡，对其生活现状和命运变化进行了深度回访报道。

热点问题的长期关注

社会新闻既然是社会生活的记录，就需要关注社会生活，捕捉社会热点，研究社会问题，仅仅停留在车祸、火灾、凶杀、暴力等最常见的事件报道上，只能使媒体显得格调低下，无助于提升新闻品质，也与我们倡导的主流大报的办报理念相去甚远。这是一种低层次的新闻运作，要想提升新闻的品质，尤其是社会新闻的品质，就需要我们放眼社会、放眼时代，去关注公共空间，关注公共利益，抓住社会的主要问题、热点问题，进行深入细致的调查分析。

当然，有些显性的社会问题是具有较强时效性的，短期内可能是媒体报道的热点，有些问题也可能通过媒体的报道短期内能够引起重视或得以解决，但有些社会问题可能是隐性的，也可能是积重难返的，需要媒体的长期关注。原来广州火车站地区的脏、乱、差问题，就是这样一个长期受到关注而难以彻底根治的问题。

案例三：广州火车站跨年度系列报道

广州火车站是全国流动人口最多最集中的地方之一，这里的治安问题不仅仅广州人关注，全国人民也关注。

南方都市报多年来保持了对广州火车站这一城市形象地区、市民反映问题比较集中的地区的重点关注，除火车站地区的动态新闻报道外，从1999年的流花地区宰客电话、2002年的火车站警匪勾结盗票、火车站地区黑车网络调查等等大型专题策划报道，始终在致力于推动广州火车站地区治安等问题的解决。并将火车站地区的问题作为部门的年度题材经营，安排记者长期走访。

2005年9月，针对广州火车站地区拉客诈骗猖獗的情况，广州社会新闻抓住时机，在一名前背包拉客仔向媒体揭露骗局之际，精心策划，深入暗访，9月8日推出两个整版的独家暗访调查报道——“背包党”大起底《“找穷人下手，把他们榨干”》。从9月8日到9月22日的15天时间里，共推出包括大型深度报道《火车站22年之乱》在内的22个整版的火车站问题专题报道，在全国引起强烈反响。

南方都市报2005年的几次大规模、长时间针对广州火车站地区的年度专题报道，最终促使广州市政府痛下决心，研究对策，制定方案，牺牲局部利益，调整行政区域，理清归属责任，增加治安力量，强力解决火车站地区的问题，并在当年年底取得初步成效。

2006年春运期间，南方都市报再次将广州火车站地区的治安整治情况作为春运报道的重点，并采用关键词的方式，当年从1月10起，用40多天时间对火车站地区原来的一些顽疾和当年的一些新动向，进行了全面解析，除动态报道外，每天推出一个主题性的调查专题，采取动态新闻与暗访、体验新闻、深度调查、投诉调查、跟踪采访等多样化的报道手法，对春运期间的火车站地区进行全方位透视，通过当年春运的实际情况，真实客观地全面展现了火车站整治成效及存在的问题，为广州火车站地区的长治久安提供了强大的舆论保障。

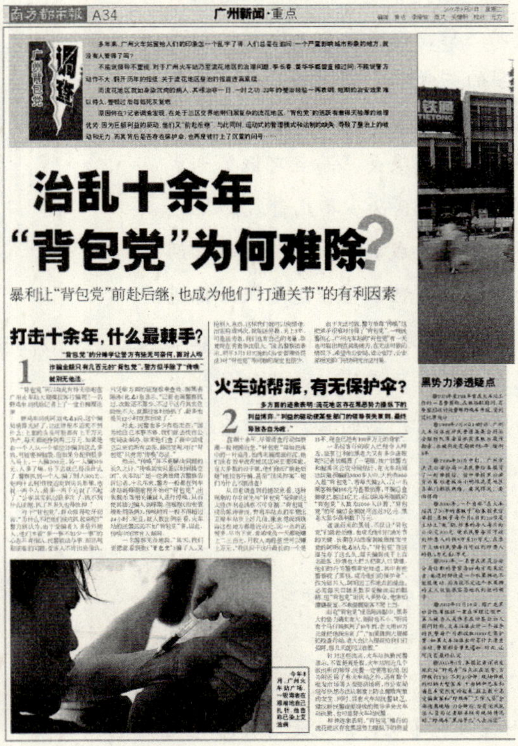
南方都市报 A34 广州新闻·重点

治乱十余年 “背包党”为何难除？

暴利让“背包党”前赴后继，也成为他们“打通关节”的有利因素

打击十余年，什么最棘手？

火车站帮派，有无保护伞？

黑势力渗透疑点

常规题材的纵深拓展

多年来，南方都市报的很多同类新闻题材，无论在线索利用还是报道规模与新闻品质上都明显优于同城媒体，得益于新闻采编部门对线索的提前掌控和新闻价值的充分挖掘。一般情况下，我们会对每一个新闻线索进行充分的评估分析，研究这一题材是单一性的，或者复杂性的，是否具有延展性或者深入空间，再决定做动态报道还是策划报道。因此，认真对待每一个有价值的新闻线索，不放弃每一个有价值的新闻，也就成为南方都市报的一种新闻态度。

正是由于这样的态度，很多时候一些看似不起眼的线索，充分利用南方都市报自身的影响力和特有操作手法，全方位多角度地提前介入，进行必要的策划包装，也会做出具有轰动效应的大新闻。

案例四：两广少年手拉手系列报道

2002年5-6月份的两广少年手拉手大型系列报道，起源于记者的一个不经意的发现。按照南方都市报的新闻运作，记者每周一必须上报选题。当年5月中旬，报纸上一条100多字的“六一”期间将开展“各族少年手拉手”活动的消息，引起一位社会记者的注意，并表示想跟进采访。部门在研究之后，觉得这一活动提前介入的空间很大，而且可以策划成一个热点新闻，发动社会参与认领来自广西贫困地区的少年儿童。第二天，南方都市报新闻部迅速与主办单位取得联系并达成共识，报社参与“两广同饮珠江水，各族少年手拉手”活动的协办，独家全程追踪采访报道此次活动，并通过报纸公开招募100个自愿接待家庭中的10户。在经过精心的策划安排之后，报社派出一路记者奔赴广西各地，寻找踏访此次要到广州参加“手拉手交朋友”活动的几名贫困儿童的家，亲身感受他们学习和生活状况；一路记者在广州本地征集落实接待家庭。此活动得到了广州市民的热烈响应，征集活动异常火爆。这个“手拉手”的系列报道也吸引了众多的眼球。

从5月27日到6月3日的8天时间里，记者采访见报文字达10万字左右。

实际上，由共青团中央发起组织的“手拉手”活动，在此之前已经在全国各地开展了好几年，本身已经成为一种常规活动。但就是这样的常规题材，经过南方都市报的精心策划，在广州掀起了一场前所未有的情感风暴，成为当年最有影响力的报道之一。

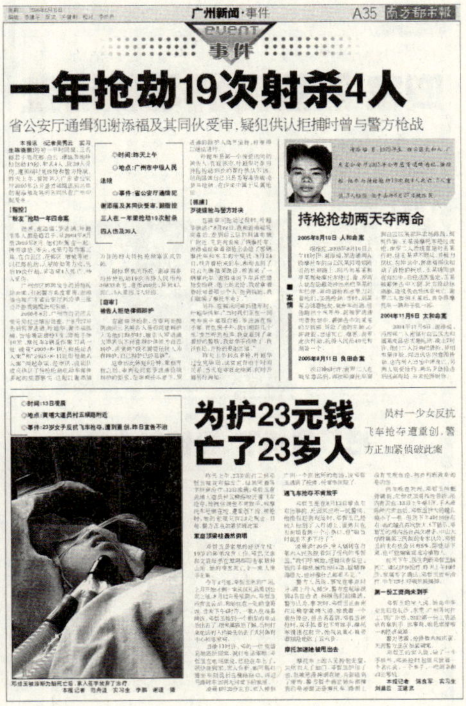
广州新闻·事件 A35 南方都市报

event 事件

一年抢劫19次射杀4人

省公安厅通缉犯谢添福及其同伙受审，疑犯供认拒捕时曾与警方枪战

◎时间：昨天上午

◎地点：广州市中级人民法院

◎事件：省公安厅通缉犯谢添福及其同伙受审，被指控三人在一年里抢劫19次射杀四人伤及30人

持枪抢劫两天夺两命

2005年8月10日 人和命案

2005年8月11日 良田命案

2004年11月6日 太和命案

◎时间：13日凌晨

◎地点：黄埔大道员村五横路附近

◎事件：23岁女子反抗飞车抢夺，遭到重创，昨日宣告不治

为护23元钱 亡了23岁人

员村一少女反抗飞车抢夺遭重创，警方正加紧侦破此案

遇飞车抢夺不肯放手

家庭顶梁柱轰然倒塌

社会新闻的视角转换

日常的动态社会新闻大多以突发事件报道为主，在资讯日益发达的今天，各家媒体纷纷推出报料热线，重奖新闻报料，凡街面上显形的突发事件，几乎家家媒体都有，新闻的同质化趋势正在加剧。这种情况下，怎么做出与其他媒体不同的新闻，如何使社会新闻摆脱冰冷、血腥、黑暗的面孔，除了对题材的延展和挖掘能力外，还需要考验经营者的新闻视角。独特的新闻视角和切入点，能够决定一个新闻是否出彩。

2003年南方都市报以“主流就是力量”为年度口号，提出办负责任的主流大报的目标，这一口号和目标的提出，是以社会新闻起家的南方都市报彻底转型的开始。当然，办主流大报并不意味着完全放弃社会新闻，将南方都市报的时事新闻部分完全定位在时政领域，而是逐步转换社会新闻的报道思路和角度，更多地将视角投向对公共利益、社会问题、新闻当事人的生命状态等等，更加注重民本、民生的新闻价值取向，并且，更加讲求社会新闻的人性化报道采写角度和多元化题材经营，使社会新闻的品质逐步得以提高，社会新闻的价值取向逐步主流化，社会新闻的运作也更加适应现代媒体的发展。

基于上述理念，南方都市报在广州新闻版块率先设立讣闻、社区、民生等新闻版块，社区新闻、民生新闻已经占据社会新闻的半壁江山，真正渗透到广州的社会生活中。

案例五：《南都质量调查》年度报道

为让民生新闻实现规模化经营，形成品牌效应，广州社会新闻经过精心策划，从 2006 年 4 月 4 日开始推出以民生题材为主、以暗访调查为基本操作手法的《南都质量调查》，对与百姓日常生活有关的衣、食、住、行等有关的消费领域进行全面调查报道，提出问题和对策，促使有关职能部门予以重视和解决。先后推出黑豆腐系列、污水菜系列、毒牙签系列、假冒名牌化妆品系列等一批有重大影响的暗访调查报道，其中污水菜系列调查、黑豆腐系列调查、新穗司机假证系列调查等，引起社会各界广泛关注和相关职能部门的高度重视，所报道的问题得到跟进解决。持续一年多的《南都质量调查》的推出，不仅体现了南方都市报一贯关注民生的立场，也使民生新闻得以形成规模和品牌效应，更使南方都市报舆论监督报道的公信力和影响力得到进一步提升。这一年度专版其实也是南方都市报社会新闻

南方都市报 A38 广州新闻·关注

白云区质监分局根据本报曝光的豆腐黑作坊线索开展专项行动

四家“黑豆腐”作坊被清查

南都质量调查

部门说法

彻底取缔黑作坊 拟建食品加工地

报告进展

豆制品清查

时间：4月4日

行动：

部门回应：

查处现场

“把厂房拆了，看他怎么开”

执法人员销毁豆腐150余公斤，街道城管人员还对加工点的违建进行了拆除

【执法人员】是查过的作坊中最脏的几家之一

【作坊工人】我们这里都是这样做豆腐

【清查行动】黑作坊的制作工具被销毁

【曝光作坊】一豆腐黑作坊已搬迁

【作坊老板】再卫生也有否眼呀

视角在逐步转变的一种体现。随着媒体自身的发展，南方都市报社会新闻也从早期的都市类报纸对新闻事件和社会问题单一的揭批报道，转向作为主流报纸更多地对生活环境、城市发展、公共空间等更多层面的介入。

以上是宏观的价值取向，具体到微观的新闻操作，同样需要角度和视野。在日常的动态社会新闻的操作上，南方都市报同样倡导人文关怀的角度和生命状态的关照。

案例六：打工妹遭飞车抢夺身亡系列报道

2006 年 8 月 14 日深夜，湖南籍打工妹邓哲玉在广州员村附近遭遇飞车抢夺不幸身亡，南方都市报次日接到报料，当天，已经有同城媒体刊发一女子遭飞车抢夺而殒命的突发新闻，南方都市报记者经过深入扎实的采访，了解到遭遇不幸的打工妹邓哲玉仅仅是为了保护装有 23 元钱的挎包而被摩托车拖倒致死。在对这位打工妹的身份进行必要的采访核实之后，南方都市报在 8 月 16 日以《为了 23 元钱，亡了 23 岁人》为题，对这位外来打工妹的不幸遭遇进行了报道，并在此后的几天里对她在广州的工作及生活经历、老家的家庭境况进行了详细的追踪报道，还原了一个外来打工者 23 岁的生命历程和对美好生活的执着追求，体现了媒体工作者

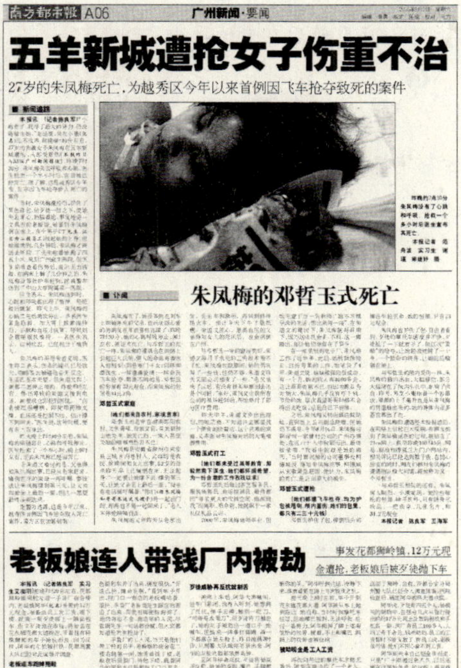
南方都市报 A06 广州新闻·要闻

五羊新城遭抢女子伤重不治

27岁的朱凤梅死亡，为越秀区今年以来首例因飞车抢夺致死的案件

朱凤梅的邓哲玉式死亡

本报记者 陈良军 王海军

老板娘连人带钱厂内被劫

事发花都狮岭镇，12万元现金遭抢，老板娘后被歹徒抛下车

对生命本体的尊重。报道引起千千万万生活在广州的外来人员的强烈共鸣，连续几天的网站跟贴都在4万条以上。

2006年8月31日，与邓哲玉悲剧一样的一幕再次在广州五羊新城上演，一位名叫朱凤梅的安徽籍打工妹，遭遇同样的不幸。南方都市报记者接到报料采访之后，没有仅仅将其作为一般突发新闻处理，而是结合此前的邓哲玉事件，将两个人物的相似身份、相似经历、相似遭遇联系起来，在9月1日以《朱凤梅的邓哲玉式死亡》对这一事件和两个几乎相同身份、相同经历、相同命运的外来打工妹几乎相同的遭遇进行了比较式的报道，并对这一事件的当事人朱凤梅的抢救经过、事件处置等情况进行了追踪报道，记者还一路陪同其家人护送骨灰回乡，对其原本贫寒的家庭状况，以及一个年轻的生命的终结带给这个贫困家庭的创伤，进行了细致的报道，使冰冷残酷的死亡事件报道，充满人性的色彩和生命的关怀，报道再次引起强烈反响。

在广州当时"两抢"犯罪，尤其是路面的飞车抢夺等显形犯罪有所抬头的情况下，这两起相似的事件，由于南方都市报的报道而成为社会关注热点，也成为飞车抢夺的典型恶性案例，这一系列报道也间接促使了有关部门在此后不久重拳出击，打击路面"两抢"犯罪，重点惩治飞车抢夺等恶性犯罪，并在中心城区逐步开始限制摩托车上路，直至最后在老城区彻底禁止摩托车。广州的治安状况开始明显好转。

（作者系南方都市报广州新闻部副主任）

猪年猪事

——也谈专业媒体在公众事件中的影响力扩散

□麦倩明　钟怡群　劳锦华　赵威

即将过去的猪年，会在三千年中国养猪史上留下一笔。正如南方农村报特刊《猪业革命》刊首语中所说，“一头猪以价格暴涨的方式革了中国老百姓嘴中‘那一口’的命；一场高致病性蓝耳病肆虐国内绝大部分省区无数大小猪场，从而带来养殖、动保行业技术革命的契机”。猪年猪事，看似普通的农业新闻，实非一般农事，具有普遍的民生价值。南方农村报长期专注“三农”，在行业重大危机与转折的关头，执著于真相的寻求与披露，并尽可能地扩大传播，这是专业媒体的天职。

猪价真相

俗话说，“未吃过猪肉也看过猪跑”。但是通常情况下，天天吃猪肉的人，大多是不会去关心猪是怎么跑的。所以，农业新闻通常上不了城市媒体的版面，也进入不了主流新闻的视野。但是当猪价出现暴涨，与一头猪有关的新闻反而变成“敏感新闻”，猪价敏感，因为事关亿万百姓的第一肉食来源；疫病敏感，因为事关公共安全。无可否认，一头猪事关社会大局稳定，它一旦有事，就是热点，就是大新闻了。

2007 年 5 月，猪价上涨的势头开始吸引了大众媒体的关注，不止一个权威部门当时给出的结论是：猪价的上涨主要是因为养猪周期波动及饲料原料涨价的影响（即“周期说”“成本说”），疫病带来的供应短缺被一笔带过，并且信誓旦旦，猪价会在下半年降下来。在急需回答读者疑问的诉求之下，大众媒体几乎无一例外地第一时间接纳了这个看起来“合理”的结论。有关部门的结论是如何作出的？真正了解了基层养殖的实际情况了吗？事实上，根据长期在一线的南方农村报记者的了解，现实情况比披露的要严峻得多。

要不要跳出来进行“订正”呢？我们也曾经犹豫过，这个时候这个问题确实敏感，有关政府部门也一度回避记者采访。但是那个占据“主流”的观点，对于掌握行业专业知识的人来讲，无疑是一个难以接受的结论，如果保持沉默，意味着对真相与常识的藐视。同时，这个结论很可能影响到往后对猪业相关政策决策的制订，猪业的危机未能得到应有重视。事实上，从 2006 年下半年开始肆虐的一场猪病，在行业内已经被誉为“集约化养猪以来的最大浩劫”。

媒体的发言往往受制于信息源。拥有专业知识、行业信息资源，专业媒体报道行业新闻有很大的优势，它们可以及时甄别信息的准确性，特别是当只有单一信息源的时候。

当时报道猪价真相，最大的难点是要找到发病的猪场并且该场愿意接受采访。虽然 2006 年下半年记者走访江西、湖南等地时已经掌握了大量的事实，但在广东，虽然疫情已经处于暴发状态，但要找到合适的采访对象并不容易，因为发病的猪场不会随便向外界透露真实情况，当地政府绝对不会擅自披露辖下区域有哪个猪场发病。

怎么办？记者尝试与长期做猪场服务的饲料销售人员联系，通过他找到新会一个经销商陈老板，在陈老板的陪同下，记者见到了他的客户、养殖户老黄，这位来自广西的普通农民在稍作犹豫后终于敞开了心扉，他道出了猪高热病在他们村已经暴发，超过一半的猪场清栏。他是属于幸运者，但猪群的长势已经明显变差。记者真正了解到养殖户对于猪高热病的极度恐惧心理。采访获得了成功。

报道《“人慌”加剧“猪荒”》在整个养猪界掀起轩然大波，这是广东所有媒体中首次报道猪高热病已经在广东流行，也是全国所有媒体中首次揭开猪价暴涨真相的报道。其中老黄的那句话：“晚上很难睡好觉，总是担心猪群出事，想着想着又去猪圈看看”成为反映养殖户心态的准确描述。

从 2006 年下半年开始，一场被称为“集约化养猪以来最大浩劫”的猪高热病（后农业部确诊为“高致病性猪蓝耳病”）席卷了大江南北，由于控制不力，导致大量生猪死亡，在养殖户中造成了普遍恐慌，很多养殖户发现猪群稍微有点异常，就怀疑是猪高热病，要么急病乱投医，要么早早将猪清理了事。大量散户的退出造成猪源数量急剧减少，直接推高了猪价。随后《还原猪价上涨本来面目》、《猪价涨势烈如火　补栏意愿寒似水》……里面的观点一一颠覆了“成本说”“周期说”，在有详尽调查事实作支撑的情况下，预测猪价 2007 年不可能降下来。并及时组织全国最权威猪病专家推出系列访谈。报道被猪 e 网、中国猪网、畜牧人论坛等专业网站转载，网民纷纷回贴，对南方农村报的专业敏感以及敢讲真话表示支持与赞赏。

南方农村报

新农村推动力

新会养猪户：半夜想着想着就去猪圈看看

"人慌"加剧"猪荒"

恐慌近乎神经过敏

肉猪上市将现断层

没猪的调控是空谈

广东新增百万就业岗位

转移农村劳动力80万人

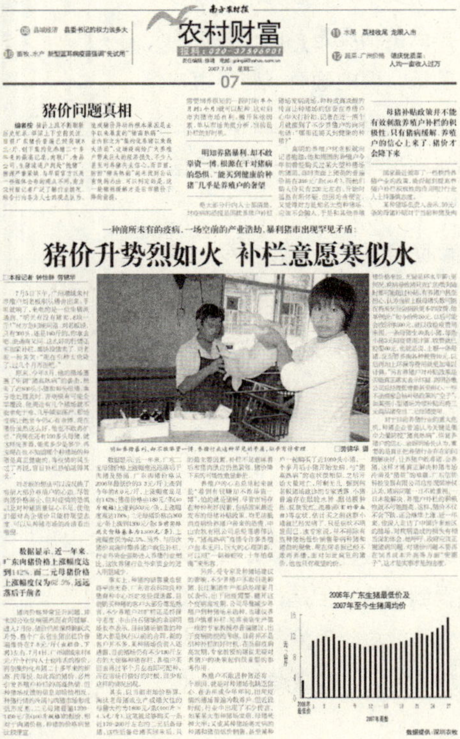
农村财富

07

猪价问题真相

一种前所未有的疫病、一场空前的产业洗劫、暴利猪市出现罕见矛盾：

猪价升势烈如火 补栏意愿寒似水

猪病追踪

由于重大动物疫病的信息必须经国家指定的权威部门发布，因此针对猪高致病性蓝耳病疫情发生的有关报道受到严格管制。面对农民的呼声和疫情发布的禁令，如何报道确实是个问题。南方农村报给自己定了两条原则：一、准确把握行业内对疫病争议的焦点，从争议最集中的问题入手，挖掘新闻素材；二、始终坚守“专业为农民服务”的理念，深入养殖生产第一线，反映养殖户最棘手的困难和最迫切的需要，敢于发出真实的声音。

这轮后来成为狂飚的猪病疫情始于 2006 年夏天。2006 年 9 月南方农村报记者曾亲自到湖南及江西调查，还作出相关的报道……这可能是包括专业媒体在内首个对猪高热病的报道。很可惜，这些报道并没有引起政府的重视，也没有引起大众媒体的关注。

2007 年 6 月 19 日，发表在南方农村报第一版的《梅西镇病死猪流入市场》一文巧妙地掌握了这两条原则。南方农村报记者接到报料后，深入梅县梅西镇进行采访，了解到当地发生流行猪病，养殖户损失惨重，当地政府否认当地发生疫情。由于涉及到疫病信息的公布，文章极有可能胎死腹中，或者惹来麻烦。因此，文章在行文时不去涉及猪病的病因，重点描述猪病发生后，农民为了减少损失将大量病死猪卖给猪贩的事实，回避了发布疑似疫情的风险，报道当地发生猪病，病因尚未确定，农民损失的情况，同时还关注到了消费者的公共利益。该文发表后，引起广东省农业厅和当地政府的高度重视，动物防疫部门根据报道提供的线索，调查核实当地的猪病情况。

2007 年 4 月，国家农业部发布权威诊断，确定高热病病因是高致病性猪蓝耳病病毒变异。5 月，广东云浮猪病疫情被确诊。7 月 30 日，国务院在《国务院关于促进生猪生产发展稳定市场供应的意见》中明确提出，对该病实行免费强制免疫，防疫所需的新型高致病性猪蓝耳病疫苗实行全国统一调拨。关于各种蓝耳病疫苗对猪病疫情的防控效果成为业内新的争议焦点。

南方农村报马上跟上这一焦点，并推出了持续追踪关注全国强制免疫的新型高致病性猪蓝耳病疫苗的研发、生产、上市、供应、效果的系列报道。如《养户：免费也不敢打》这篇报道是通过跟踪调查新型蓝耳疫苗在广东的发放情况，反映养殖户对疫苗敬而远之的态度。7 月初，南方农村报记者为了解新疫苗的使用情况，赴广东生猪养殖集中，且散养户比较多的茂名地区化州、电白、茂南等多个地方。了解到的情况是，由于免疫周期的原因，刚刚注射的疫苗的免疫效果尚无法验证，但的确有一些养殖户发现使用该疫苗后出现较严重的应激反应，个别猪场出现仔猪注射后死亡的现象。基层养殖户普遍对该疫苗存在观望态度，虽然免费但一部分疫苗依然积压在兽医站的冰箱内。

这篇报道刊出后引起疫苗生产厂家和省动物防疫系统的高度重视，省动物疫苗站组织厂家的技术人员连夜赶赴茂名调查情况。省动物疫苗站重点强调：蓝耳病疫苗按照“先使用后推广”的原则，避免给养猪户带来伤害。同时，国家在推广疫苗时工作更加慎重。

凤凰山会议：猪业的一声呐喊

猪价上涨的新闻本身是一个公共事件，猪业面临的危机应该让公众知道，社会上许多模糊的、不太对称的信息应该得到澄清。但是，农村报是一个专业媒体，在做好报道的同时，如何扩大宣传效应，引发了我们的思考。现代传播已不能依赖单一报道形式与单一媒介形式，应该借助媒介集合力量传播准确的新闻信息。

2007 年 7 月初，在连续推出反映猪价上涨真相的报道后，南方农村报决定针对 2007 年猪价的异常情况召开一次讨论会。牵头组织一场猪会，意味着南方农村报同时充当起搭建媒介平台的角色。

经济学家、技术专家、饲料及动保企业、大型猪场管理者、普通养殖户代表、还有广州市民代表积极参加了讨论会。但是政府工作人员基本上放弃参会。媒体邀请也是异常顺利，中央驻穗媒体以及省内、集团内众多报刊社，电台，电视台均派记者出席，南方网、天涯社区对会议进行现场直播。媒体的积极响应，并不是主办方的号召力，其实体现的是此时猪业新闻本身的巨大价值。

8 月 8 日，这场名为“猪价真相与普遍民生”的讨论会如期召开。

南方农村报

2007年 8月9日 星期四
丁亥年 六月廿七 七月十一处暑
第4690期 今日16版

新 农 村 推 动 力

南方报业传媒集团主办
原 广东农民报
刊号：CN44-0150
邮政代号：45-7

真相·民生·责任·共识

“猪价真相与普遍民生”研讨会昨日在广州举行，与会代表达成“凤凰山共识”

本报讯 （记者赵威 实习生李子君）“这是不是一个可有可无的行业？”“这是不是一个对国家只有污染没有贡献的行业？”

惠阳养猪户王汉堂诉说自家猪场被当地政府强拆时，难以抑制悲愤的心情失声痛哭，会场百余名参会代表被来自养猪产业第一线的真实声音强烈震撼。

这是昨日发生在广州“猪价真相与普遍民生”研讨会现场的真实一幕。

一猪牵动全国。今年3月以来，全国猪价呈现暴涨态势，广东生猪价格屡创历史新高，百姓为猪价苦心焦虑；已经肆虐近一年、遍及全国25个省市的猪病疫情，终于引起业内外的重点关注；市场上生猪供求关系的严重失衡，使得养猪场产业遭遇的困局终现端倪。

猪，一头牵着养殖产业，一头牵着百姓民生，“猪业与民生”成为本次会议的核心主题。来自省内外关心养猪产业健康发展的百余名参会代表，围绕着猪价与民生、健康养猪、产业政策探讨和产业自救四个议题，热议猪事困局与城乡百姓相系的民生问题，探讨养猪行业未来发展之路，旨在深入剖析养猪产业面临的困难与挑战，呼吁政府在打造健康养猪产业的过程中承担更多的责任。

猪成为会议当之无愧的主角，两只来自龙门县顺兴农场、刚刚出生20天的小猪被带到会议现场，主人说他们生不逢时。

猪价上涨的真相成为会议讨论的首要焦点。“猪病是这轮猪肉涨价的罪魁祸首”，广东省经济学会副会长文武汉研究员一针见血的观点赢得了绝大多数与会代表的支持。四会市养猪行业协会会长谢灯养表示，虽然现在猪价那么好，但是养殖户高兴不起来，疫病带来的风险严重打击他们的养猪积极性。

来自养猪产业链上各个环节的代表一致认为，目前的养猪行业顽疾缠身，构建健康养猪产业任重而道远。罗定市泗纶镇兽医站站长黄金来把基层动物防疫体系线断、网破、人散的现状陈述给大会代表，同时表示如果政府觉得基层畜牧兽医站对社会没有贡献的话，长痛不如短痛，不如尽快遣散人员、自谋生路。

产业的发展离不开政策的扶持，但海南罗牛山种猪育种公司副总汤起银却认为，目前的政府政策补贴就像撒胡椒面，养猪户得不到实惠。广东长江食品集团董事长江建常认为，猪肉价格上涨的主要责任人应该是政府，但是真正为责任埋单的却是养殖户和消费者。

针对分散养殖暴露出来的种种弊端，会议代表呼吁加强养猪专业合作社和养猪行业协会的发展，使农民合作养猪成为产业发展模式的转变与进步。

经过一整天的深入讨论，代表们最终达成主题为“健康猪业 政府须担更多责任”的“猪业与民生”凤凰山共识。

本次会议由南方农村报主办，金银卡（广州）饲料有限公司、东莞市银华生物科技有限公司和广东大华农动物保健品有限公司协办。主办方负责人南方农村报主编陈永表示，会议实现了“说出养猪人的心里话，反映养猪业的真问题”的宗旨。

“这是不是一个可有可无的行业？”“这是不是一个对国家只有污染没有贡献的行业？”惠阳养猪户王汉堂诉说猪场被强拆时失声痛哭。

（本专题图片除署名外均为 大食、王年华 摄影）

■导读

会议议题的设计与点评都非常到位，可谓群情激昂。与会发言中，有对有关职能部门不作为的批评；有对数字游戏的质疑；有对养猪业丑恶现象的揭露；有对无良兽药、饲料厂商的猛烈抨击……

2007年，在猪源最为紧缺的时候，珠三角一些地方政府却以环保为由，强拆多个地方的无数大小猪场，而且不予任何补偿。惠州是最大的重灾区，1000多个养猪场在钩机的舞动下变为废墟，许多养殖户多年积累的基业就此化为泡影。面对政府的强势，面对微薄的个人力量，在以钩机为代表的公权力量面前，养殖户显得十分无助。

惠阳养殖户王汉堂在控诉政府强拆猪场行径时，面对近200名听众当场失声痛哭！第二天，这位年过不惑男人的痛苦表情印在南方农村报头版上，图片随后在网络上广为传播。他的诘问："这是不是一个可有有无的行业？这是不是一个只有污染没有贡献的行业？！"代表了在地方政府势利取向、在GDP大棒下被无情驱逐的养猪业的呐喊反抗。

据广东省农业厅的官员透露，温总理对该报道亲自作了批示，并请黄华华同志阅。

"猪价真相与普遍民生"讨论会还推出了作为会议成果的"凤凰山共识"——《健康猪业政府须担更多责任》，表达了会议的立场及意义，归纳总结了与会代表的建议，得到了广泛的认同。一位养殖户对组织会议的记者说："我不指望通过一次这样的讨论会就可以改变现状，但我真的要感谢南方农村报，给了我们一个倾诉的平台。"这个评价是中肯的。

猪业报道还在继续。我们注意到，来自专业的观点慢慢地融入"主流"：比如对疫病之害的认识；比如更多公众、媒体加入对"一刀切"驱逐养猪业的追问；我们对猪价的预测也正在为现实所印证。这一切的结果其实早在意料之中，真相为公众所掌握，那是迟早的事。

（作者单位：南方农村报）

外来媒体如何拓展增量空间
——以东莞市场为例

□郭全中

南方报业传媒集团
战略运营部副主任　郭全中

当前，在我国传媒业市场增速暂时整体放缓的情况下，很多次中心城市的传媒业市场处于爆发状态，如广东省的东莞市、佛山市、惠州市，浙江省的温州市等等。这些次中心城市传媒业市场的突然爆发，也引起了中心城市强势传媒集团的关注和进入，例如，对于东莞市场，广东省的四大报业集团——南方报业、广州日报、羊城晚报和深圳报业纷纷采取各种方式进入东莞市场，其中前三家报业集团大都采取创办地方版的方式进入，而深圳报业集团采取以既有的报纸覆盖东莞市场，进而攫取当地广告市场的方式进入。当然，在这些次中心城市市场中，当地强势媒体借助先天优势以及当地的政府支持和区域化优势，一时处于强势的地位，例如，东莞市场上的东莞日报，佛山市场上的佛山日报。外来媒体要想在增量市场上分一杯羹，甚至占据主导地位，就必须不断地创新，走当地强势媒体没有走过的路，走自己在中心城市没有走过的路。

一、东莞传媒业市场报业格局现状分析

东莞传媒业背靠东莞市强大的经济实力和均衡的社会发展水平，近几年来取得了突飞猛进的发展，尤其是在中心城市的外来强势媒体强势介入之后，大大激活了当地传媒业市场。2006 年，东莞市传媒业广告市场将近 4 个亿（刊例价），其中广电和报业大约各占半壁江山。

根据慧聪网监控数据显示，2007年上半年，东莞纸媒市场广告总量超过1.3亿元（刊例价），整体增长率超过50%。各家报纸的广告收入及增长率的具体情况如下：东莞日报约6305.67万元，同比增长了99.64%；南方都市报约3974万元，同比增长了32%；广州日报约1466万元，同比增长了15.33%。综上所述，东莞日报在广告市场中处于绝对领先地位，占据将近50%的市场份额；南方都市报在广告市场上处于第二位的位置，占据30%以上的市场份额，但是在报纸的品质及影响力上，南方都市报远远超过其它报纸，处于遥遥领先的位置；广州日报占据10%以上的市场份额。其它的市场份额被南方日报、羊城晚报等报纸瓜分。

在行业广告方面，以2006、2007连续两年的广告监测看，房产、家电、汽车、通信等行业占据了80%的市场份额，从目前发展态势来看，在未来相当长时间内，这四大行业仍然是报业广告收入的主要来源。现在各家报纸为了拿到更多的广告收入，纷纷开设了楼市周刊（专版）、汽车周刊（专版）、消费专版等。在这些主要行业广告收入中，东莞日报占据了半壁江山，南方都市报也瓜分了很大的市场份额。

二、东莞广告市场的增量空间以及行业广告的发展趋势

目前，东莞市的经济社会已经发展到一定水平，从影响传媒业市场规模的几个主要因素来看，东莞传媒业市场将处于质变状态。同时，很多行业发展迅速，相应的行业性广告市场也将取得高速发展。

1. 未来的增量空间巨大

（1）经济总量规模巨大。2006年东莞市生产总值（GDP）2624.63亿元，按可比价格计算，比上年增长19.0%。其中第三产业增加值1084.27亿元，增长15.4%。而且第三产业的发展程度相对较高，理论上说，一地广告占GDP的比例与当地的第三产业发展程度有很高的关系。因此，即使按照广告收入/GDP的比例为1%这个不高的比例来计算，东莞的广告市场规模也高达26.24亿元，当然考虑到东莞为制造大市，其很多产品都为外销，因此，其实际广告市场应略小些，即使按照50%的比例来折算，其广告市场仍将达到13.12亿元，东莞传媒业市场的广告增量市场极为可观。

（2）消费市场规模可观。2006年，东莞市完成社会消费品零售总额

584.54 亿元，比上年增长 16.9％，扣除物价因素，实际增长 13.7％。一般来说，广告主的广告预算会以其在某一地的销售额的一定比例来在当地投放广告，按照广告投放额/社会消费品零售总额的比例为 2.5％来计算，其广告市场的规模应该为 14 亿元多。

（3）人均受教育程度较高。

（4）一个地区传媒业发展的重要决定因素的居民可支配收入与消费支出水平也很高。2006 年，东莞市城市居民人均可支配收入为 25320 元，农村居民人均纯收入 10661 元，分别比上年增长 10.7％和 8.3％；全年城市居民人均消费支出 18995 元，其中服务性消费支出 6052 元；农村居民人均生活消费现金支出 9370 元，其中其他商品和服务消费支出 625 元。

（5）人口规模庞大。至 2006 年年末，全市户籍人口 168.31 万人，全市常住人口 674.88 万人。

（6）东莞市是一个经济社会发展平均的地区，更有利于当地传媒业的发展。

综上所述，从影响传媒业市场的几个主要因素来看，东莞市的传媒业市场规模巨大，即使按照很低的比例来算，东莞市的广告市场也将达到 13 亿元多，按照报业广告额占总广告额的比例为 50％来计算，将有 6 亿多元的广告市场。因此，可以预见，在未来的几年内，东莞的传媒业市场必将迎来大爆发的时期。2007 年，东莞市报业市场的广告规模肯定超过 2 亿元（实收价），而未来 3 年内，在传媒业快速发展，促进

東莞日報

本土就是主流

报料热线：22111000

广深高速新塘至石鼓段10日通车

李阳“疯狂” 学生哥落泪

“疯狂英语”走进东莞中学松山湖学校

政协委员房智平去年建议取消“外来工”称呼，今年他建议

将4月16日定为新莞人节

注重民生需求 保障弱势群体权益

制砖采石业整体退出东莞

东莞率先叫响“想致富先修路”

厚街钉子户 一房顶“死”一条路

石龙拦路楼原址修“樱花大道”

837亿元大单 6大公司分享

湖北曝光 名人富人超生

贝·布托遇刺案 随从嫌疑重大

当地增量市场快速实现的基础上，其报业广告的市场有望突破6亿元到7亿元。

2．与广告关联度较高的诸多行业取得快速增长

与广告额相关程度较高（即投放广告的比例较高）的行业发展速度较快，预示着这些行业广告将成为广告市场新的增长极。

（1）邮电业务稳步发展。2006年全年完成邮电业务收入146.69亿元，比上年增长10.4％。其中电信业务收入51.69亿元，增长3.9％；移动业务收入88.08亿元，增长14.5％；邮政业务收入6.91亿元，增长12.6％。其中，移动业务与广告关联度最高。

（2）居民在娱乐、衣着饰物、家用电器、交通等方面消费支出增长加快。这些行业都是和广告高度关联的行业。具体说来，在电子出版物及音像制品类上的消费额增加21.1％，这必将刺激影剧院等方面的广告投入大幅度增长；在家用电器和音像器材类上的消费额增加40.9％，这必将刺激渠道商（超市、商场和连锁市场等）在广告上加大投入；在体育和娱乐用品类上的消费额增长66.5％，这必将刺激分类广告等广告的增长；在金银珠宝类上的消费额增长33.5％，将在一定程度上刺激品牌类商业广告的增长；在石油及制品类上的零售额增长27.1％，这也将促进品牌商业广告的增长。

（3）房地产业持续发展。2006年全年实现房地产业增加值207.45亿元，比

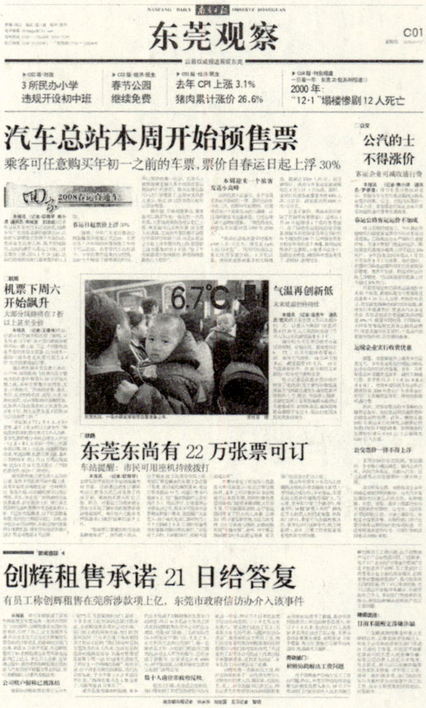
东莞观察 C01

3所民办小学 违规开设初中班

春节公园 继续免费

去年CPI上涨3.1% 猪肉累计涨价26.6%

2000年："12·1"塌楼惨剧12人死亡

汽车总站本周开始预售票

乘客可任意购买年初一之前的车票，票价自春运日起上浮30%

公汽的士不得涨价

机票下周六开始飙升

气温再创新低

东莞东尚有22万张票可订

车站提醒：市民可用座机持续拨打

创辉租售承诺21日给答复

有员工称创辉租售在莞所涉款项上亿，东莞市政府信访办介入该事件

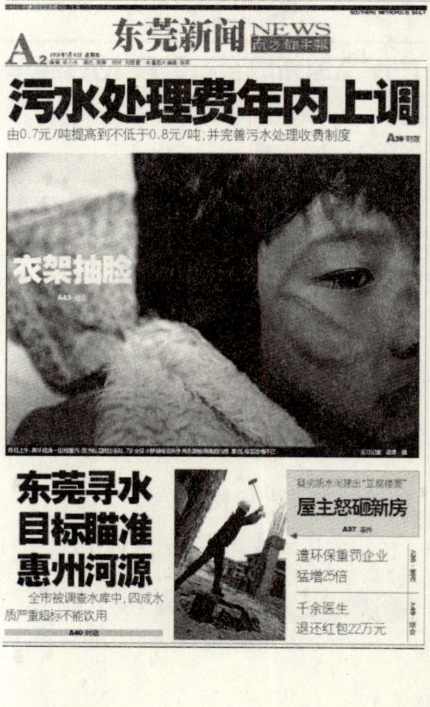
A2 东莞新闻 NEWS 南方都市报

污水处理费年内上调

由0.7元/吨提高到不低于0.8元/吨，并完善污水处理收费制度

衣架抽脸

东莞寻水 目标瞄准 惠州河源

全市被调查水库中，四成水质严重超标不能饮用

屋主怒砸新房

遭环保重罚企业 猛增25倍

千余医生 退还红包22万元

东莞新闻
DONGGUAN NEWS
2006年1月18日 星期五
居民生活用水阶梯式水价 今年全市推行
市汽车总站 新增9条跨省线路
CBD中心区楼价大跌 最低4200元/平方米
房管局昨日起停办所有持"创新租售"工作证人员所办的房产业务 并拟加强二手房的资金监管
资金监管系统春节前启动
团体票未打印好 取票时间推迟

深圳特区报
SHENZHEN SPECIAL ZONE DAILY
让广大劳动者更多分享发展成果
争当解放思想的先锋
刘玉浦主持召开市委常委会议部署进一步解放思想学习讨论活动
以思想大解放催生大举措推动大发展
解放军驻港部队司令员调整
王继堂任广州军区副司令员
张仕波任驻香港部队司令员
"全国双拥模范城"金色牌匾捧回深圳
她树起一面传统美德的旗帜
第四届文博会举行筹备工作会议
预计3月底完成招商招展任务
"中国改革开放30年经济百人榜"在京发布
深圳八位企业家写入"群英谱"

上年增长38.5％。全年商品房销售额158.88亿元，增长33.1％，其中商品住宅销售额145.44亿元，增长33.3％。房地产业一直是与广告高度关联的行业，东莞房地产业的高速发展也为东莞传媒业市场的快速发展注入了不竭的动力。

（4）旅游业取得了快速发展。2006年全年接待国际旅游入境人数192.85万人次，比上年增长13.9％。国际旅游外汇收入3.32亿美元，增长17.7％。全年接待国内旅游人数1170.25万人次，增长18.6％。国内旅游总收入96.01亿元，增长5.8％。旅游业的快速成长，也必将拉动广告市场迎来新一波的增长。

三、外来强势媒体可以借力的行业分析

外来强势媒体要想拓展增量市场，关键在于分析该市场中哪些行业与广告业的关联度更高、联系更为密切，哪些行业将处于快速发展期，而这些处于快速发展期的行业尚未被当地强势媒体所垄断，也就是要找准行业蓝海。在找准这些行业蓝海之后，外来强势媒体应该从这些易于突破的行业蓝海中寻求突破。

在这里，我们通过分析全国性报业广告市场中各行业广告所占的市场份额，可以找出东莞市潜在的行业蓝海。2006年上半年，房产、汽车、医疗服务、通讯、旅游分类广告营业额的前5位，占据整个广告市场的37.06％，家电、药品、计算机、教育、化妆及卫生用品、家居家装、

表1 报刊广告前15行业 （单位：万元、%）

行业名称	2006年1－6月				2005年1－6月			增长率变化
	广告额	份额	行业集中度	同比增长率	广告额	份额	同比增长率	
房地产	583892.29	16.92%	16.92%	10.40%	528884.54	16.40%	21.10%	-10.70%
机动车	275827.28	7.99%	24.92%	21.60%	226834.49	7.04%	-14.00%	35.59%
医疗服务机构	263284.11	7.63%	32.55%	-15.53%	311682.16	9.67%	13.79%	-29.32%
通讯	190274.93	5.52%	38.07%	8.24%	175792.00	5.45%	-12.52%	20.76%
旅游餐饮休闲	188525.04	5.46%	43.53%	11.68%	168806.40	5.24%	16.84%	-5.16%
家电	168268.34	4.88%	48.41%	-1.50%	170827.99	5.30%	45.02%	-46.51%
药品	157783.25	4.57%	52.98%	-6.14%	168097.96	5.21%	-2.16%	-3.98%
计算机	156774.76	4.54%	57.52%	8.42%	144601.53	4.49%	-3.85%	12.27%
教育	135591.71	3.93%	61.45%	22.57%	110621.69	3.43%	2.82%	19.75%
化妆及卫生用品	132636.49	3.84%	65.30%	21.30%	109342.97	3.39%	4.77%	16.53%
家居家装	128218.06	3.72%	69.02%	19.63%	107175.47	3.32%	8.57%	11.06%
人才招聘	119065.44	3.45%	72.47%	-6.35%	127134.54	3.94%	7.74%	-14.09%
服装服饰	109875.38	3.18%	75.65%	34.02%	81982.20	2.54%	18.65%	15.37%
保健食品	106914.36	3.10%	78.75%	-31.66%	156455.81	4.85%	11.83%	-43.50%
媒体／出版	105880.32	3.07%	81.82%	55.85%	67938.13	2.11%	100.29%	-44.44%
其他行业	627231.97	18.18%	100.00%	10.48%	567751.68	17.61%	4.83%	5.65%

数据来源：慧聪网监测数据（刊例价）

表2 2006年上半年报纸广告总量品牌分布前10强 单位：万元

品 牌	2006年1-6月	2005年1-6月	同比增长率
国美	43158.17	-	-
苏宁	33561.41	-	-
大中	13766.44	-	-
联想	12674.18	6001.08	111.20%
永乐	11770.70	-	-
HAIER	10909.83	10663.17	2.31%
中国移动	9302.73	5126.25	81.47%
HP	8859.51	8700.83	1.82%
SAMSUNG	7469.27	10170.00	-26.56%
排油素	7286.96	1118.42	551.54%

数据来源：慧聪网监测数据（刊例价）

人才招聘、服装服饰、保健食品等行业也处于前列，前 15 大行业占据了市场份额的 80％以上。具体见表 1。

此外，在广告总量品牌分布方面，2006 年上半年排在前列的分别是国美、苏宁、大中、联想、永乐、海尔、中国移动等。由此可以看出，零售商是广告的重要客户，如排位前 3 位的都是零售终端商，电子用品生产商、通讯运营商和化妆品厂商也都是主要的广告投放客户，具体见表 2。

目前，在东莞传媒业市场上，房产、家电、汽车、通讯四大行业独大，其它行业蓝海具有很大的发展潜力，这些行业蓝海主要有医疗服务、旅游、药品、计算机、教育、化妆及卫生用品、家居家装、人才招聘、服装服饰、保健食品等。在具体的品牌上，国美、苏宁、大中、永乐等终端零售商以及大的商场和超市将是新的蓝海，电子用品生产商、通讯运营商、化妆品厂商以及珠宝厂商也将是未来可大力拓展的空间。

四、采取合适的营销策划等手段开拓蓝海

对于外来强势媒体来说，在当地强势媒体已经占据的强势地位的红海中进行苦苦竞争会很困难，因此，外来强势媒体应该创新竞争策略，着力于具有很强发展潜力的行业蓝海，通过占领蓝海行业，并逐步蚕食当地强势媒体的强势行业广告，最终达到超过竞争对手的目的。

当然，对于不同的行业蓝海，应该采取不同的营销手段和策划活动来撬动和激发。例如，对于房地产业，需要采取大量的硬广告和一定的活动策划的方式；对于大的商场和零售终端商则需要类似于插页广告之类的营销手段；对于旅游、教育等行业蓝海则需要大型的活动策划来激发。

南都多媒体报道模式及其实践

——以 2007 年 11 月 16 日“年画虎事件”为例

□易海燕

华南虎照片风波是 2007 年下半年出现的重点新闻。该新闻事件的进展始终处在媒体的紧密报道下。对事件的追问凸现出许多重大的主题，比如被遮蔽的真相、政府公信危机、网民力量、舆论风暴等。简单来说，从 10 月份陕西林业厅召开新闻发布会，宣布照片为真、野生华南虎重现森林之后，虎照疑云的事态经历了一波三折。

2007 年 11 月 16 日，虎照“原型”——浙江产的年画虎被网友发现，导致整个事态朝着利于真相、利于打虎派的方向发展。可以说，年画虎成为虎照造假最有力的证据。南都数字报在全国媒体中首家报道这一重大新闻，而紧随其后铺开的报道紧贴数字报的技术特点，初步创设了基于南都特质的多媒体融合方式，为形成南都数字报的新闻报道模式提供了经验积累。

年画虎新闻报道回放

当日（11 月 16 日）11：30 分：数字传媒部接到南都网眼版责编王星报料，说网上出现“周老虎”的“模特”——一张陈年年画，刚上论坛，建议立即跟进。其时，年画刚刚传到色影无忌论坛的讨论版。

11：32 分左右：数字传媒部启动突发新闻的报道预案，编辑着手搜集此前南都相关的所有新闻及评论链接，为发布新闻专题作准备。

12：30 分：南都记者谭人玮的稿件上传，第一篇稿件《“周老虎”原形确定 只是一张年画》发布，专题页面同时推出。专题包括最新快讯、最新图片和此前报道的回顾。很快，网易等门户网站转载该条新闻稿件。

13：18 分开始，谭人玮、王星和数字传媒部编辑密切配合，每完成一个人物采访就即刻传给数字传媒部编辑，以南都滚动播报的形式发布。

截至 16：51 分，南都网共发播报稿件 8 条：《厂商确认后南都记者再次连线关克》、《骆光临承认年画是他们生产的》、《网友找到年画印刷厂南方都市报跟进采访》、《南方都市报连线中科院植物所的研究员》、《南都第一时间发布最大年画照片》、《关克：这是张 PS 得很可笑的假照片》、《连线周正龙：有什么事当面讲》、《“周老虎”原形确定，只是一张年画》。

14：07 分，谭人玮、王星联系到拍照片者本人，获得最大尺寸原图。数字传媒部发挥精华版优势，迅速制作次日的南都精华版。

14：12 分，精华版上传成功，在南都网和天涯同时发布。

16：30 分，网友联系到年画生产厂家，南方都市报记者跟进，独家采访到工厂老板。同时发布南都播报。

16：30 分许，腾讯转载南方都市报综合稿件，并在迷你窗口中弹出，估计不下于百万人看到。但腾讯网没有注明转自南方都市报。数字传媒部旋即与之交涉，在严正表态要寄送律师函的情况下，腾讯网才链接南都网

号外 南方都市報 数字报精华版

办中国最好的报纸

“周老虎”事件追踪

“周老虎”原形确定 只是一张年画

原文地址。

此时，南方都市报的最新报道已充分“浸染”各大网站、论坛，引发连锁反应，使似乎偃旗息鼓的华南虎照片造假风波再起波澜。首家发布该报道让南都数字报的访问人数达 27 万，页面访问量达 120 万。反观同城媒体，几乎毫无动静。在网上，无论门户网站还是论坛都全程紧盯南都网，随时转载最新消息。

数字化的南都新闻及其“全流通”

在年画虎现世这一新闻的前后，南都数字报以南都网为平台，以突发重大新闻为凭依进行了有效操作，比如凤凰塌桥事件、十七大报道、警察致死医生事件、广州客轮沉没事件等。南都数字报在正式上线后的数月内积极行动，承继南方都市报的新闻特质，立足自身技术特点，多方面探索新闻报道方式、处理形态、网络发布、多媒体融合等内容。作为国内首家发布年画虎新闻的大众媒体，南都网较为完整地展示了数字报的报道方式，为反向完善数字报的技术优势、积累报纸的数字化报道模式提供了经验。

无论是技术呈现、新闻表现力还是传播特点，南都数字化新闻力求超越“报网互动”的单一层次，实现南都新闻更广阔、更深刻的延伸，达到较完整的产品矩阵及源于南都的媒介形态。换言之，南都数字报超越了报纸与网络的界线，不再津津乐道于异质媒体间的区隔，而是将跨媒体的“互动”演变为多媒体的“融合”，进而发展出面目一新的数字南都。

在呈现年画虎新闻及其进程上，南都数字报采用了滚动新闻、电子号外、现场直播、动画、视音频新闻等手段。此一阶段，对虎照新闻的回顾和集纳成为报道的补充，而非主要形式。滚动新闻紧紧跟随“年画虎”细节的展开，照顾到每一个新闻涉及方的反应。动画表现和视音频新闻既强调冲击力，又增加新闻报道的表现力，当年画虎惊现网络后，南都数字报刊发的年画大图及其比对图具有极强的说服力，受众看到的、听到的不再仅仅是平面文字，而是立体的新闻。

顺便提及，南都数字报所刊发的电子号外是基于南都网技术的特有产品，在十七大开幕和闭幕式上都有表现。值得一提的是，广州警察致死医生事件中，南都数字报也刊发过电子号外，将这一重大新闻率先以完整的新闻样式传播开去。在南方都市报文字和摄影记者的努力下，宝贵的采访时机被抓住，抢救过程被仔细报道，事发现场被初步还原。该电子号外上网不过数小时，迅即收到有关方面的指令而撤下。不过，数字报报道被撤之前，经由它发布的新闻已经流传。

在年画虎报道中，纸质南都的出版时间被突破，周期缩减为零，实现了新闻的实时更新公布，记者的采访进程就是新闻发布的进程，也就是报道以网络版本瞬时传播的过程。南都数字报的新闻滚动播报有着自己的特点：其一，它的内容是南都记者“原创”，体现出南都新闻既有的品质，丰富了南都新闻理想的表现手段；其二，南都数字报的滚动新闻可以实现全流程实时更新，随时可以衔接突发新闻，与纸质南都的出版周期形成重要补充；其三，南都数字报精华版所采用的技术极大地提高了新闻摄影和文字的感染效果，这种形式的新闻制作手段还可以无限制地“镶嵌”在其他网站的任何网页，既可以保留南方都市报新闻的完整性，还能够实现网络间的“全流域”流通；其四，南都数字报的滚动播报可以应因新闻的分量实现动态变化，既可以是常规的新闻播报，也可在突发大新闻时顺势演绎成容量巨大的报道平台。

南都数字报的核心内容和精神气质仍旧来自南都。从年画虎新闻、警察致死医生事件等案例可见，南都数字报的报道形式尽管迥异于传统的新闻报道模式，但新闻追求和纸质南都是一脉相承的。无论是电子号外也罢、精华版新闻也好，抑或是有选择有针对的滚动播报，南都数字报都是在拓展传统报道的空间，以技术力量推动南都的新闻进步。南都十年风华，仅在新闻报道程式上就积蓄了许多增量的潜力，对此，南都有体认也有理想。南都网及南都数字报的作为只不过契合了这种诉求，在新的传播条件下借由新的媒介渠道推动它、实现它。

限于政策和技术限制，目前的南都网与目标中新闻交互网站尚有差距，这也在很大程度上影响到南都数字报的呈现。然而从年画虎等新闻的实践看，南都数字报明显扩充了纸质南都的新闻报道方式，既成为新闻手段的增量，也成为新闻实力的增量。进而，实现了南都的完整性在三个方面的突破，亦即：完整采访、完整传播和完整覆盖。所谓完整采访，即南都数字报可以与记者采访的全程对接，借助文字、视频、音频技术，采访的意义和价值被强烈凸现出来。完整传播，即南方都市报不再被拆分为零碎的“新闻”，读者能够经由南都网接收到一个完整的报纸形态。所谓完整覆盖，有两层含义：一是打破纸质南都的出版周期，对一些敏感新闻及时披露，延长某些新闻的生命力；二是“拆除”发行壁垒，跨越地域局限，争取在报纸发行主、次区域的全覆盖。

纸媒数字化报道模式的挑战

南都数字报 2007 年 8 月上线以来，运行良好。从最初的设想看，南都数字报承担着纸媒完整呈现、开发数字产品的任务。现今的南都网及南都数字报又在突发重大新闻中承担了新的任务，增加了数字化报道，这是南都媒体价值使然，也是实践南都新闻理念的必然要求。但从初步的操作实务看，数字化报道存有一些挑战，风险和机遇并存。有的挑战是南都数字报仅有的，有的不仅仅是南都单独面对的现实，恐怕也是纸媒的数字化报道所面临的普遍问题。

南都数字报的报道模式不是数字报可以单独完成的，它对纸媒采编力量的依赖性仍然很强。11 月 16 日年画虎新闻报道由南都网眼版编辑提供最初动力，这体现出的既是新闻敏感也是“网络敏感”。但南方都市报采编与数字传媒部的合作其实具有很大的偶然性，并非常态。这一方面受制于新闻数量和质量（毕竟不是所有新闻都适合采用数字化报道方式），一方面也与传统的采编流程有关。尽管不乏成功的个案，但数字化新闻报道如何融入南都现有的采编架构，数字化新闻的程序怎样与报社现有资源联动，尚处在初级阶段。即便采编力量主观上支持数字化的报道方式，但在客观上缺少机制支撑，导致数字化的手段从源头上就短缺了。这是历史问题，也是现实问题。

提升传统采编机制对数字化报道的接纳程度，理顺相关采编环节的重新设置和衔接，需要数字报以更多的报道案例树立信心，这至多属于报社内部资源的优化，只要时间允许，相信总是朝前走的。除此而外，南都数字报还面临一些问题，那就是南都网的技术平台尚未尽善尽美，建设南都网仍要解决一些困难；其次，目前新闻管理部门对南都网抱有怀疑的态度，南都网报道新闻的一些重要资质处于受钳制状态；另外，交互功能受制于技术提供方，没能像预定计划那样展开，如果用户体验功能能够进一步完善，数字化报道的空间也会相应扩张。

采编实现传统方式与数字化方式的对接等工作都在进行，没有断线。除了这些，数字化报道乃至南都自身还不得不应对更迫切的挑战，那就是其他网站对南都新闻或数字报新闻的大肆侵权行为。在年画虎新闻报道中，几乎所有门户网站对该报道转载，其稿源部分都没有署名南都网或南方都市报。这是很严重的局面。仅腾讯一家网站，在我们的再三要求并郑重提出要向其发送律师函的情况下，才链接了南都数字报的原报道地址。

网站对报纸新闻肆无忌惮的利用由来已久，其“侵略史”可以省略不谈，但眼下的困局需要直面以对。新媒体已从空谈落实为报纸的发展战略，这一战略目标实际上与报纸现有的信息售卖制度相冲突，报纸理应作出修正。而从战术层面上讲，保护纸媒及其衍生新闻产品的版权事关报纸品牌的日常维护。假若对网站侵权继续保持冷漠，必定加重报纸资源的流失，不仅对数字报等新媒体计划构成威胁，更会危害报业的现实利益和长期发展。这不是危言耸听而是事实，网站对报纸新闻以及报纸品牌的侵蚀每天都在发生。尤其是在独家报道上，网站更富有侵略性。

发挥南都的数字化报道模式并非要阻止南都与其他网站的正常合作，也绝对不是要自断“网路”。但从数字报已有的新闻报道看，网站对报纸的“索取”越来越没有节制，网站对年画虎新闻报道不讲起码原则的转载加重了南都的这种困扰。希望表达的是，既然数字化的新闻表达集中在重大突发或独家新闻上，那么与网站间基于平等地位和权益保护的合作就显得极有必要。要知道，网站对新闻的碎片化、功利性使用破坏的正是纸媒立足的基础。这不仅是如何巩固数字化报道模式的问题，而是一个涉及更宏大和长远目标的命题了。

（作者系南都数字传媒部主任）

2007年中国报刊发行八大创新

□吴锋

2007年的中国报刊发行业，和谐是主题，调整是主线，发展是主流，下面就2007年度报刊发行界的创新举措加以回顾，并就2008年报刊发行的新趋势进行展望。

1. 发行增值经营成效显，发行部门创利能力得到提升

由于报纸发行业务本身亏损，需要广告收入予以补贴，故而我国报社习惯于将发行部门界定为服务性的耗利部门，发行经营等同于资金消耗。但近年来，一些报社发行部门在完成报刊销售与投递的前提下，利用发行渠道网络开展增值服务和营销项目，如《华商报》下属的华商数码黄马甲配送中心现已发展成为集报刊发行、日用品配送、贴牌销售、呼叫服务、电子商务、连锁经营等多种业务为一体的大型物流配送网络系统，年创利数千万元，不仅极大地拓展了发行经营的宽度，而且创造了显著的经济效益。这表明：发行部门完全可以利用自身的密集网络渠道优势，开发多种物流配送与营销业务，拓展增值业务的创利空间，进而像广告部门一样，成为报社新的战略增长点。发行部门积极主动由耗利部门向创利部门转型是2007年中国报刊发行界的最大亮点。

2. 发行部门地位提升，发行人办报模式值得关注

我国报社通常沿用“总编辑负责制”的管理体制，但这种采编本位的管理模式容易造成报纸产品与发行市场的脱节。近年来，随着经营意识和经营能力的提升，发行部门逐步摆脱报社附属部门或后勤部门的阴影，转而成为报社的战略决策机构和运营中枢部门。2004年贵州日报报业集团创新经营体制，由集团发行中心负责承办《新报》，该报创办当年即实现赢利，目前发行量超过6万余份，成为贵州发行量最大的一流时尚周报，在中国大陆首开“发行人办报”先河。2006年天津今晚报发行公司投资300万元创办了一份针对高端读者群的《今晚经济周刊》，目前也已进入

良性发展轨道。在报业经营中，发行是与市场对接最为紧密的部门，发行人也是对市场最敏感的经营者。由发行部门承办报纸，可以充分汲取发行人来自市场一线的经营经验，便于搭建采编、广告和发行之间的良性互动；而发行部门共享广告收益权，也提升了发行人的经营积极性。因而“发行人负责制”办报模式无疑是值得尝试的新路径。

3. 拓展发行经营空间，“跨地区代理”获得重要进展

国内各大中城市报社都创建了自办发行渠道，但各地报社发行渠道多是自给自足、割据一方的封闭经营模式，渠道建设与维护成本高昂，报刊发行规模有限，网络渠道利用率很低，导致报业整体利润不断下降。提升发行网络利用率，必须突破地域限制，实现跨地区经营，建构统一开放的发行市场。2007 年 7 月，湖北日报传媒集团楚天报刊发行总公司与鄂州日报社达成协议，《鄂州日报》提供发行经费，楚天报刊发行总公司全面代理该报的分发、运输、投递业务。省报与地市报握手，这一合作范本突破了行政区划阻隔，不同利益主体的报社按照市场运营的规则进行整合经营，达到了双赢效果：鄂州日报社借此降低了发行成本，投递服务质量却得到提高；湖北日报社的发行网络进一步拓展，“规模经济”效应得到更好发挥。可以预见，以租赁、承包、兼并、联合或收购等多种方式推进发行渠道的整合与优化将是未来几年自办发行改革的重要内容。

4. “多媒质”发行多头并进，手机报效益初显

面对网络、电视等媒介的激烈竞争，单纯发行纸质报纸已不能适读者需求，利用电子技术推进报纸发行的“多媒质化”成为必需。2007 年国内大多数报社对以往的电子版进行改版和升级，推出了“PDF”版式，保留报纸的原版原式，图文并茂，还有标题导航；但是，报纸的 PDF 版一般供读者网上免费阅读，报纸的电子阅读器尚不具备推广条件，难以实现经济效益。2007 年起手机报发行获得重大进展，浙江手机报、南方都市报手机版等报纸的付费用户突破 15 万，开始给报社带来经济收益。随着 3G 技术的发展与普及，手机报还有更大的发展空间。

5. 应对新社区时代，“筑巢发行”拉开帷幕

上世纪90年代中期，城市社区建设较为滞后，社区管理比较松散，《华西都市报》以“敲门发行”模式撬动读者市场，在短时间内获得巨大成功。进入新世纪以来，我国城市社区建设日新月异，新型封闭式规范社区日益成为市民的主流居住模式，加上物业管理制度实施，传统“敲门发行”必将被新型“社区发行”所替代。在这种情形下，长春日报发行公司开创“筑巢式”发行策略，即在居住1500户以上的高档住宅小区建立分站，建立集发行征订、新闻报料、承揽广告于一体的新型读者文化小区，发行办法如同“燕子垒窝”，按楼道、窗口计算发行密度，力争每个楼道的订户达到住宅数的一半以上，达到“个个小区生根、市场全面开花”的发行目的。报社还专门成立“长报读者之友艺术团”，每周在居民小区免费播放电影，开展文艺演出，在小区中树立良好形象，有力促进了报刊征订的宣传和动员工作。

6. 旧报回收效益显著，“循环发行”渐成共识

我国是日报出版大国，每年需消耗近400万吨新闻纸，这对于森林资源短缺的国情而言无疑是巨大的压力。传统报刊发行的基本任务是报纸销售，形成“新闻纸→印刷→读者→废旧报丢弃”的单向销售模式，造成巨量资源浪费。按照“循环经济”的思路，新型报纸发行将旧报回收纳入发行作业流程，形成“新闻纸→印刷→读者→回收→再利用”为特征的闭路循环式流程，为报业可持续发展提供有力的资源保障。深圳报业集团于2004年起开始实施旧报回收体系，通过现金回收、以货易报、旧报换新报等方式，开创了征订、投递、回收一条龙服务模式，旧报经过分拣、称重、打包，卖给纸厂再利用。集团3年累计回收旧报超过5万吨，创毛利1000多万元。由于回收旧报规模不断扩大，深圳报业还注册成立再生资源有限公司。2007年深圳报业旧报回收体系被深圳市政府列为深圳市循环经济示范项目。在全国范围内，旧报回收已成为主流，循环发行模式渐成共识。

7. 科技融入发行，报刊订阅步入“DIY时代”

传统的报刊发行观念认为，报纸发行是体力活，不需要高科技的介入。

但最近几年的报纸发行实践表明，报纸发行不仅需要智慧，而且需要高新技术的支撑，只有与最先进的技术手段融合，报纸发行才能创造更大的效益。在报纸发行信息化建设方面，温州日报报业集团发行有限公司走在全国前列。该公司投入数百万元，为所有发行站点配备了计算机并已全部实现联网，全面引入了 OA 系统，使报纸发行业务、员工档案、学习培训等日常管理全部实现了数字化。2006 年，该公司率先推出电子订报卡，使订户能够通过计算机网络自行录入或发送手机短信录入的方式进行报纸订阅，该项技术创新于 2007 年 11 月荣获第三届“王选新闻科学技术奖”三等奖，这是我国报纸发行界首次获得王选新闻科学技术奖。2007 年温州报业发行公司又推出报业发行会员系统，订户在注册成为会员之后，便可以自己动手更改送报地址，实现自己的报纸自己管理，满足读者主动参与订报的欲望，使报纸发行征订业务迈进“DIY”时代，为实现从“被动订报”到“主动订报”的转型打下坚实的基础。

8. 推进发行认证透明公开，少数报刊率先“晒”量

报刊发行量是衡量一份报刊社会影响力的重要指标，客观公正的发行量核查与认证制度是西方发达国家报刊市场的通行规则。可在我国报刊发

行界，虚报发行量问题长期得不到有效解决。虽然国内已成立了从事出版物发行量调查统计和认证的专门机构，但大多数报刊社心存顾虑和担忧，发行量认证遭遇极大阻力，至今难以实施。在这种逆境下，2007 年 3 月，北京《竞报》宣布“每天公布印刷量，每月公布发行量”，该报还连续数日每天用十几个整版的篇幅刊登企业或单位订户名单，刊登各个分印厂的印刷量，并面向社会公布监督电话，如发现虚报印数者将给予 100 万元奖励，全力支持和配合发行量认证。其实，发行量“黑箱”现象并不利于报刊社健康发展，从长远看，建立公开透明的发行量认证制度，对报社、读者和广告商皆为利好之举，但如何建构一个适合我国国情的认证模式确是一个值得研究的难题。

2007 年的中国报刊发行业经历了一场深刻的调整与转型，发行市场以平稳为主要特色。展望 2008 年，中国报刊发行业面临三个主要问题：一是发行体制改革仍需突破。虽然一些报社已经成立了发行公司，但因仍然沿袭旧的事业管理模式，并未真正按照市场体制模式运营，缺乏创新的动力和活力。建议有条件的报社将发行部或翻版发行公司改造成由报社绝对控股的股份制公司，为新一轮报业发行扩张提供制度支持。二是进一步规范发行用工行为。新劳动法从 2008 年 1 月 1 日起正式实施，基层发行员的社保和节假日加班等费用将无法规避，由于基层发行员是一支庞大的队伍，因而报刊社发行部门的用工成本将大幅度提升，如何平衡报社和基层员工的利益是一个棘手的难题。三是实现订户管理到客户管理的升级。我国报刊发行信息管理长期满足于订户信息保存和投递业务的完成，但报刊发行增值业务开发必须按照数据库营销的思路，重新采集读者的信息资源，否则，报刊发行多元化经营就难以深入开展。

（作者系武汉工业学院传媒发行研究中心主持人、华中科技大学新闻学博士生）

参考文章：

[1] 张垒，报业经营从新闻纸开始，中国记者，2007（3）
[2] 钱燕妮，旧报回收亟待建立正规渠道，新闻记者，2006（5）
[3] 马世平，在“创新”中突破发展瓶颈，中国报业，2007（3）

媒介“互文性”：新的“意义链”的开发

□文长辉

近年来，随着新闻媒介与媒介间的开放、交流与融合，媒介的“互文性”得到了开发、生长——一种潜在的、新的“意义链”生产形态呈现出来，从而拓展了媒介的意义空间，衍生了新的媒介产品，客观上对新闻媒介的资源整合、深度生产起到了强劲的推动作用。

对于现代媒介的“互文性”——这一新特性的认识与把握，将促进我们对新闻媒介的意义生产有一个更为本质、全面的了解，有助于国内传媒人对媒介信息的再造、并在媒介疆界之间实现跳脱和跨越。

一、新闻媒介“互文性”概念的导入

所谓媒介“互文性”，是近年来从西方传媒研究界引入的新概念。参考美国媒介学者约翰·费斯克的观点，我以为，新闻媒介“互文性”可以说有两层含义：指一种跨媒介的文本循环，或以一种新闻媒介为原始材料而进行的多媒体的互文生产；或者指新闻媒介文本间的互相影响、互相渗透、互为因果、互为源流、你中有我、我中有你的一种交融过程。①

比如说某报纸记者采写的突发事件新闻，引发了电视、电台、网络等众多新闻媒介的集束报道，形成了多媒介产品链。比如说网络对电视栏目及其内容的嫁接、移植甚至克隆。这些都是媒介互文性的体现。

媒介“互文性”的产生途径，大概有三个渠道：

一是源于媒介自身的互文性。在后现代媒介理论看来，媒介中的“形象”之间，是互相关联的、同时又可以跨越彼此的。一提到某一媒介中的某一“形象”，就必然要提到其它多个媒介的文本或形象，媒介本身具有互文性。人们一提到克林顿的媒介形象，立即会提到报纸、电视、广播中不同的形象，这些形象之间互相牵连又互有差异。

二是源于媒介消费者的消费习性。消费者理解媒介产品，总是从自己的互文知识中得到感触和启示，并援引到思维活动中。一个电视观众对伊拉克战争的理解，总要联系到其它媒介的信息去加以综合理解或感性理解。读者有文本之间相互转移、借鉴和交流的知识习性，因而可以使媒介之间的知识能够互相、快速连通起来。

三是源于媒介生产者的猎巧性。在此，我们可以把原生地新闻称之为“原新闻”。而今天的一部分媒介生产者，已经不再把原生地新闻看作唯一的新闻源。因为“原新闻”的生产和传播成本是高额的，而急于求成的生产者总是乐走“捷径”，往往猎巧于各类机构制造的新闻发布会、吹风会以及媒介自发组织的各种展会活动、品牌活动，从中猎取“后新闻”。“后新闻”的实质，就是以此媒介为彼媒介的新闻源。另一方面，媒介生产者也捕捉到了媒介互文性在消费市场中的清晰呈现，因此而推波助澜，强化、扩张互文性的影响。比如电影从电脑游戏中吸收材料，电视从报纸中吸收材料。这样造成了媒介生产——总是在跨媒介之间进行，网络指涉报纸，报纸指涉电视，形成了媒介生产中一个完整而又无尽的媒介循环。

应当指出，媒介互文性与过去人们所说的媒介间的借鉴不同。借鉴主要指两个不同媒介之间的吸收、汲取，而媒介互文性指媒介本身就有这样的特性，是其自身内生的、发展活力的一种需要，一种张力和内驱力。另一方面，借鉴是有时间性的，是一种嫁接、品质改良的需要，可以在此时，也可以在彼时，可以部分借鉴，也可以不借鉴，并不影响它独立的形象。而媒介互文性表明，现代媒介的存在从来不是一个单身汉，它必须与别个媒介有一个姻亲关系、孪生关系或者从来就是一个雌雄同体物。

二、媒介互文性在新闻产品中的体现

媒介互文性在新闻产品中的体现，笔者以为，可以概括出 5 种形式：

一是气根方式，如同一棵榕树繁生出更多的气根——由某一媒介内容引发的众多媒介内容的生产（产生更多的新闻），从而形成了一条“意义链”。四川凉山州木里马班邮路上王顺友的感人事迹，首先是由《凉山日报》文字披露的，由这一条新闻引发了国内到国际的多媒体新闻报道，有报纸、广播、电视、网络、电影等等。

二是并蒂方式，现代媒介之间有着天然的共生性，可以同时出生、生长。电视与电影与广播，就是三向共生。在同一技术下的同一产品，稍加催化就会分化为三个产品，它们各自会有不同特色的呈现。

三是衍生方式，同一媒介自身可以进行文本的深度生产或二度开发。

也就是说表现为垂直互文性，一个文本明显地宣传另一个文本。比如围绕一个栏目所做的评论、广告等，可以称为二级文本，是对原始文本意义的支持。衍生产品，便是由此延伸出来的产品。

四是寄生方式，一媒介对另一媒介的寄生，表现在媒介之间成模块的借用与嵌入。凤凰卫视节目中，杨锦麟主持的《有报天天读》，就是以报纸信息为内容的一档节目。这一以"零资源"开办起来的电视版"参考消息"，在凤凰卫视的收视率竟然固定保持在前三位。这构成了媒介互文性开发的一个范例。

五是嫁接方式，一媒介对另一媒介中特殊符号的引征与拚贴。主要是一种即兴或改编的手段，即将改编对象、符号或行为移植到不同的媒介与不同的文化背景之中，从而获得了新的意味。比如电视版《三毛流浪记》出自对漫画版《三毛流浪记》的改编。比如网络新闻的排列方式及内容组合，大量采用了报纸编排的众多手法。

三、拓展媒介互文性的效用

拓展媒介互文性的效用，可以体现在以下方面：

一是新意义的出现。新闻媒介通过互文性，文本同时与其它不同文本关联，从而为媒介消费者制造新的意义。媒介学者斯图尔特·霍尔认为，文本的意义是通过意义累积完成的，这种累积现象称之为"文本间性"。"意义的累积穿越不同文本，在这些文本中一个形象与另一个相牵连，或其意义在别的形象的语境中被'解读'从而发生了变化"。②《哈姆雷特》剧本历经400年时间，已经形成了无数的《哈姆雷特》文本以及不同的哈姆雷特人物形象。

二是新文本的显现。文本之间，会呈现一种独特的现象，即反向行驶或跨越，于是就有了全新文本的诞生。《西游记》中的孙悟空与《大话西游》中的孙悟空，已经是全然的两个形象了，文本对文本实现了颠覆，一个新的文本意义由此出现。

三是多级传播的再现。通过互文性媒介的不断传播，信息会从浅层次向深层次递进，向窄小区间向广域进发，从单面向立体递进。曾经有一则旁观者提供的美国洛杉矶警察袭击黑人的录像，在传媒一波一波的"蝴蝶效应"下，掀起了全美甚至全世界的喧然大波。

四是多重利润的呈现。媒介生产者可以从消费者的互文知识中赚取利润。③多种文本的生产，既有报纸、书刊出版效益，又有电视、广播效益，还可以有电影、录像带收入，等等，形成了一个庞大的利润链，给媒介生产者丰厚的利益。这是引发媒介生产者反复、不断地发掘媒介互文性的终极驱动力。

（作者系云浮日报社副社长，著有《媒介消费学》一书）

注释：

①利萨·泰勒、安德鲁·威利斯《媒介研究：文本、机构与受众》，第75–76页，北京大学出版社2005年版

②斯图尔特·霍尔《表征：文化表象与意指实践》，第234页，商务印书馆2003年版

③利萨·泰勒、安德鲁·威利斯《媒介研究：文本、机构与受众》，第82页，北京大学出版社2005年版

记者博客

记者博客

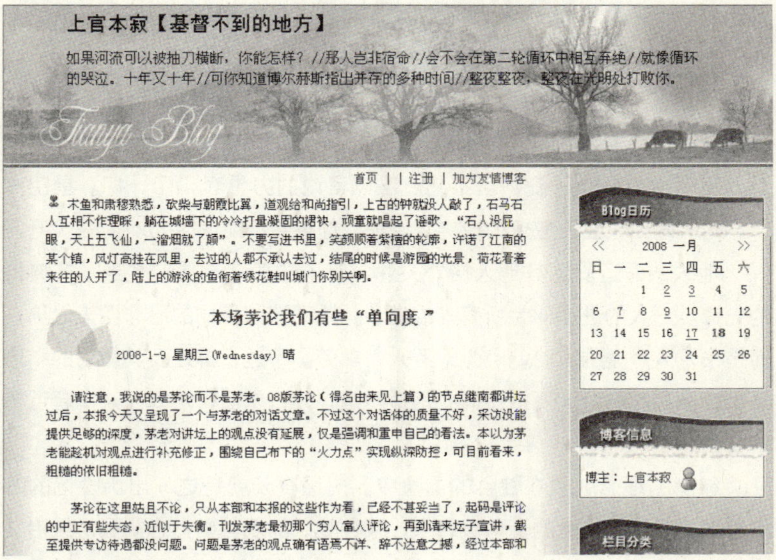

上官本寂【基督不到的地方】

如果河流可以被抽刀横断，你能怎样？//那人岂非宿命//会不会在第二轮循环中相互弃绝//就像循环的哭泣。十年又十年//可你知道博尔赫斯指出并存的多种时间//整夜整夜，整夜在光明处打败你。

Tianya Blog

首页 | | 注册 | 加为友情博客

木鱼和肃穆熟悉，砍柴与朝霞比翼，道观给和尚指引，上古的钟就没人敲了，石马石人互相不作理睬，躺在城墙下的冷冷打量凝固的裙袂，顽童就唱起了谣歌，“石人没屁眼，天上五飞仙，一溜烟就了颠”。不要写进书里，笑颜顺着紫檀的轮廓，许诺了江南的某个镇，风灯高挂在风里，去过的人都不承认去过，结尾的时候是游园的光景，荷花看着来往的人开了，陆上的游泳的鱼衔着绣花鞋叫城门你别关啊。

本场茅论我们有些“单向度”

2008-1-9 星期三(Wednesday) 晴

请注意，我说的是茅论而不是茅老。08版茅论（得名由来见上篇）的节点继南都讲坛过后，本报今天又呈现了一个与茅老的对话文章。不过这个对话体的质量不好，采访没能提供足够的深度，茅老对讲坛上的观点没有延展，仅是强调和重申自己的看法。本以为茅老能趁机对观点进行补充修正，围绕自己布下的“火力点”实现纵深防控，可目前看来，粗糙的依旧粗糙。

茅论在这里姑且不论，只从本部和本报的这些作为看，已经不甚妥当了，起码是评论的中正有些失态，近似于失衡。刊发茅老最初那个穷人富人评论，再到请来坛子宣讲，甚至提供专访待遇都没问题。问题是茅老的观点确有语焉不详、辞不达意之撼，经过本部和

Blog日历

<< 2008 一月 >>

日	一	二	三	四	五	六
		1	2	3	4	5
6	7	8	9	10	11	12
13	14	15	16	17	18	19
20	21	22	23	24	25	26
27	28	29	30	31		

博客信息

博主：上官本寂

栏目分类

http://szb2004nj.tianyablog.com/

被围困的人群，正历险的社会

□宋志标

这是2007年的最后一天，回首以望，那么多新闻苍黄已老。谁知往事并不如烟。乐观的人看见希望尚未破灭，烛照隧道的尽头。悲观的人舔拭伤口，沉郁而不能自拔，彷佛逝去的三百余天不过是幻灭一场。更多的人则无论悲欢，延续既往的日常生活，呼告旷野，诉说被冰铁围困的现实，沉浮于共同的社会历险。

连想象都无力还原的非正常死亡，承继了家国之殇的一大主题。急速坠落的魂灵有多恐惧，断桥想必清楚。煤矿的深渊有多黑暗，数百死士以身试之而不得。钢包的铁水有多滚烫，就有

多寒冷。平凡人炼狱，或奴役在西部黑窑，或迷失于都市罪恶，或成就某次仪式的荒诞祭献。

尽管被死亡终结的不幸令人悲愤，然而它们只展览出全部苦难的一小部分。通货膨胀、CPI、流动性过剩、货币政策从紧……不熟悉的是词汇，不陌生的是食不安、居不易。难以言说的力量套牢了一切。星空潦草，河流湖泊也显出疲惫的模样。原来，仰望并不能消除大地上的坎坷。

他人的命运受到其他人格外关注。钉子户孤守一隅，充当了非典型的先锋。一人的进步即为所有人的进步。撬动谈判格局的已非匹夫之勇，而是千万人声援的舆论，实为千万人之功劳。不过，拆迁及其影射的私产正当性难言胜利。火烧拆违抑或别墅违建，知行矛盾，法律无法举起沉重的权利。

彼岸的理想就藏在社会的历险中。虎照疑云就是这一出历险记的07年版本。纯属技术上的真伪被约束，某种复杂的欺骗要把它驯服为统治文化的陈词滥调。人群呈现出分化和对立。人群的规模与其力量并不成正比。吊诡的是，社会与政府分别执掌真理和权威。各自的阵营都在发言，却构不成对话。

人群在陕西的积怨未了，又平添厦门式的忧患。溯源至今，这是一场过程近似完美的社会狙击战。散步被当作秉持公义的人群寻求突围的礼节性用法，常规的通讯技术潜伏为集体动员的手段。满城尽是黄丝带。有舆论领袖，有循法尝试的参与者，更有某些欲说还休的高层动向。人群与社会在一座岛屿上交集。

透过众多年度总结，媒体乐于将PX项目风波演变成符号，试图将其模式推广到更广阔的行政辖区，运用于更多的公共事件。这是一种真诚的想法，严肃却又天真。化工项目迁建别处，让这次社会狙击战的成果更像是奖赏，而非纯粹的民权胜利。PX从厦门迁徙，将围困的象征意味带离某一处方格，然后推进到不可捉摸的迷宫中。

权力的迷宫越广泛，社会的险情越动荡。相应地，权力走不出迷宫，社会也就避不开危险。灾难过后，有人背处分，有人被勒令辞职，更多的人逃脱制裁。对罹难的个体及活着的人来说，这些都过于轻浮，无异于日常治理中的冷漠或敷衍。社会应能够给行政者更有遏制力的裁判，行政道德也理应给社会更多的慰藉。

庙堂之外，且听江湖的低吟浅唱。今年某个时期，公开的民主争论短暂而急迫，期间的论辩涉及良多，显见社会和人群的焦躁。普世价值作为常识遭受两种待遇。一种非民间的做法是，在完善制度化的结构以容纳普遍价值上存有疑虑，将价值观为其所用，导致这些价值的碎片化。与此相对照的是民间的努力，亦即：保存普世价值完整的话语体系，策略性地加以传播，随时劝谏。

中共17大报告反映了这两种心态、两种遭遇。执政党的总体思路和立场一脉相承，并无出人意料之处。而后期讨论附着在报告之上，引得一时喧哗，见仁智也见鬼神。但一如既往，纸上得见的并不是思想界辩论的所有内容，总有一种顾忌左右着言说及其呈现的形态。解放思想为赋新意，开放改革只求通达。是韧性，也是苦心。

天问如下：这究竟是怎样的人群？怎样的围困？以及怎样去刻画的历险记呢？一部《色·戒》轻易激荡起意识形态的攻伐，一次暴风骤雨蔓延成名城的灾害，一场似是而非的降雪震动首都，一本历史教科书也有不能承受之重。南天北地，被禁止的人群不绝如缕。脆弱的极其脆弱，虚伪的极其虚伪。

若以今天为终点，过去的所得既是成果也是代价，是欢呼也带悲鸣。若以明日为起点，将要到来的是围困绵延的新一季。这是真实的，所以不免残忍。但与我们同在的还应是突围的追求与行动。要做自由的人，要过幸福的生活。唯有执信于此，才能挣脱世道的惨淡，才能有尊严地活。

（作者系南方都市报评论员）

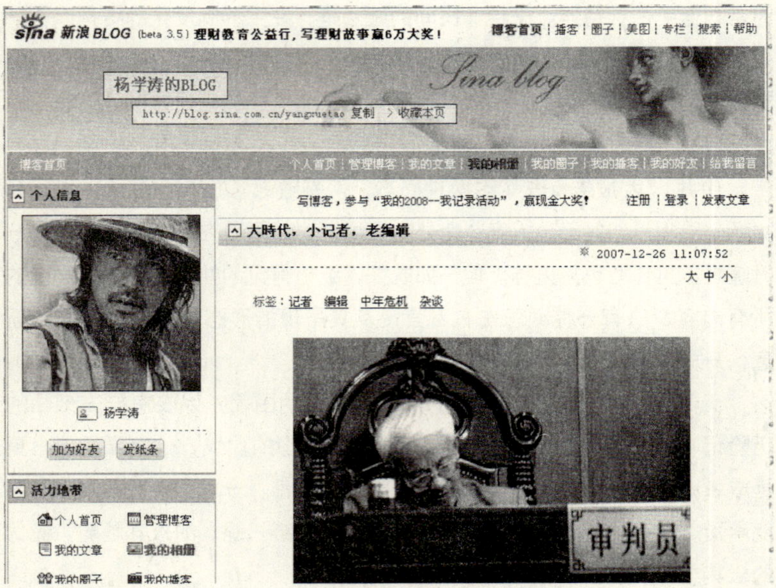

http://blog.sina.com.cn/m/yangxuetao

大时代，小记者，老编辑

□杨学涛

中年之困

鉴于80年代出生的人已经在各个领域发出各式各样的声音，那些生于70年代的"前辈"，开始谦虚地表示自己"人到中年"。

此种提法无疑具有强烈的暗示意味，一方面表示自己已经谈婚论嫁，开始了一种叫做"上有老、下有小"的悲惨生活；一方面又表示自己已经不在那个能够随意折腾的年纪；所以，他们一边想着能够在事业上再进一步，一边又对生活的压力感到战战兢兢——所谓

“中年危机”大概就是如此，只不过在快进的中国，这个危机提早十年临幸了我辈。

对于记者编辑而言，此种危机来得更猛烈一些：人过三十，世面见得差不多了，地位、荣誉也有一点点了，同时，体力、脑力透支得要吃蚁力神了，职业的崇高感也消磨得接近零了，最重要的是，手头的大洋没有几个，我们报道过的精彩的人生故事、赏心悦目的财富生活，似乎离自己是天渊之隔。

于是乎，大家开始热衷于讲一些有关资本的故事，开始不再把稿件的质量当一回事，开始一切以经营为纲，甚至提倡“全员营销”，试图把自己的财富焦虑症在最短的时间内打消。

于是乎，一些从前秘而不宣的价值观逐渐被大范围、高频率谈论，直至形成主流，一些鲜活的媒体故事让我们血脉喷张蠢蠢欲动，比如，我就听张三讲述过一个媒体上市的流程：

第一步：某个很有背景的人，找到了一个连地球人都不知道的刊号。

第二步：这个很有背景的人，找了一家很有背景的媒体单位挂靠。

第三步：这个很有背景的人，去找另一个很有背景的人，改了一个让地球人垂涎三尺的刊名。

第四步：这个很有背景的人，从很多知名媒体里找了很多个响当当的名字加盟，被邀请者一般不用做事，一般薪水都不低。

第五步：这个很有背景的人，通过另外一些有背景的人，找到了一家美国的公司入股。

通过以上五个步骤，一个能够在资本市场传扬的故事大纲就拟完了：正规的刊号、响当当的刊名、老大不小的媒体背景、一批知名媒体人、一个国际化的团队，于是，在法律、法规设定最短的时间内，这个公司敲锣打鼓地上市了，即便股价一度跌破了发行价，但现金流依然像早晨八九点钟的太阳一样旺盛，不出几年时间，一个总资产几百个亿的媒体集团宣告诞生！

这家集团，就是张三之前供职的集团，如今，张三已经选择离开，去了另外一家很有“前途”的周刊。在讲述老东家故事的时候，张三表现出对于其混乱管理的鄙视，但谈到待遇时，在谈到他13个月不用做事但依然拿高薪的细节时，又像是被赶出清宫的溥仪在惆怅地回忆曾经的荣华岁月。

所有在席的人无不大声疾呼：赶紧把我介绍给这家公司，我要去——如果你能够有幸在这样一家公司，我相信你会幸福得冒鼻涕泡。在我们不停地问自己、问别人“干点什么别的更挣钱”时，这样的公司显然是我们的梦中情人。

顺带提一句，以上故事纯属写实。

不赚钱的媒体大抵是相似的，赚钱的媒体却各有各的赚头，未曾料到的只是，这些赚头之间，差别也忒大了一些，以至于你会忍不住蜀犬吠日般惊呼：他妈的，媒体还能这样做！

采访、写稿、排版、印刷、上摊，要挣一点钱，就必须要走完这所有程序，在资本市场上长袖善舞的人，显然极端鄙视此类生产方式。在资本这条链上，那些只有能耐改改标题、找找选题的人，不过是珠三角制鞋工厂里流水线上的小妹罢了。

守住专业

日寇侵华，清华师生发起一·二九救亡运动。蒋南翔振臂高呼：“华北之大，竟容不下一张安静的书桌！”胡乔木、乔冠华等投笔从戎，献身革命。抗战军兴，清华南迁，与北大、南开共同组成西南联大，在中国教育史上留下不朽篇章。

如今，报社、杂志社基本上也“容不下一张安静的电脑桌”了。股市疯涨、楼价疯涨、私人财富疯涨，全民被困在一张由“涨跌”、“买卖”、“盈亏”三个关键词织就的蜘蛛网中无法自拔，而价值观则实现了自“文革”结束以来的最高一致性。尤其在近两年的上海，无论男女老幼，无论何种背景，除了车子和房子，似乎人与人之间再无任何共同语言。

“全民皆商”的“全民”显然包含了媒体行业。由于职业的特殊性，这批人比任何人都更早、更敏锐地察觉到社会的动向，投入商业大潮的冲动也更大，不过，由于采编较少与钱打交道，乃不折不扣的工薪阶层，致使无暇或不会投资理财（捞外快）的记者基本上只能固守贫穷——每天都到小四川饭馆里讨论新闻理想，眼瞅着小饭馆装修越来越好、分店越来越多，自己却在经济上原地踏步走，试问哪位记者、编辑大人又能够坐在安静的电脑桌上写稿或者编版？

卖包子、卖田鸡、甚至抢人的人都发达了，唯独自己维持贫困状态，五十年不变，以往年代经常被拿出来说事的所谓“脑体倒挂”是不是又在今天重演了？答案不确切，但相当多人是对此耿耿于怀且焦虑啄心的。

广州媒体圈内广泛流传着一个“二郎田鸡”的故事，一个朋友如此告诉我：2000年，当田鸡店还偏安在五羊新城某个五平方米的小屋的时候，他就经常帮衬田鸡店，那时候他的工资是5000块，估计田鸡店一个月的利润也就5000块，到2007年的时候，这个朋友的工资是6000块，但那家他帮衬过的田鸡店，已经在广州开了五家连锁，而且每家的面积都非常大，生意都出奇地好，不知道是否给田鸡吃了春药。

在如今这样一个大时代，类似的故事实在是数不胜数，每天都刺激着大家那颗并不安分的心。但是，有句真理叫做“果欲学诗，功夫在诗外”，翻译成火星文是：如果做梦都想着钱，醒过来以后会发现自己其实离钱越来越远。

在理想主义稀缺的年代里，其实特别希望邂逅热爱专业的人，如果有一天走在街上，能够听到有人说：我太爱新闻这个职业了，我相信此人不是大熊猫投胎，就是华南虎转世。

不过，和很多人一样，我宁愿相信周老虎真的就是老虎。

另，谨以此文寄望80年代媒体人：70年代这批中年人已经丧失的信念，希望你们新一代年轻人能够重新把它们拾回来。

阿弥陀佛，善哉善哉。

（作者系《mangazine·名牌》副主编）

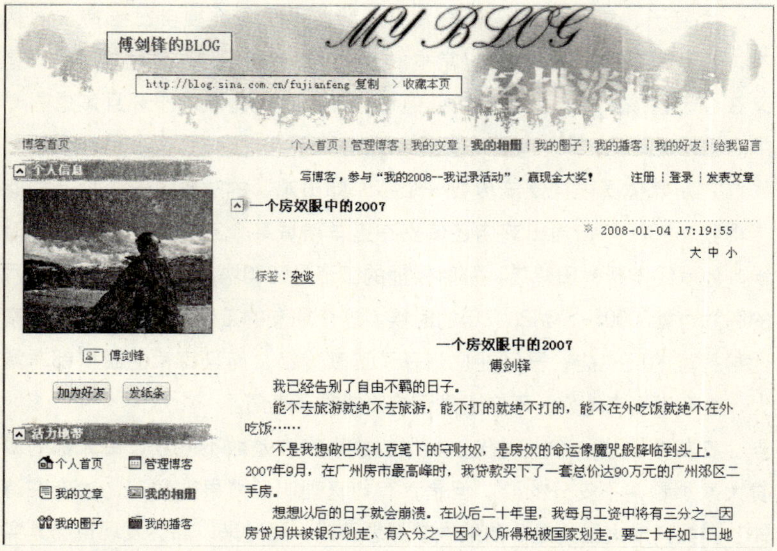

http://blog.sina.com.cn/fujianfeng

做编辑以来最兴奋的一次操作

□傅剑锋

格图兄的《猎杀大熊猫疑云》，是轮岗做编辑一个多月来最兴奋的一次操作。

那天先后接到研究室阿琼和知情者本人对大熊猫案的线报，我就很兴奋。速和成都站的朝格图打电话，他也马上被这个东东撩拨得不行了。

那时，我真希望自己也冲到一线去，一个新闻人对好新闻题材的冲动，永远就是像猛兽对猎物的冲动……编辑会议上，报社也同意对这一令人发指的内情进行调查。

我们制定了几个突破的方案。十天下来，虽然屡有艰难，但格图兄的突破力不负所望，我们拿到了判决书、证人证言及其它一些非常靠得住的证据，能够明确地作出判断：就是警方线人在诱使村民猎杀一些大熊猫。得知其他媒体也正在调查这件事，于是，我们决定，一定要抢发。

12 调查

我为什么不选他

评选标准：对中国的进步和我们的生活产生重要影响。

发现 20 只大熊猫死亡档案

公安部、国家林业局已介入调查

新华振统计的宝兴县部分被猎杀大熊猫的死亡名单

线人制造"大熊猫盗猎"?

大熊猫案数量惊人

上星期一，采访已完成。手上的材料很多，格图兄觉得写稿压力很大。我觉得，此时编辑就要做记者的参谋，我告诉他，可以先让打字店把所有的采访材料都打出来。到了周一晚，格图兄发给了我一份。我看完了材料后，告诉格图兄，这是一个非常好的悬念小说的题材，我们要像写悬念小说一样，慢慢地抖出料，这样既可以引人入胜，又可以避免我们去作主观的判断以及由此带来的风险，通过层层铺垫让读者自已去思考，到底谁在诱使村民猎杀大熊猫。依据这样的写作判断，我们商定了写作结构。那晚，格图兄舟车劳顿，已经很累了，我劝他先睡一睡。但记者总是这样的，想快点把稿子搞定，格图非要在当晚把稿子写出来。

南方周末

Southern Weekly

南方周末2007年度人物评选

争议乳山核电站

猎杀大熊猫疑云

焦点

2008，能否成为中国转折年?

神秘买家活跃于小山村，国宝大熊猫接连被猎杀，这背后到底潜藏着怎样的秘密……

南方周末 INFZM·新闻社区 http://www.infzm.com

南方周末新闻社区12月13日正式上线

一个晚上过去了，一早，格图兄就电话我，说什么也没写出来，因为材料太多了，他一时不知如何取舍，一个通宵都没落下一个字。我也有过他的这种经历，很能体会他的这种痛苦，这种被拉长的焦虑。我劝他睡会儿，他说一定要写出来的。这哥们真是够倔够强的。中午，他还是没下笔。我只是希望他睡好，然后再写，不要太牺牲健康。我深知其中的教训，前一两年，我因为经常通宵赶稿，颈椎一度出现严重的劳损。所以我一再地劝他，对自己的身体一定要取用有度，方能细水长流……但我们的工作节奏，充许吗，对这点连我自已也说服不了自已。

周三的上午，他疲倦又兴奋地给我电话，写出来了。我看了一下，很开心，尽管文字还比较芜杂，但基本的写作结构已出来了，就是我们讨论好的悬念式结构。一番修改后，稿子拿掉了一些敏感的东东，然后，送审。格图每隔一两个小时，就要打电话问我，稿子通过了吗？我安慰他，别担心，你都两天两夜没好好睡了，先去休息会儿。其实，那时我和他一样紧张。但感谢上帝，终于过关上版了。

其后几天，国家林业局局长贾治邦对南方周末提出的猎杀问题作了批示，并派了督查组到川渝两地调查。但愿，在华南虎照片事件之后，国家林业局会给公众一个关于真相的信心。

现在，格图还在为大熊猫猎杀案奔走于川渝，没一天歇着。

这就是南方周末敬业的记者们，太多这样的同事，都无法一一述说。他们总是把稿子，把真相的传播视为第一，哪怕满身疲惫。

看到记者的稿子在不断地传播开来，同时在推动真相的披露。我也很是兴奋，每天在网上搜索进程，这里面饱含着我们共同的劳作、思考与使命感。

其后几天，慢慢知道，还有兄弟媒体在我们之前已掌握了警方线人诱使村民猎杀大熊猫的证据，只是一直没敢出稿。而我们，最后不但发表了报道，还能够让官方高层对此作出肯定性的回应，不能不说是缘于报社对新闻的勇气、判断和南方周末固有的良好影响力。有位同事，曾经在评报会上认为：“我深感幸运，我周围是中国最好的新闻团队，南方周末的工作环境还是全国纸媒最好之一。”我认同这样的感受，发自内心。

（作者系南方周末记者）

http://blog.sina.com.cn/shalijing

年度国际传媒人物当属默多克

□方李敏

《时代》将年终的荣誉送给了“克格勃特工”普京同志；《新周刊》将岁末的掌声赐予了虚拟，但又活在万千焦虑、浮躁中国人心中的“许三多”；《商业周刊》将收官的鲜花抛给了长于用右脑思考的斯蒂夫・乔布斯和他旗下的iphone；《南方人物周刊》则是“谁也不得罪”，煮起了大锅饭，一年到头，给它报道的各色人物，平分了花生和大枣：有身居高位的科技部部长，包含政治突破之义的万钢，也有挣扎于底层，未被老天抛弃的逃生矿工孟宪臣兄弟。

盘点如同冬日街头时兴的炒栗子，大家拼命趋之若鹜，兴奋过后，也就腻歪了；盘点如同大米饭，你不吃，他吃，到时候，你就饿肚子，又想它，最终大家都是不得不吃，经济学上称此为“囚徒困境”。

传媒偏好为其他各行各业进行梳理，却忘了我们本不该抛弃的默多克同志。岁月在其脸部铸起了道道褶子，却丝毫无法磨蚀他的锐气和雄心。2007年的这一年，默多克究竟有何举动？这些动作，是对过去的简单重复，并无过多含义，还是为并不遥远的传媒新世界铺垫呢？这个老头，要比我们想象得更为神秘，他长时间让我们充满探知的欲望，至少我个人是这样一种心情。

2007年5月14日的这一期《商业周刊》评价默多克“疯狂如狐狸（Crazy like a Fox）。对于这只狐狸而言，新闻集团2007年在中国内地的开篇是糟糕的，是郁闷的。2007年年初，总计有31家境外卫星电视频道获准继续在中国三星级以上宾馆和涉外小区播放节目。星空体育和ESPN意外遭淘汰出局，业界普遍认为这是新闻集团在中国业务出现滑坡的一个标志。究其原因，有两种说法，一是新闻集团多次试图在中国打“擦边球”而违规，激怒主管部门，例如，新闻集团和青海卫视的私下合作，就被主管部门责令叫停。从2004年底以来，新闻集团以“润德剧场”等间接方式，将在境外制作的节目通过青海卫视平台向中国观众播放，而这是主管部门所无法容忍的。同青海卫视的合作，据说消耗了新闻集团高达6000万美元的资金。这第二种说法，有点“江湖多凶险”的意味，传说有竞争对手有意借主管部门之手打压新闻集团，因为星空体育和ESPN的体育节目制作水平和招数实在令国内同行难以招架。

默多克膝下已有4位成年子女。1999年与华裔邓文迪结婚后生了2个女儿，“老父亲”一直考虑让这两个小女儿也能分到财产，但遭到4位成年子女的坚决反对。然而，强势的默多克战胜了成年子女们的偏见与傲慢，英国《卫报》于2007年2月3日报道称，默多克日前“出人意料地向世人展示了他作为父亲的慷慨”，将其麾下新闻集团部分股权分给了6个孩子，每人均获价值1亿美元的股权。新闻集团在纽约的一位发言人表示，财产转手是在1月31日完成的，是一次“正常的财政计划”，子女们获得了平等对待，每个人得到的股权同样多。看来，这一年，默多克表现得足够仗义，够爷们，纯爷们。

2007年5月，原定于3月推出的中国版“MySpace”终于粉墨登场。作为当今全球最著名的社交网站，MySpace堪称Web2.0潮流的典型代表，

其全部内容均出自用户之手。这个网站寄托了默多克从传统媒体领域跨越进入新媒体世界开疆拓土的全部梦想，它是默多克在2005年以5.8亿美元的价格收入囊中的。在很多人以为默多克做了愚蠢的投资之时，google送来了10亿美元的广告费，算是买断了，这等于是为默多克买了一次单。我们脚下的土地是一片奇怪的世界，“有时让我们看不懂”，外来的和尚唱不好网站这出戏，中国网民只认土生土长的网站，例如新浪、搜狐、网易以及百度等。由默多克现任妻子邓文迪主管的中国版MySpace业务，会有不一样的命运吗?

美国道琼斯公司2007年12月13日召开股东大会，以投票方式批准默多克旗下新闻集团对道·琼斯公司的收购计划，从而为默多克入主财经媒体《华尔街日报》扫清最后障碍。至此，拥有《华尔街日报》、《巴伦全国商业金融周刊》、道·琼斯有线新闻社的道·琼斯公司将并入默多克的传媒帝国。

英国天空广播集团2007年12月7日宣布，默多克已辞去天空集团主席职位，由次子詹姆斯接任。与此同时，现年34岁的詹姆斯还被委任为新闻集团欧洲和亚洲分部主席和首席执行官。业界认为，此举意味着詹姆斯正式成为继承父亲传媒帝国的接班人。

默多克看起来更像一位地地道道的商人，只是他的业务均与传媒有关。2007年7月9日推出的《时代》则以默多克为封面人物，该杂志称其为传媒业“最后一位大佬”，可内文中的一个标题令人琢磨，“鸡舍中的狐狸”，这与《商业周刊》报道默多克时使用的封面标题“疯狂如狐狸”有着异曲同工之妙。在美国文化中，“狐狸”代表什么？我上大学时，美国外教Ryan告诉我，在他的祖国，用狐狸形容一个人，并非贬义，相反带有夸赞的意思，它表明一个人拥有独到的眼光，善于抓住机会，行动迅捷。看来，这样的解释和中国文化还是有很大的差别，如果我们用“狐狸”形容一个人，则意味着他（她）狡猾，不可靠。一年当中，美国有两家主流媒体认为默多克眼光独到，行动迅捷，足以表明他在这一行已“得道成仙”。

Ryan还告诉我，美国民众一般欣赏有霸气的人，有个性的人，不太喜欢优柔寡断，畏首畏尾的家伙。照此标准，并非在美国土生土长的默多克就很对美国民众的胃口。在接班人方面，默多克果断而又坚定地确定了新闻集团接班人——次子詹姆斯。这个问题搞定了，新闻集团未来发展的稳定基础就夯实了，至于太阳是否照常升起，就看詹姆斯的造化了。如果“富不及三代”的论点成立，到詹姆斯这一代，还只是第二代，新闻集团的未来还是值得看好。就连默多克都说自己还有20年的光辉岁月，他还可以扶詹姆斯上马，送一程。

默多克和巴菲特拥有一个共同的特点，投资，不熟不做。如果说默多克的每一次投资都会赚得盆满钵满，那是吹牛，因为在中国，他想完全游刃有余，还需要更多的耐心，中国这片市场除了看重人脉，还需要投资者呈现出一番谦谦君子的姿态，而不是下山老虎的咄咄逼人之势。默多克不缺人脉，少的是温和的姿态，也就是说，稍微有点急。毕竟，属于意识形态范畴的传媒业，不同于麦当劳、肯德基这类快餐店。

这一年，默多克成功完成了对新媒体的探索；顺利摘下了道·琼斯集团皇冠上的宝石——《华尔街日报》，从而让新闻集团多了一份体面而又高端的报纸；果断而又坚定地确定了新闻集团接班人，公平而又正义地分配了家庭财产，保证了新闻集团大局的稳定。“宝刀未老，雄心万丈”，你说，这一年的国际传媒年度人物是否当属默多克？

（作者系新京报编辑）

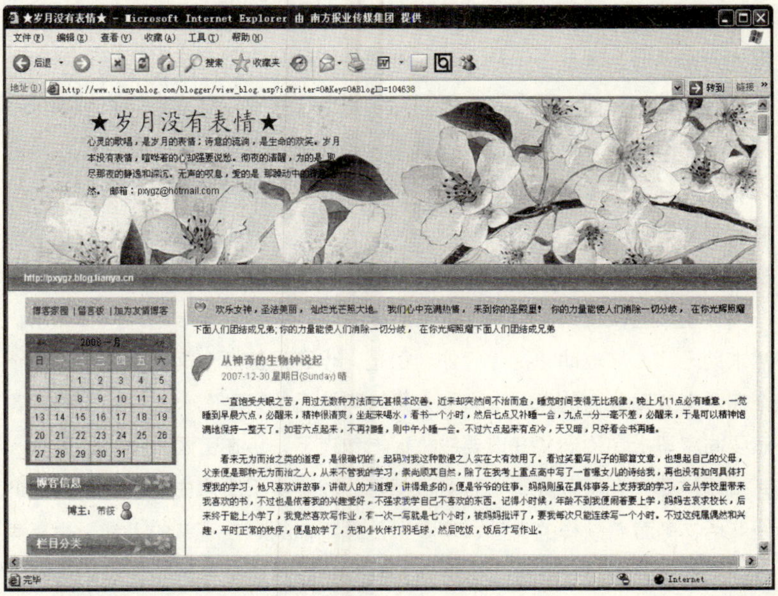

http://pxygz.blog.tianya.cn

病症时代的非正常事件

□彭晓芸

关注北京孕妇事件好些天了，说不出是一种什么样的滋味。不曾想过会去参与这个事情的报道或者讨论。我甚至还有过这样的念头，如果编辑找我做这题目，我一定说不做，太残忍了，不想做。可是，当编辑真的找我参与这个话题的时候，我却丝毫没有犹豫地答应了。是的，不管再残忍的事实，你是在工作，所以你必须以理性的态度去观察，思考这个事情，而不能受个人身份或私人情感影响。

只觉着事情发生得荒诞，在遵守规则的名义下，却让很多人一时间忘却了生命的珍贵价值，忘却了我们应保持的对生命的敬畏，而选择了对制度的无奈认同，这是一个社会不够健全的一种非正常心态。当然，事件有其特殊极端的一面，可是，也有深刻的背景在其中，有人想到农村人进入城市之后的生存困境问题，城乡隔阂，有人则认为是医患关系问题，还有人认为是社会保障问题，底层人生活问题，几乎所有能够想象到的社会矛盾，都被寄托在这个惨淡的案例上，似乎希望两条生命的无辜逝去，能够唤醒社会的某种良知，和一系列社会制度、法律法规的完善，但这无疑是一个奢望。据说国家的财政收入已经很高了，可是，肖志军夫妇在北京仍然求助无门，被救助站拒之门外。但是，也有另外一个问题，肖志军是一个完全有劳动能力的人，他为什么无法靠自己的劳动在北京生活下去？竟然要向家里七旬的老父开口要钱（这七旬老父，还在带着病痛打工），一开口就说要一万两万或者一百两百都行。我确实不愿意去设想这个人的逻辑背后，隐藏着怎样的劣性，毕竟，他是不幸的。但不幸的人就天生具有道德上的优越感吗？就天生值得同情和施舍吗？这又是一个伦理的难题。也因此，探求肖志军其人的复杂性，成了这场新闻大战中比较吸引人的一个视角。关于肖志军和李丽云其人其事，南都周刊故事板块记者车黎追踪到肖的老家，通过采访其家人，重现了事件背后的肖志军和李丽云的成长历程，在生活的点滴和细节中，让人更加全面地认识了事件中人物的复杂性和悲剧色彩。这篇报道的细节和立论，应该是很出色和到位的，在目前反反复复复述肖志军本人讲的那些真真假假的话的报道中，显然是独树一帜的，不至于被肖志军的语无伦次和出尔反尔牵制住。这篇报道告诉了我们更加深远的背景，关于这两个悲剧人物在这个时代的某一个角落里所不为人知的生活、成长，这对于都市的读者来说，也许是非常陌生和不可想象的，却是那样真实而残忍地发生着，那些东西才是更加让人悲戚的。

事件中不可避免要提到医生的处境，其实我也很矛盾，无论是情感上，还是理智上。就像我们周刊封面话题曾经做过的一个关于职业道德的专题所讨论的：所有神圣的职业，如今已经不再神圣了。但这也不完全是一件坏事，让所有的职业回归其正职，让制度来维护职业的要义，而不再指望依赖人的良知来行事，毕竟，人的良知、道德感完全是一个无法量化的东西，在同一个行业的不同人那里，会有截然不同的表现，我们如何可能祈望依靠侥幸或者运气来决定病人的命运呢？而在好的医生那里，至少我也见过不少真正负责任而且无私的医生，制度其实也没有为他们提供太多的保护。尤其是患者意识觉醒之后，各种医闹让医生非常恐惧。此前也有调查显示，77%的医护人员把导致医患关系的主要原因归咎于媒体，对此指责，我想我们只能采取“有则改之，无则加勉”的态度，因此，这一事件中，媒体采取什么样的立场就显得尤其重要，压制过分的情感倾向，而探求事件背后的种种深层原因和制度漏洞，保持理性的话语，是我们唯一能做的。

采访的两位学者，都是敢于直言的人，分别的谈话很长很长，最终限于版面合二为一，删去了很多内容。北大的丛亚丽老师快人快语，问我，她打算指出北京卫生局的问题，“你们能登出来吗”？人大的刘俊海也从法律的角度将事情背后的制度障碍解剖得很清晰了。只不过，官方未必会这么认为，就像那卫生局所宣称的，这个事情似乎完美无缺了，反正死的人也是该死的人，是所谓的“不可避免”，看来如此喧哗的讨论倒是完全应该“避免”的了。

写这日志的时候，中途去看了一下央视的《社会纪录》，天，还在讲周老虎！这次说的是，一群记者驻扎在周正龙所在的村里子，每日就像上班一样地到周正龙的家里，时不时可以碰见来“慰问”、“鼓励”这位拍虎“英雄”的人，还有什么酒厂要找周做代言人。而这些人所依据的，大概就是当地林业局林业厅的振振有词，以及近期国家林业局那不置可否的表态。民间的说法，似乎再确凿也无法撼动政府的官方说法。这场戏，已经像皇帝的新衣那样可笑和丑态百出了，唯一可惜的就是，这“皇

帝”始终大摇大摆，安然无恙。这事持续了两个月了，完全可以载入中国新闻史了，不过，恐怕同时也是一件极荒谬耻辱的事情。本来很简单的事情，竟然因为“官方”的傲慢，无视民意而一再纠缠，连那个年画的厂家，也被牵扯进来，说是要再去找到年画的原版——也就是说，要去找到周老虎的原型的原型，来证明自己的清白，证明自己的年画不是根据“周老虎”制作出来的，可怜的人哪，是不是那个原型的原型还要去寻那只老虎模特啊？！得把那只活生生的老虎找到，生要见虎，死要见尸，并且证明，这虎绝对不是在那个什么镇坪找到的。

我常常小心地怀疑，这个时代肯定有着某种病症，而且还在继续蔓延着，吞噬着人们美好的心灵，但我现在还是说不出来，这病症究竟是什么。每个时代的人，都在抱怨着他们所属的那个时代，并且认为自己的时代相比过去而言，良心已经大大地坏掉了。但是，人们还是顺着历史在这样无言无语地攀爬着，哀叹时代怎么了，甚至是毫无意义的，就像那些“一代不如一代”的咏叹调那样，永远都没有尽头。

在那场所谓的“到底需不需要文艺复兴”的讨论中，有的人认为争论已变成到底中国需要“个人觉醒运动”还是需要“社会复兴与道德重建运动”的论争，如果不说这所谓的文艺复兴的概念到底是否成立，仅就这争论的两者来说，我想无疑前者是更加有必要的。由那些空荡荡的毫无魂灵的个人去推动所谓的“社会复兴与道德重建运动”是一件多么荒谬的事情啊！个人精神的觉醒以及成熟，绝不是一个简单的过程，这往往被抹杀在那些机械而无趣的教条的知识体系当中，被悬置在观念到观念、制度到制度的无聊推理中，而忽视了人与人最自然的情感关联，心灵健康和生命力量。

（作者系南都周刊记者）

这些人，那些事，我们的时代

——关于深度报道的一些历史碎片

□张志安

这是一些人的历史，也是一种深度报道的历史。你或许未曾直击现场，但你必然与他们一起亲历和见证着我们共同的时代。相信，读这些小故事的同时，也能读出深度报道的苦与乐、社会转型的力与痛。

八十年代

【卢跃刚】改革、年广久、关广梅

80年代后期，《中国青年报》编辑部内部开始反思关于改革人物报道中存在的问题。1988年开始，卢跃刚陆续采访了年光久、关广梅等典型。1月份，他发现著名的“傻子瓜子”创始人年广久正在违法，“卖霉变瓜子给消费者，严重损害了消费者利益。”同时，又吃惊地发现，《经济日报》影响深远的“关广梅现象”新闻是制造的，所谓“来信”是记者和当地政府制造的，问题的讨论也是制造的。关广梅也不懂法律，成立东明商业集团，却不去工商局注册。卢跃刚问她：你们为什么不注册？你是不是一个独立承担责任的企业法人？她说：“我们注册干嘛啊？市委不是已经开过大会了嘛。”可惜的是，他写的大型报道《“关广梅现象”之怪现象》被枪毙了。“当时，我们就已经觉醒了，不能把改革作为一个基本的价值尺度……我们要建立一个法制的社会，结果发现改革者违法、改革者走向改革的反面、改革者的价值是颠覆的。”

【方进玉】初级阶段、大梦一觉

1987年，党的十三大即将召开，新华社提前获悉政府将提出“我国仍处于社会主义初级阶段”的说法。方进玉向《瞭望》编辑部领导提出，要写一篇文章叫《大梦一觉30年》，就是说，从1958年开始到1987年，近30年时间，我们做了一个梦：58年是大跃进，然后要“跑步进入共产主义”，但到了87年，我们党才发现刚进入社会主义初级阶段，离共产主义还很远很远。领导同意后，他拿着介绍信去河北、河南采访，地方上把很多档案拿出来，包括大饥荒饿死多少人等。回京后，领导嘱咐：太敏感的不要写，其余部分可以写。

九十年代

【崔丽】评报栏、旧食堂、大圆桌

1993年，崔丽走进北京东直门海云仓胡同的中国青年报社，感觉编辑部大楼破旧得像个仓库，用的也是竹子筒的圆珠笔，但空气里“好像都充满着一种新闻的气息”。进报社的地方，有个评报栏，贴得花花绿绿，谁都可以在上头写意见。中午吃饭，食堂有个大圆桌最热闹，大伙端着饭盆在那儿神侃。作为小小字辈，她的主要任务是听别人讲。当时，李大同是演讲主角，“说起话来很有感染力，很有张力。”十多年过去了，报社的食堂搬到了新建大厦的二楼，桌子都是规规整整，四个人面对面坐，吃完饭就走人，旧食堂、大圆桌永远退出了历史舞台。

【曲长缨】砍树、朱镕基、画面

1996年底，CCTV《焦点访谈》编导曲长缨做了期节目《盗伐危及大动脉》，讲宁夏铁路两边一些树被砍光的事。时任总理朱镕基在人民大会堂说，电视画面，对他的刺激非常大，看了之后一夜都没睡着觉，之后就下决心要停止砍伐天然林。“其实，朱总理以前看内参，能不知道砍伐森林的事么，肯定是知道的，但没有电视画面对他冲击力这么大。”在这个节目中，曲长缨用了两个镜头作对比：一个是砍光之前绿油油的森林，一个是风沙骤起树全砍掉了的画面。“一个人杀了十个人，你不会有太大的震惊，但只要让你看到那个人砍下一刀的情景，你就会感到可怕。”

【江艺平】消费广场、曹西弘、东白

据南方报业传媒集团现任副总编辑江艺平回忆，90年代的南方周末报社内，有两个人特别较真：曹西弘和鄢烈山。曹是流浪记者出身，具有赤子情怀，时任“消费广场”版编辑，当时的“消费广场”从个案入手，读者和市场的认同度最高。1997、1998年，有关公民维权的报道惊动了信息产业部，一些被监督的企业通过各种关系施压……上面要求，这个人不能留在报社。“当时大家就跟他商量，委屈他变个名字”，曹西弘就用了“东白”作笔名。社长也装糊涂，上面问起这个人是否还在报社，打个马虎眼

就过去了。当时，江艺平强烈地感觉到，“这样的人对周末实在太珍贵了。”

【刘万永】“三盲”院长、200个电话、贪官

1999年，刚入行一年的《中国青年报》记者刘万永去山西绛县，采访报道“三盲”（文盲、法盲、流氓）院长姚晓红。“中央领导做了三次批示，第三次才派人去抓，他跑了。”刘万永找到专案组副组长、运城地区检察院副检察长采访，得知从检察院开会决定抓人到去他家抓捕期间，一共有200多个电话打给姚晓红，提醒他快点出逃。“可笑的是，他不是逃跑，而是拿着一堆获奖证书来北京找中央警卫局的人给他说情。后来，公安部门通过他手下人打电话叫他回去，才抓住了他。”当时，刘万永觉得，写篇报道就能抓个贪官，新闻还是有力量的。后来才逐渐发现，好不容易喂饱了一个贪官，又来一个更贪的。

新世纪迄今

【邓飞】准境外记者、死刑犯器官

2000年，湖南大学的邓飞毕业后，去了长沙《今日女报》，2002年在《南方周末》发了三个稿子，次年去了香港《凤凰周刊》。在一个尺度较为宽松的平台上，他说他基本实现了一个中国记者的大部分理想——写一些体制内媒体不被允许的题材，诸如死刑犯器官被取、三峡移民回流等，展现了一个不一样的中国，让媒体同行艳羡不已。跟邓飞一个班学新闻的有48个，现在象他一样做调查记者的只有三四个，他说自己“善良而执着，无限忠于自己的职业和内心”。

【何华峰】茅台酒、红包、金箔

2001年，从厦门大学毕业的何华峰在英国路透社上海站当新闻助理。有一天，茅台酒开新闻发布会，给每个记者发了不少东西：一瓶茅台、一个几百块钱的红包，还有一块金箔。打电话“请示”首席记者后，把红包、金箔都给退了，酒拎回去后就放在办公室。同去的《南华早报》记者耿必儒，就没拿任何东西。但是，绝大多数中国媒体的记者都拿了，在何华峰看来，“这就是差别”，而在他眼中，“红包”是这个圈子潜规则，但实际上不合法。

【卢跃刚】卡迪亚、农民问题

2001 年，《中国青年报》“冰点”副主编卢跃刚应邀访问德国。当时，贝塔斯曼集团旗下《明镜周刊》驻莫斯科首席记者卡迪亚，刚奉调回汉堡、准备接任总编辑，请卢吃饭的时候，她问的第一个问题是：“卢，你们农村问题怎么办？”在汉堡美丽的湖畔，一个西方记者问的是这个问题！为什么提这个问题？“她说，中国问题本质上是农民问题。”在卢跃刚看来，“这个问题是个重大问题，百分之八九十的中国记者提不出这样的问题，即使农村孩子自己也不研究这个问题，我们中青报农村出身的孩子就不研究，他们的记忆里，对有些东西是强制性排除的。”

【南香红】三峡、文明、新疆人

2002 年，《南方周末》记者南香红接到任务，去做三峡的报道，要出思想。“我在北京就买了很多的书，到了成都又和专家谈、看书，很厚，几十本都有。”她当时想，报道不能局限在三峡工程本身，而要了解长江文明，了解蜀文明、楚文明、吴越文明，把三峡串起来看它到底有什么意义。“我更关注历史的东西，到成都后，还去了三星堆，它可能和三峡关系不大，但我觉得这个文明出现在那里有它的道理，所以去那儿看。”稿子记录了一些城市因为三峡工程而“死亡”最后瞬间。后来，去中国人民大学做演讲，有个家在三峡的学生说，看了报道之后就哭，文章至今仍然保留着。南香红是新疆人，对历史、文化、生态关注得比较多。

【李海鹏】梦、才力、上校

2003 年 5 月 31 日，在辽宁省体院当门卫的前亚洲举重冠军才力，由于心血管系统并发症，先是意识丧失，随后心脏停跳。《南方周末》记者李海鹏去采访，才力母亲商玉馥说，凌晨 4 点布谷鸟刚叫起来的时候，她梦见儿子喊：“妈呀，妈呀，你给我蒸俩肉馅包子吧，给那俩人吃。”这个梦一下让李海鹏想到了马尔克斯的小说《没有人给他写信的上校》。“跟那个被国家抛弃的上校一样，那种孤独感噩梦般的感觉一直充斥在小说里。”于是，他在《举重冠军之死》的特稿开头，就写了才力母亲的这个梦。“我只是知道一种方法写一个梦，然后噩梦的感觉和孤独感就在整篇报道里弥漫开来，就把那种调子定了，就把宿命感建立起来。”

【沈亚川】21 世纪环球报道、停刊、黄金时代

2003 年 3 月，《21 世纪环球报道》突然停刊，上海站的同事们心事重重，

主编赶紧在内部BBS上安民告示：各位同人无须惊慌。记者沈亚川感觉，停刊的过程犹如王小波小说《黄金时代》里说的，"是一个缓慢受锤的过程"。没人说这个报纸吊销刊号了，也没有人说要立即解雇大家，报纸虽然停止出版，但南方集团还继续给记者发工资。"这种有点古怪的状况一直持续了好几个月"，后来到CCTV《社会记录》任编导的沈亚川在一篇回忆帖"追忆《21世纪环球报道》"里有这样的一段描述：大家感觉梦一下子醒了，却还心有不甘，坊间却已经开始嘲笑我们还在围着已然死去的报纸"奸尸"。

【卢跃刚】南都案、王克勤、联名信

2003年，发生"南都案"，《南方都市报》总编辑程益中、总经理喻华峰等被抓起来。针对此事，首都新闻记者要写联名信，《中国经济时报》记者王克勤起草完以后，请《中国青年报》的卢跃刚改，"改完后让我签名，他认为我当然会签。我写了封回信说，本人反对签名，不签。"不签名的理由是：尚未对这个事情做过起码的调查，怎么有资格来进行判断和干预呢？在他看来，大学老师可以签，可以根据文本来表达态度，而调查记者没有这种资格。卢跃刚准备了一笔基金，想组织三五个人来做一次系统调查，调查完后来确定案件的性质，然后再进行发动……最终，事情流产了，"一些参加声援的记者关键时候躲了"。

【李菁】高耀洁、裹小脚

2003年年底，《三联生活周刊》记者李菁去河南采访"年度人物"、中国著名的民间防艾人士高耀洁。她在高家采访，连续三天，早上去、晚上回，真正地跟采访对象生活在一起。在近距离的观察中，李菁发现这位老太太"非常不可亲"，对丈夫不够关心，又遭到子女抱怨。"正是因为特别需要全心投入事业，所以她才在生活中显得那么不近人情。"她还注意到一个细节：高耀洁原来是裹小脚的，裹了段时间又给放了。后来，这篇报道《人道主义者高耀洁》的导语是这样的："这双小脚曾是旧世界的一个象征，但在这一刻，高耀洁，这位勇敢的老人，却成了中国民间抗击新世纪人类共同面临的新灾难——艾滋病的伟大象征。" 一个细节，把一位英雄还原成"一个活生生的人，一个我们身边的人"。

【朱玉】早产儿、卫生部、中华医学会

2004年元月，新华社记者朱玉写了篇关于早产儿氧中毒失明情况的

稿子，叫《一千零四十小时》。大年三十，她抱了一摞资料跑到卫生部医政司司长办公室，把资料放到桌子上，对他说："这些早产儿没有一个是我的孩子，也没有我的亲戚，也没有一个是你的孩子，但既然材料到了你的手里，拜托你好好看一看，咱们能解决一点是一点。"后来，领导作出批示，春节以后，卫生部和中华医学会联合召开了两次专家论证会，出台了一个早产儿用氧指南……朱玉说："做了一些事情之后，我在意稿子的影响力。"

【李鸿谷】马加爵、三重世界

2004 年 2 月，云南大学的学生马加爵杀害了 4 个同学后出逃，一个月后在海南三亚落网。《三联生活周刊》主笔李鸿谷派记者去广西、云南采访其家人、班主任。在现场，记者打电话给他，介绍了采访到的素材，他脑子里就浮现出这样的场景：一个 18 岁之前活动半径没有超过 10 公里的农村孩子，从广西的一个偏远地方到了云南省会城市后，整个人生发生了很大的改变。大学的人生跟他高中的人生是不同的世界，已经有地理学的"两重世界"，大学时期又网络迷恋，如果把网络理解成没有边界的地域的话，就建构了一个"三重世界"。李鸿谷笑着对笔者说，三联喜欢搞"造词运动"，制造词语、制造话语，"三重世界"这个概念就是三联制造的，可以让读者对马加爵有准确记忆或印象。

【赵世龙】新周报、阅评、知音集团

2004 年年底，时任《新周报》主编赵世龙"手松了下"，在第三期报纸中发了篇评论，提到党内三权分立的问题。上头的阅评意见认为"此提法不妥"，报纸的主管单位知音集团"吓坏了"，后来，赵决定退出，"必须为《新周报》付出代价"。离开武汉坐火车去北京，路上的时候，网上有帖子出来，标题叫《谁逼走了赵世龙》，里面说赵世龙是硬汉记者，肯定遭遇压力，不然不会走的，"还说我黯然离开江城去了北京工作了"，其实，他是去北京参加中国青年政治学院搞的舆论监督研讨会。

【刘畅】胡劲草、唐山大地震、圈子

2006 年，适逢唐山大地震 30 周年，《中国青年报》记者刘畅发短消息问 CCTV《新闻调查》执行制片人胡劲草去唐山采访的感受如何，收到短信，内容很悲凉："历史被肢解得支离破碎了，我们最近的唐山节目让所有人

遍体鳞伤。”刘畅回短信，这样写道：“历史被真实记录，需要让记录者付出艰辛和代价，值此特殊的纪念一日，以同行的相互温暖和问候，积蓄支撑我们前行的心灵力量。”差不多从2003年起，北京的一些调查记者之间的联络多起来，“大家没事通个电话，每年春节必吃一顿饭”。小圈子建立起来以后，确实让大伙感到相互支援的温暖力量。

（作者系复旦大学新闻学院教师、博士，本文摘自其新著《记者如何专业：深度报道精英的职业意识与报道策略》，南方日报出版社出版）

业界资讯

[2007.11-2008.1]

●传统媒体

南方报业入选2007年度十大领军报业案例

2008年1月17日，由国家新闻出版总署主管刊物《传媒》杂志主办的“首届中国传媒领军人物年会暨第三届中国传媒创新年会”在北京举行。

在本次年会上，南方报业传媒集团被组委会推选为“2007年度十大领军报业案例”，南方报业传媒集团管委会主任、南方日报社社长杨兴锋被《传媒》杂志、北京大学新闻与传播学院、清华大学新闻与传播学院共同推选为“2007年度十大传媒创新领军人物”。此外，南方报业传媒集团旗下的《南方人物周刊》、《城市画报》被推选为“2007年度十大创新期刊案例”。

南方报业夺创新传媒八项大奖

2008年1月11日，由中国报业网

发起主办的以“创新传媒创新中国”为主旨的第三届中国传媒创新年会暨2007年度创新传媒颁奖盛典在北京落下帷幕。南方报业传媒集团共获得8项大奖，引领中国报业风向标。

其中，南方报业传媒集团被评为2007年度“中国十大创新传媒集团”，南方报业传媒集团总编辑王春芙被评为2007年度“中国十大创新传媒人物”，南方都市报获得“中国十大创新传媒”、“中国创新晚报、都市报二十强”，21世纪经济报道获得“中国最具创新财经媒体”，南方人物周刊获得“中国创新期刊十强”，奥一网被评为2007年度“中国十大最具投资价值创新媒体”，奥一网《第一直播室》被评为2007年度“中国十大创新栏目”。

南都蝉联07年度晚报都市类报纸竞争力第一

新闻出版总署2007年12月29日公布了2007年度中国报业竞争力监测结果，南方都市报蝉联全国晚报都市类报纸综合竞争力第一。

本次监测是由新闻出版总署报刊司委托新闻出版总署传媒发展研究所进行的，共监测了全国289家晚报都市类报纸，依据主营业务收入、总印张数、利税能力、基本产值等11个指标进行评定，选出了2007年全国晚报都市报竞争力20强，南方都市报位列第一，第二、第三分别是都市快报、华商报。综合性党报没有纳入监测范围。

21 世纪经济报道改日报

2008年1月1日,《21世纪经济报道》全新改版，一周五期，在每个工作日为读者提供及时、准确、全面的商业资讯。

创刊于2001年1月1日的《21世纪经济报道》，从周刊到周三刊，再到周五刊，7年来一直伴随着中国经济一起成长，成为中国商业报纸领导者。

《南都周刊》娱乐版获“年度报纸”奖

《新周刊》2007年度新锐榜12月15日揭晓。《南都周刊》娱乐版获“年度报纸”奖。《钱经》、第一财经频道和FT中文网分别获得年度报纸、年度杂志、年度电视和年度网站。《新周刊》执行总编封新城表示,《南都周刊》的娱乐报道“率先探索了一种娱乐报道的新模式”。

2007 中国报业十大新闻

中国报业网2007年12月31日评出了2007中国报业十大新闻：1.中国报业高度关注党的十七大胜利召开；2.柳斌杰出任新闻出版总署署长；3.我国继续保持世界第一报业大国地位；4.新闻出版总署严打假报刊假记者站假记者假新闻；5.扬州晚报参选新闻奖造假被取消获奖资格；6.广州日报粤传媒上市；7.中国数字报业确立九大实验方向；8.广东记协主席范以锦称中国报业创新才能突破；9.重庆新规要求党报要为群众腾出头版；10.南方都市报在深圳地区提价至2元。

记者采写报道被警方拘传

2008年1月1日，《法人》杂志刊发了记者朱文娜《辽宁西丰：一场官商较量》的文章。3天后，西丰县公安局警察，携带公安局立案文书和拘传文书，到北京《法人》杂志编辑部，要求拘传记者朱文娜。此举在社会上产生强烈反响，遭受质疑。来自西丰县最新消息，当地公安机关1月8日已正式撤销立案、撤销拘传。

十七大、基民等入选2007年中国媒体十大流行语

“2007年度中国媒体十大流行语”1月14日对外公布，入选综合类十大流行语的分别是：十七大、嫦娥一号、民生、香港回归十周年、CPI（居民消费价格指数）上涨、廉租房、奥运火炬手、基民、中日关系、全球气候变化。

羊晚集团推出杂志《优悦生活》

1月2日，羊城晚报报业集团打造的第一本杂志《优悦生活》新鲜出炉。据称，《优悦生活》杂志定位立足本土，从一羹一菜、衣食住行的渊源与脉动，发现、探索本土生活方式的优越性，提升生活品质，提炼生活梦想。

《北京娱乐信报》转型地铁报

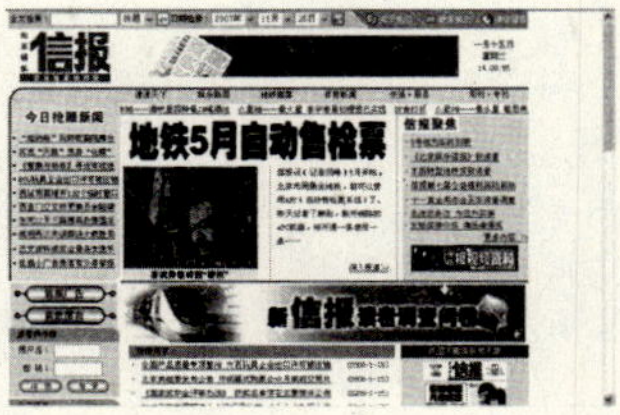

北京娱乐信报2007年11月25日与北京市地铁运营有限公司签署协议，在转型为地铁报的信报广告经营、发行等方面开展长期密切合作。据合作方介绍，转型为地铁报的《北京娱乐信报》于11月27日

早晨开始，在运行地铁线路站内派发。

3C 巨头发力电视进入 TV2.0 时代

2007 年 12 月 26 日，长虹、中国电信、微软、盛大等 3C（家电、通信、电脑）巨头在蓉联合宣布：以实现电视与互联网互联互动的特点的 TV2.0 时代开始了。这意味着，以后电视机不再仅是一个视听设备，观众可以通过各种交互式技术自主参与搜索、选择自己想要的信息，还能消除电视内容“杂波”干扰，从而实现从“看电视”到“用电视”的彻底转变。

中国直播卫星有限公司成立

中国境内卫星运营业重组 2007 年 12 月 25 日完成，卫星通信广播电视运营“国家队”——中国直播卫星有限公司正式面向公众服务。

按照国资委批准的重组方案，中国直播卫星有限公司整合了中国卫星通信集团公司、鑫诺卫星通信有限公司和中国东方通信卫星有限公司旗下所有与卫星相关的资产、业务和团队，成为我国境内唯一的卫星运营公司。

●新兴媒体

广州欲投入 10 亿 3 年内将实现全城无线上网

2007 年 11 月 11 日结束的 2007 中国国际信息产业周“城市信息化国际高峰论坛”上传出消息，广州市有关部门计划拿出超过10亿元的资金大举发展无线宽带网，努力打造“无线宽带广州”。在未来三年内，即2010年亚运会前将实现覆盖全市的无线宽带上网，政府行政许可事项在线办理亦要达到80%。

首个专业B2B手机代工网站在深圳上线运营

2007年12月26日，以整合手机产业资源为目标的首个B2B电子商务平台中国手机代工网在深圳宣布上线运营，并吸引了信产部的诸多专家的捧场。现场专家认为，深圳手机产业链整合需求迫在眉睫，打造深圳“手机之都”的概念可以尝试向IT产业的双向延伸。

CN域名注册量突破800万

2007年12月18日消息，截至2007年11月底,CN域名注册量已突破800万，再次攀上历史新高。目前，CN域名继续稳居国家顶级域名世界第二，已经深刻地改变了世界域名的格局，促使世界重新审视中国互联网基础地址资源的崛起。

中国新媒体市值超600亿美元

在2007年12月2日召开的07年“中国IT两会”（中国IT财富年会和中国信息主管年会）互联网年会上，摩根士丹利执行董事季卫东表示，中国新媒体的市值目前已经超过600亿美元。

网友评出最喜爱的Web2.0网站

由iResearch艾瑞咨询集团主办的

“2007我最喜爱的Web2.0网站”评选活动1月8日正式结束。本次评选活动涵盖了博客、社区、视频、交友、分类广告等Web2.0领域内的14个细分类别，其中博客、社区、交友、视频是最被网民所关注的行业领域。在最终的投票结果中，综合博客类奖项由百度、新浪、QQ、搜狐、网易5大门户获得。在专业博客中，天涯、泡泡网、Donews等网站也位居前5位。而视频分享类，是本次评选活动总体投票数量最多的类别之一，获奖企业分别由优酷、土豆、酷6、我乐网及六间房夺得。

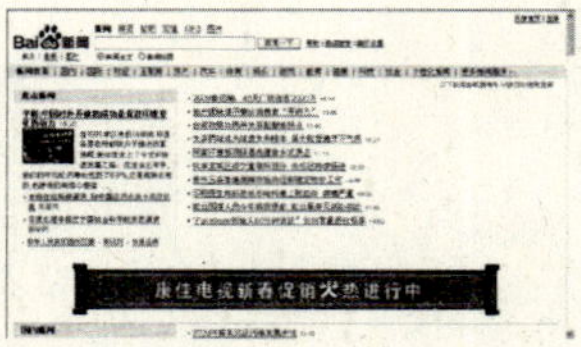

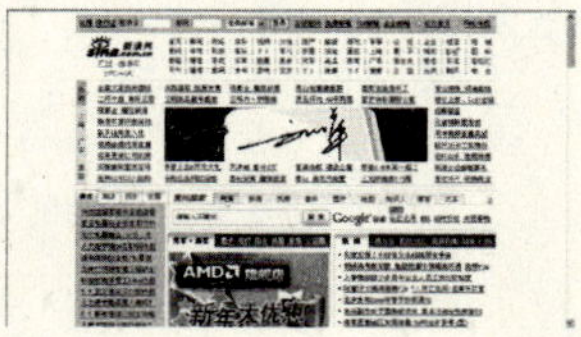

微软允许公开下载Vista SP1测试版

微软1月12日突然改变了主意，决定允许公开下载Windows Vista SP1。在做出这个决定的两天前，最新版本的“Windows Vista SP1 RC Refresh”仅提供给大约1.5万名测试者。这些测试者参加Vista SP1的测试已经有几个月的时间了。微软当时表示，这个更新版本不提供公开下载。微软1月12日改变了主意，在其网站上发布了使用Windows更新服务下载和安装Vista SP1最新测试版的指南。

分众传媒入选“纳斯达克百强成份股”

中国最大的数字化媒体集团——分众传媒于2007年12月24日开市时正式进入“纳斯达克百强成份股”，分众传媒成为第一个被计入纳斯达克100指数的中国广告传媒股。

航美传媒在美国纳斯达克上市

2007年11月7日，航美传媒(AirMedia)正式在美国纳斯达克上市，由摩根士丹利和雷曼兄弟担任主承销商，融资2.25亿美元。航美传媒成为中国第一家进驻纳斯达克的航空传媒公司。国际资本市场的资金优势使得这家已占据国内机场、机上液晶广告接近90%市场份额的传媒航空媒体完成了新一轮规模扩张。也标志着国内航空广告市场开始了新一轮高效益资源的高端竞争。

大学生56%在写博客

北京日报2007年12月19日报道，2007年全球每天大约有12万个新博客诞生，平均每秒钟诞生1.4个。中国博客用户规模已达到1748万个，其中37.3%的博客作者是大学本科生。首次对大学生博客进行调查的，是中国青年政治学院的大学生。

去年网民月平均访问网站时长716分钟

1月9日网易科技消息，刚刚揭晓的《Netguide2008中国互联网调查报告》相关市场分析显示：2007年中国互联网人均月访问网站时长达716分钟（合11.9小时）。

中国互联网首次推出网络广告精准定向技术

2007年12月6日，在国际顶级的

AdvertisingAge营销趋势精英论坛上，腾讯发布了网络广告的精准定向工具TTT(TencentMINDTargetingTools)，这也是中国互联网企业首次推出网络广告精准定向的技术。腾讯首次推出的精准定向工具使得不同身份职业、偏好习惯以及不同地域场所的网民看到不同的、与他们更相关的广告信息。依托精准定向工具，广告主能摆脱过去大众营销的套路，准确寻找到其品牌或产品的目标消费群。

网络视频业08年市场规模超15亿

根据互联网研究机构艾瑞1月2日报告预测，2008年中国网络视频市场规模将突破15亿元人民币。数据显示，2007年网络视频市场增长率达到了69.8%，2008年增长率预计可达73.3%。

超短域名开始流行

2007年11月13日eNet硅谷动力消息，继Google发布了全球最短的域名G.cn后，超短域名越来越受到业内欢迎和关注，六间房启用6.cn、试用网买断m.cn、个人门户启用p.cn、当乐网启用d.cn，而近日微软也启用了w.cn和9.cn超短域名。

3G门户与谷歌进行战略合作进军移动搜索

继2007年11月初公布了其手机发展战略后，谷歌在移动搜索领域又有了新的动作。12月3日《每日经济新闻》证实，谷歌已与我国最大的无线互联网门户——3G门户网达成了针对手机搜索的战略合作协议，前者将为通过手机访问互联网的用户提供后台技术，而流量提供方3G门户网则将获得分成。

输入法的大战愈演愈烈

2007年12月12日通信信息报消息，腾讯近日正式推出拼音输入法测试版，这是继搜狐、google之后第三家大型互联网公司拥有自己的拼音输入法产品，输入法的大战呈现愈演愈烈之势。

●新闻管理

视频新规引发争议

2007年12月29日，信息产业部网站上发布了一条《互联网视听节目服务管理规定》，由广电总局与信息产业部联合颁布，其核心内容为对网络视频发布采取准入制，要求从事互联网视听节目服务的企业必须获得广电部门颁发的许可证。而对于许可证的获得有若干要求，其中第一条就是“具备法人资格，为国有独资或国有控股单位”。这一规定引发各界热烈讨论和强烈质疑，人们不知道这项1月31日起执行的规定将如何对待中国上百家非国有的视频网站，是不发许可证，还是“收归国有”。

今年组织实施新一代宽带无线移动通信网

2007年12月27日召开的全国信息

产业工作会上，信息产业部部长王旭东说，重大科技专项是突破关键技术的重要途径，2008年要组织实施“新一代宽带无线移动通信网”等重大科技专项。他同时提到将组织实施的重大科技专项还包括“核心电子器件、高端通用芯片及基础软件”、“极大规模集成电路制造技术及成套工艺”。

●海外媒体

瑞典一家报纸推出世界第一部“报纸手机”

瑞典《每日新闻报》2007年12月12日推出世界第一部“报纸手机”，订户只要每月交一定的费用，便可通过报纸网站得到一部特制的手机。手机上设置有一个快捷键，只需按下快捷键，就可以直接登陆《每日新闻报》的网站，免费浏览资讯。

很多瑞典人认为，使用手机上网过于复杂，也不清楚要花多少钱。“报纸手机”解决了这个问题。

盖茨预言键盘鼠标5年内下岗

1月8日南方都市报消息，美国微软公司的创始人比尔·盖茨日前表示，新的“数字感觉”时代即将到来，在不久的将来，电脑的触摸式界面将会被更广泛地使用。

有触摸式界面的新型电脑

华尔街日报将评论转至新网站免费对外开放

1月12日硅谷动力网站从国外媒体获悉：日前，美国《华尔街日报》网站宣布，他们将把评论内容转移到另外一个网站中，并且免费对外开放。

未来，《华尔街日报》网站将会把评论板块的内容，转移到一个名为OpinionJournal.com新创网站中，这个网站将免费向读者提供阅读。此前，评论内容放置在wsj.com/opinion网址之下，用户只有注册成为《华尔街日报》网站会员，才能够阅读这些文章。

英《金融时报》被评为年度最佳报纸

英国《金融时报》2007年12月22日报道，该报被英国同行评为2007年度最佳报纸。报道说，在全球报纸销量不断下降的情况下，《金融时报》的发行量在2007年却增长2.75%，网站的访问率也上升59%，广告收入增长40%。

报道说，评委们称该报是“真正的21世纪报纸”，具有“优秀的网站”和“极佳的国际品牌”。

《时代》评出07年度十大尴尬瞬间 6件与媒体有关

2007年12月18日环球时报报道，美国《时代》杂志最近评出了2007年度十大尴尬瞬间，有内贾德遭批、选美小姐轰动全球的答题、希尔顿法庭上喊妈等等，堪称天下奇闻。

CNN进军Second Life虚拟世界设立新闻分社

美国有线电视新闻网(CNN) 2007年11月19日宣布，将在虚拟世界游戏SecondLife中设立一个新闻分社。据悉，CNN将会在SecondLife中设立一个“岛屿”，该公司人员将会接待虚拟世界的其他用户，并会向有志于从事新闻行业的人员提供新闻学方面的授课机会。在CNN之前，英国广播公司已经率先进入了SecondLife，该机构已经尝试在现实世界和虚拟世界同步播出电台节目。

2008年美国风投看好媒体产业

艾瑞网2007年12月24日消息，据国外媒体报道：日前，美国风险投资协会对其170名会员进行了市场调查。结果显示，在2008年，风投最看好Clean Tech、媒体、生物科技和互联网产业。同时，这四大行业也是被估价最高的行业。

2008年全球搜索引擎收入将达到305亿美元

艾瑞网1月7日消息，2008新年，华尔街对互联网行业的第一份预测出炉。根据摩根大通的研究团队预测，被公众广泛关注的互联网发布者、门户、商业站点和搜索引擎在2008年仍然会以较高的边际回报率超越整体股票市场的表现。摩根大通的分析师Imran Khan和他的团队认为，尽管其收入增长率可能会稍微降低，但互联网公司的收入增长仍然要比整体股票市场的增长快4倍以上。

《纽约时报》6亿美元的52层新大楼

2007年11月22日中国新闻网消息，在网络年代，美国《纽约时报》最近挥别18世纪新哥特式百年地标，搬入曼哈顿中城区的52层全新大楼，员工们无不感触万千。由意大利建筑师皮亚诺精心打造的全新大楼，感觉彷如天堂。这栋钢骨结构、玻璃帷幕外墙，设计抢眼的现代化办公大楼,或许可带领《纽约时报》远离黑暗年代，迈向另一个辉煌的百年。

《纽约时报》与CNBC内容共享联手对抗默多克

美国有线商业网络CNBC和《纽约时报》联手结盟，以对抗一个共同的敌人：鲁珀特·默多克的新闻集团。上述两家公司1月7日宣布达成一项内容共享协议，根据协议，通用电气(GE)旗下的CNBC将向NYTimes.com提供视频内容，而《纽约时报》则将提供其商业和技术报道。

新闻集团委任道琼斯新CEO

传媒巨头新闻集团2007年12月7日宣布，已任命莱斯·辛顿(Les Hinton)出任被新闻集团收购的道琼斯集团首席执行官。此外，新闻集团《伦敦时报》编辑罗伯特·汤姆森(Robert Thomson)将担任华尔街日报发行人。

打造中国传媒思想库——

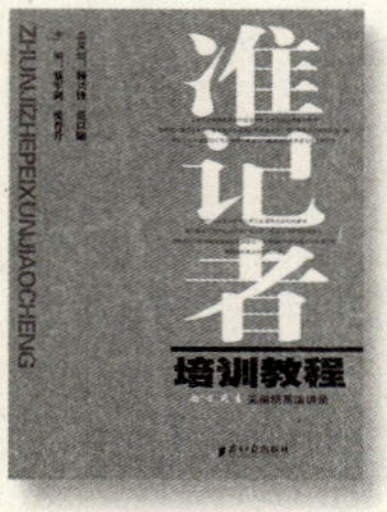

《准记者培训教程——南方周末采编精英演讲录》 **定价：32 元**

本书是南方周末针对“暨大准记者训练营”的系列讲座教案。书中的这些演讲者都是业界有一定影响的采编精英。他们讲授的内容极具前瞻性，包括新闻人的时代认识与价值认识，采编的理念和思维方式，对当前时兴的调查性报道的选题策划，敏感题材风险规避及采写技巧等，都是很有意义和针对性的。本书是那些投身现代报业的有志者们的必读热身教材。通过这本书，能帮助大家在理论和实践之间、理想和现实之间架设起一座桥梁，在最短的时间里获得对于新闻工作的直观而有深度的感觉和把握。

《美国当代媒体编辑实务教程》（第二版） **定价：68 元**

本书为新闻编辑课程设立了标准，提供了全面的教学指导，聚焦于“编辑的态度”——新闻价值、伦理、新闻编辑室决策和对受众的理解。本书为读者提供了扎实的编辑技能，可以有效地运用于当今正在发生演变的媒体世界和新闻论坛。第二版将编辑操作的范围扩大到广播电视和网络，传递了来自当前新闻编辑室的更多声音，收录了取自近期新闻报道的新例证，包括《纽约时报》2003 年的伦理丑闻，是一部可供国内媒体编辑常备案头的重要书籍。

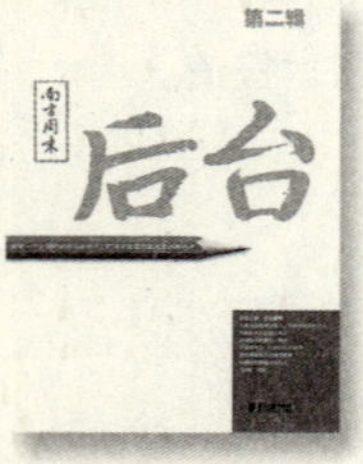

《南方周末：后台》（第二辑） **定价：29 元**

《南方周末：后台》（第一辑）在 2007 年再次刮起了“周末”旋风，短短半年内加印了 4 次，销量超过了两万册。本书延续第一辑的风格，展现了一份影响全国的报纸新闻生产的秘密，展现了一个不断追求的媒体新闻后台操作的真相。《后台》第二辑第一部分是“没有写在报上的新闻”，是对报上新闻的补充，内蕴丰富：美国式的深喉，逃亡警察，与李敖有关的女人，柏杨最后面对媒体的访谈，等等。第二部分是南方周末内部人对于发展的思考，里面既有对往日风格往日思路旧时报道的成功和不足的总结及剖析，更多是对未来走向的规划。第三、四部分以专题形式出现，分别是“杨丽娟事件检讨”和“境外采访心得”两个专题。第五部分是南方周末局外人所著与本报相关的文字，体现出一份报纸开放式的深度。全书从很独特的角度记录了新闻与新闻人、现实与反思者。

《走进日本大报》 **定价：40 元**

本书是继《走进美国大报》、《走进英国大报》之后又一传媒管理力作。从报纸的发行量和报社的规模看，日本报业的发达程度远胜欧美。清华大学新闻与传播学院教授崔保国专程赴日调研，深入日本十余家报社，面访数十位举足轻重的社长、总编，历时三载完成此书，以高屋建瓴的分析和丰富翔实的第一手资料，总结了日本报业发展的规律和经验，探讨报业未来的发展趋势。

《传媒的“语法”革命——解读 Web2.0 时代传媒运营新规则》 **定价：28 元**

本书是作者对中国当下传媒发展的最新思考和深入的调查，针对当前传媒改革、发展、业务、新媒体等重点、热点问题进行独到的分析。同时收入当前最受关注的大众媒体公信力调查报告、数字报业项目报告和台湾传媒通讯业管制分析。本书作者喻国明被誉为“媒介军师”，主持进行了 130 余项具有较高学术价值和广泛社会影响的舆论领域和新闻传播领域的调查研究项目，本书的出版将对中国传媒从业人员有很好的借鉴作用。

图书在版编目（CIP）数据

南方传媒研究·第十一辑：新闻乱码 / 南方报业传媒集团新闻研究所编. —广州：南方日报出版社，2008.1
ISBN 978-7-80652-718-4

Ⅰ.南…　Ⅱ.南…　Ⅲ.新闻—作品集—中国—当代　Ⅳ.I253

中国版本图书馆 CIP 数据核字（2008）第 012922 号

南方传媒研究·第十一辑：新闻乱码

南方报业传媒集团新闻研究所 编

出版发行：南方日报出版社
地　　址：广州市广州大道中 289 号
电　　话：（020）87373998-8502
经　　销：全国新华书店
印　　刷：佛山市浩文彩色印刷有限公司
开　　本：787mm×1092mm　1/16
印　　张：14.5
字　　数：200 千字
版　　次：2008 年 2 月第 1 版
印　　次：2008 年 2 月第 1 次印刷
定　　价：28.00 元

投稿热线：（020）87373998-8503　**读者热线**：（020）87373998-8502

网址：http://www.nanfangdaily.com.cn/press　http://www.southcn.com/ebook

发现印装质量问题，影响阅读，请与承印厂联系调换。